Un mariage tant désiré

JILLIAN HART

Un mariage tant désiré

Les Historiques

éditions HARLEQUIN

Collection : LES HISTORIQUES

Titre original : MONTANA BRIDE

Traduction française de GERALDINE PART

ÉDITIONS HARLEQUIN

83-85, boulevard Vincent Auriol, 75646 PARIS CEDEX 13.

Service Lectrices — Tél. : 01 45 82 47 47

www.harlequin.fr

ISBN 978-2-2803-1205-9 — ISSN 1159-5981

Chapitre 1

Montana, avril 1884

— Moose Town, prochain arrêt !

Le contrôleur répéta plusieurs fois son annonce tout en remontant l'allée centrale du compartiment d'un pas sûr malgré les secousses qui ébranlaient le train. Il s'arrêta près du siège d'une passagère.

— Vous voulez de l'aide pour descendre votre sac du filet à bagages, mademoiselle ? proposa-t-il d'un ton tout paternel.

Instinctivement, Willa Conner se redressa et refusa d'un léger signe de tête. Même si elle appréciait la gentillesse spontanée du contrôleur, elle tenait à faire les choses elle-même. Il en avait toujours été ainsi, particulièrement depuis la mort subite de son mari. Le mariage lui avait au moins appris une chose : dans la vie, il ne faut compter que sur soi.

— Non, je vous remercie, répondit-elle avec un petit sourire poli.

Le train commençait à ralentir. La nuit tombait mais, de l'autre côté de la vitre, on distinguait encore les contreforts boisés des montagnes environnantes. Moose Town, territoire du Montana… Elle était presque arrivée. En proie à une terreur soudaine, Willa frissonna. Cependant, bien déterminée à ne pas laisser sa peur transparaître, elle releva fièrement le menton.

— Je peux très bien me débrouiller, ajouta-t-elle encore.

— Comme vous voudrez, répliqua le contrôleur.

Il la salua en soulevant légèrement sa casquette et se dirigea vers l'arrière de la voiture pour porter assistance à deux dames d'un certain âge.

Le train émit alors un long sifflement qui vint s'ajouter au crissement strident des freins sur les voies. Willa laissa son regard errer par-delà la brume froide qui nimbait les arbres de la forêt et aperçut une minuscule cabane en rondins entourée d'une clôture. Ils approchaient de Moose Town… Et c'était dans cette ville qu'elle allait vivre désormais.

Terriblement agitée, elle serra son sac à main contre elle. Avait-elle commis une erreur ? se demanda-t-elle en songeant à la lettre qu'il contenait et dans laquelle un parfait inconnu lui proposait de l'épouser en réponse à une petite annonce qu'elle avait fait paraître dans le journal. Elle avait immédiatement accepté sa proposition, et il lui avait alors envoyé un billet de train. Un profond soupir lui échappa. Elle allait épouser un homme dont elle ne savait presque rien et qu'elle n'avait même jamais rencontré ! « Un mendiant ne peut se permettre de choisir », lui répétait sans cesse sa mère, autrefois. Elle posa la main sur sa poitrine pour tenter de calmer les battements désordonnés de son cœur. Quel autre choix s'offrait à elle ? Elle n'avait nulle part où aller ; elle était seule au monde, désormais, et sans le moindre sou en poche. Il lui fallait bien se résoudre à accepter son destin !

A quoi pouvait-il bien ressembler ? s'interrogea-t-elle en se cramponnant au dossier du siège qui se trouvait devant elle alors que le train entrait en gare dans un grincement de freins discordant. Les mêmes questions la hantaient depuis qu'elle avait quitté le Dakota du Sud le matin même. Quel genre d'homme pouvait faire une proposition de mariage à une femme qu'il n'avait jamais vue ? Ce devait être un cas vraiment désespéré. Sinon, pourquoi n'était-il pas parvenu jusqu'ici à convaincre une femme de l'épouser ?

Une peur indescriptible l'étreignait. Rassemblant tout son courage, elle se leva dans un effort surhumain. Se montrerait-il cruel avec elle ? Etait-ce un ivrogne ? De terribles visions lui envahirent peu à peu l'esprit. Elle boutonna son manteau jusqu'au cou avant de se hisser sur la pointe des pieds pour attraper son sac. Lorsqu'elle descendit du train, une rafale de vent glacé lui cingla le visage.

— Prenez garde, mademoiselle. Le sol est très glissant, dit le contrôleur, qui venait de lui attraper le coude pour l'empêcher de tomber.

Elle reprit son équilibre et voulut le remercier, mais il s'était déjà éloigné…

Un minuscule flocon de neige vint lui piquer la joue, et elle frissonna. Il faisait vraiment un froid glacial. Elle parcourut le quai du regard. La plupart des voyageurs se hâtaient de sortir de la gare. D'autres se jetaient dans les bras de leurs proches et savouraient les retrouvailles familiales. Il y avait également un couple d'amoureux en larmes à l'idée d'être séparés.

— Excusez-moi, grommela soudain un homme qui venait de la bousculer sans ménagement avant de monter à bord du train.

Surprise, elle vacilla et s'agrippa à son sac. Où était Austin Dermot ? se demanda-t-elle en scrutant le visage de tous ceux qui se trouvaient encore sur le quai. Elle ne s'attarda pas sur les hommes accompagnés de leur épouse ou de leur famille, puisque M. Dermot était célibataire. Elle aperçut alors une silhouette sombre qui semblait foncer droit sur elle. Son cœur se mit à battre plus fort. Etait-ce son futur époux ?

C'était un homme de petite taille, à l'allure plutôt sinistre. Nulle gentillesse ne paraissait émaner de lui. Du reste, ses poings serrés n'auguraient rien de bon.

Willa se mit à trembler de peur. *Pas cet homme, s'il vous plaît ! Je vous en prie, faites que ce ne soit pas lui…* Elle se mit à paniquer en le voyant s'approcher d'elle. Finalement, il se précipita vers la porte du train, non sans lui avoir décoché un sourire sarcastique au passage. Elle poussa un soupir de soulagement.

— Willa ?

Une voix chaude et profonde venait de l'interpeller. Elle se figea. Comme elle ne connaissait personne dans cette région, c'était forcément son futur mari.

Elle pivota sur les talons, le cœur plein d'espoir. Un homme doté d'une voix aussi agréable ne pouvait certainement pas faire preuve de méchanceté… Un flocon de neige lui frôla une nouvelle fois la joue alors qu'elle se retournait. L'homme qui se tenait devant elle était de grande taille, bien bâti, et entièrement vêtu de sombre. La gorge terriblement sèche tout à coup, elle se mit à trembler.

— Monsieur Dermot ? articula-t-elle avec peine.

— Appelez-moi Austin.

Le quai n'étant que faiblement éclairé, elle ne le voyait pas distinctement. La forte carrure de cet homme lui fit néanmoins une vive impression. A bien y penser, cela n'avait rien d'étonnant : dans sa lettre, il lui avait appris qu'il travaillait dur. Il était maréchal-ferrant. Elle prit une profonde inspiration. C'était le moment de vérité. Elle pouvait encore changer d'avis, mais c'était maintenant ou jamais.

— Laissez-moi porter votre sac, dit Austin Dermot.

Willa écarquilla les yeux. Etait-ce le fruit de son

imagination ou avait-elle réellement perçu une inflexion bienveillante dans sa voix ?

Elle avait dû rêver éveillée ! Il ne lui laissa guère le temps de se poser de questions et s'avança vers elle. Il avait les yeux bleus, de hautes pommettes, un visage hâlé légèrement buriné et des cheveux bruns très épais. Elle n'en revenait pas. Austin Dermot était ce que l'on appelait communément un bel homme ! C'était tellement inattendu qu'elle se retrouva littéralement clouée sur place. Elle pensait pourtant avoir imaginé tous les cas de figure… Des cas de figure plus horribles les uns que les autres. A quoi bon nourrir de vains espoirs ? L'existence s'était chargée de lui faire retenir la leçon : mieux valait toujours s'attendre au pire.

Elle n'y comprenait rien. Comment un homme aussi séduisant pouvait-il en être réduit à épouser une femme rencontrée par le biais d'une petite annonce ? Il y avait décidément quelque chose qui clochait dans cette histoire.

Austin interrompit le flot de ses pensées en prenant le sac qu'elle tenait fermement. Elle fut immédiatement saisie. Comme il dégageait une odeur agréable ! Une odeur de foin, de savon, d'homme… Il la regarda alors de ses beaux yeux bleus, qui semblaient étinceler dans la pénombre.

— Le train ne va pas tarder à repartir, dit-il. Il faut nous dépêcher et aller récupérer vos malles dans la voiture réservée aux bagages.

— Je n'ai pas de malles, répondit-elle en déglutissant péniblement.

Et, pour la première fois depuis son arrivée sur le quai de la gare, Willa se demanda avec une certaine inquiétude ce qu'il pouvait penser d'elle en la voyant en chair et en os.

— Ce sac contient tout ce que je possède, ajouta-t-elle en passant négligemment la main sur son manteau en laine tout rapiécé.

— Vraiment ? s'étonna-t-il d'une voix sourde et empreinte de compassion.

Elle ne savait que penser. La plaignait-il d'être dans un tel état de dénuement ou cherchait-il simplement à cacher sa déception ?

« Tu n'es pas un cadeau, Willa. » Ces mots surgis du passé résonnèrent à ses oreilles. Son défunt mari les lui répétait à longueur de journée. Cependant, même s'il n'avait pas vraiment tort, elle n'avait pas non plus à rougir de l'existence qu'elle avait menée jusqu'alors. Très digne, elle releva fièrement le menton.

— Je n'ai pas exagéré la difficulté de ma situation, vous savez, dit-elle sans sourciller. Je vous avais bien expliqué dans ma lettre que je me présentais à ce mariage les mains vides.

— Votre présence me suffit largement.

Terriblement gênée par ce témoignage de gentillesse inattendu, Willa détourna le regard. Le quai, encore très animé quelques instants plus tôt, était à présent quasiment désert. Les familles désormais réunies étaient rentrées chez elles. Il ne restait que le couple d'amoureux qui s'agrippaient désespérément l'un à l'autre et le contrôleur qui était en train de fermer la voiture à bagages. La neige s'était mise à tomber et tourbillonnait dans le vent glacial.

— La tempête se lève. Nous ferions mieux de nous rendre rapidement à l'église, dit soudain Austin en lui tendant la main.

Willa hésita. Si elle prenait la main qu'il lui tendait, son destin serait scellé pour toujours. Elle ne pourrait plus jamais revenir en arrière. En proie à un véritable déchirement, elle plaqua sa paume sur son petit ventre. Son instinct lui criait de s'enfuir à toutes jambes. N'avait-elle donc rien appris ? Allait-elle commettre de nouveau la même erreur ? Son mariage avec Jed ne lui avait-il pas suffi ? Mais où irait-elle si elle n'épousait pas Austin ? Qui accepterait d'employer une femme enceinte et seule par-dessus le marché ? Comment ferait-elle pour élever son bébé si elle ne trouvait pas de travail ? Elle n'avait pas vraiment le choix, en définitive…

Elle posa alors la main dans celle de son futur époux, s'en remettant entièrement à lui, et ils se mirent en route.

— Le révérend nous attend ? demanda-t-elle, sur le point de céder à la panique.

— Oui, répondit Austin. J'ai préféré ne rien lui raconter à votre sujet, ajouta-t-il en faisant une petite pause en haut des marches menant à la rue.

Willa retint son souffle. Il était tellement grand ! Elle se sentait minuscule à côté de lui. Il la protégeait du vent et lui tenait fermement la main pour l'empêcher de déraper sur le sol glissant.

— J'estime que ce n'est pas à moi de lui parler de votre situation, poursuivit-il. Le révérend Lane a manifestement des soupçons mais il a consenti à nous marier, et c'est bien là l'essentiel. A moins que vous n'ayez changé d'avis en me voyant…

— Moi ? s'étonna-t-elle. Mais non, pas du tout.

Elle soupira discrètement. Comme si elle pouvait se permettre de faire la difficile ! Même s'il était encore un parfait inconnu quelques minutes plus tôt, Austin Dermot était bel et bien son sauveur ! Et il paraissait bien mieux qu'elle ne l'avait espéré. Peut-être même ne le méritait-elle pas… C'était la première fois qu'on lui prenait ainsi la main pour descendre quelques marches et qu'on la protégeait des rafales de vent.

— Et vous ? Vous n'avez pas… changé d'avis ? bredouilla-t-elle.

— Moi ? Aucune chance ! répliqua-t-il, un large sourire aux lèvres.

Il l'aida ensuite à monter dans une voiture tirée par un cheval qui renâclait un peu, à force d'attendre dans le froid glacial.

— Voilà, voilà..., murmura Austin au cheval. Ce n'est pas la peine de t'énerver. Nous allons immédiatement nous mettre en route.

Une fois la corde dénouée du poteau d'attache, le cheval se mit à s'ébrouer. Austin partit alors d'un petit éclat de rire. Willa sursauta de surprise. C'était le rire le plus chaleureux qu'elle ait jamais entendu. Elle n'avait pas imaginé un instant qu'elle allait rencontrer un homme aussi gai !

— Willa, je vous présente Calvin, dit Austin. Comme vous pouvez le constater, il n'est pas du genre à cacher ses sentiments !

Dès qu'ils furent confortablement installés, la voiture se mit en route en tanguant doucement. Willa ouvrit de grands yeux. Ce n'était pas une de ces carrioles de mauvaise facture tirées par un bœuf comme elle en avait l'habitude. Ce n'était pas même un chariot, mais une belle voiture tirée par un cheval !

Elle ne se sentait vraiment pas à sa place. Elle allait forcément le décevoir. Lorsqu'il la verrait distinctement à la lumière, dès qu'ils entreraient dans l'église, il changerait sûrement d'avis. Les rôles étaient désormais inversés, songea-t-elle amèrement. Elle avait passé tout le trajet à se poser des questions sur l'homme qu'elle venait épouser et, à présent, c'était à son tour d'être passée au crible.

— Moose Town est une petite ville, annonça Austin, mais les gens qui vivent ici sont très gentils.

Willa lui jeta un regard incrédule. Il paraissait parfaitement à l'aise, comme s'il trouvait tout naturel d'aller chercher une inconnue à la gare et de l'emmener à l'église pour l'épouser !

— A vrai dire, Moose Town est une très petite ville, reprit-il. Il y a cinq pâtés de maisons, tout au plus.

— Cinq pâtés de maisons ?

Elle ne distinguait pas grand-chose. Il faisait presque nuit, et la tempête de neige n'arrangeait pas les choses. Elle avait vaguement aperçu un toit et une fenêtre éclairée au deuxième étage d'une maison.

— Je vois bien que vous êtes déçue, dit-il d'une voix compréhensive, comme si cela ne le surprenait pas vraiment.

— Pas du tout, assura-t-elle. J'ai toujours vécu dans des petites villes, et cela me plaît beaucoup. Pour tout vous dire, j'ai bien peur de n'avoir jamais vécu dans une ville aussi grande !

— Grande ? répéta Austin en s'étranglant.

Ils étaient en train de quitter la rue principale. De grands arbres leur bouchaient à présent la vue.

— La ville la plus proche de la ferme où je vivais avec mon mari dans le Dakota du Sud comportait simplement un magasin, une taverne et un arrêt de diligence, expliqua-t-elle alors.

Sentant une vague de tristesse sur le point de l'envahir, elle chassa ses souvenirs de son esprit. Jed n'avait pas été un mari facile. Elle n'avait que seize ans lors de leur mariage ; elle était d'une telle naïveté, à l'époque ! Elle croyait encore aux contes de fées. Hélas ! la réalité l'avait rapidement fait redescendre sur terre… Elle savait désormais à quel point la vie maritale était difficile et décevante.

Bien déterminée à trouver la force intérieure qui lui permettrait d'endurer une nouvelle fois les vicissitudes de la vie conjugale, elle prit alors une profonde inspiration. Et puis elle devait voir le bon côté des choses. Elle allait enfin avoir un toit au-dessus de la tête et pourrait s'occuper de son nouveau foyer. Au printemps, elle pourrait même planter toutes sortes de fleurs dans le jardin.

— Votre maison est-elle loin de la ville ? demanda-t-elle.

— Pas vraiment. Je possède cent arpents de terre. Je n'ai jamais eu envie d'élever du bétail, mais j'aime la solitude. J'ai construit ma maison de mes mains.

— Oh ! C'est merveilleux ! s'exclama-t-elle.

Elle pensa aux habitations de ce type qu'elle avait repérées dans le Dakota du Sud et durant son voyage en train. Il s'agissait généralement de cabanes de bois de dimensions modestes et souvent de fabrication grossière, mais elles étaient très bien conçues pour se mettre à l'abri des intempéries. Après toutes les nuits qu'elle avait passées dehors, ces cabanes lui semblaient un véritable paradis.

— Vous devez avoir une vue splendide, dit-elle d'une voix enthousiaste. Vous vivez dans une région magnifique. J'ai passé la plus grande partie du trajet à admirer le paysage.

— Vous avez raison. Le Montana est une très jolie région.

Quelques instants plus tard, Austin tira sur les rênes du cheval pour arrêter la voiture.

— Nous sommes arrivés, annonça-t-il.

Willa distingua alors un clocher entre les flocons de neige qui tourbillonnaient. Une porte s'ouvrit en grand, et un homme vêtu d'un manteau noir et arborant un col blanc apparut sur le seuil. Il leur fit signe de la main.

— Dépêchez-vous, Dermot ! Venez vous abriter de la tempête, cria-t-il.

— Il faut d'abord que je mette une couverture sur mon cheval, répondit Austin. Je ne peux pas le laisser trop longtemps dehors avec ce vent glacial !

Il descendit rapidement de voiture et échangea quelques mots avec le révérend.

Willa avait l'estomac noué. Pourvu qu'elle ne soit pas prise d'une de ces terribles nausées qui lui empoisonnaient l'existence dès le réveil et duraient ensuite presque toute la journée ! espéra-t-elle en inspirant de petites bouffées d'air. Si seulement elle pouvait grignoter quelque chose pour se remplir un peu l'estomac ! Elle balaya de la main la neige qui s'était accumulée à côté d'elle pour descendre de la voiture sans trop se mouiller.

— Mais qu'est-ce que vous faites ? s'écria Austin.

Elle tressaillit. Puis, en le voyant, elle se détendit. Il ne semblait nullement contrarié, bien au contraire.

— Vous devez absolument attendre que je fasse le tour de la voiture pour vous aider à descendre, expliqua-t-il. Si vous m'épousez, il faudra accepter que je me montre galant avec vous.

— Oh ! je…

Elle s'interrompit brusquement, incapable de prononcer un mot de plus. Austin lui tendit alors la main pour l'aider à descendre de voiture. Elle aurait bien voulu le remercier de sa gentillesse, mais elle avait beau faire, elle ne retrouvait pas l'usage de la parole. Il lui offrit ensuite le bras pour parcourir les quelques mètres les séparant de l'église.

— Le sol est extrêmement glissant, faites bien attention, la prévint-il.

La tempête de neige faisait rage à présent et ralentissait considérablement leur marche. Lorsqu'ils pénétrèrent dans le petit vestibule de l'église, la lumière les aveugla. Willa resta bouche bée. Austin était encore plus beau qu'elle ne l'avait cru…

Pourquoi un tel homme avait-il dû recourir à une petite annonce pour trouver une épouse ? Cette question ne la quittait plus et la faisait douter. Regrettait-il sa décision ? Essayait-il de lui cacher sa déception ?

— Attendez-moi là, je reviens tout de suite, dit-il d'une voix chargée d'émotion. Je dois d'abord m'occuper de mon cheval.

— D'accord, fit-elle dans un souffle.

Elle serra machinalement les bras autour de sa taille

en entendant la porte claquer. Elle se sentait si seule… C'était sa dernière chance de fuir, songea-t-elle, les yeux fixés sur la lourde porte.

— Austin m'a dit que vous étiez veuve…

Willa sursauta. Le révérend qui devait bénir leur union se trouvait devant elle ; il la regardait avec bienveillance.

— Pourtant, poursuivit-il, vous ne portez pas le deuil. Je suppose que votre période de veuvage est terminée ?

— Mon mari est mort il y a six semaines, répondit-elle, les yeux baissés.

Terriblement mal à l'aise en présence de cet homme d'Eglise qu'elle ne connaissait pas et qui semblait la scruter de la tête aux pieds, elle sentit le rouge lui monter aux joues. Comment lui dire qu'elle ne possédait aucune robe noire et qu'elle n'avait pas les moyens d'acheter une pièce de tissu pour en confectionner une ? De toute façon, cela n'avait plus la moindre importance, désormais… Jed était mort. Elle était triste pour lui, mais on ne pouvait pas dire qu'il lui manquait.

— La méningite l'a emporté, ajouta-t-elle en guise d'explication.

— Je suis vraiment désolé de l'apprendre, dit le révérend d'une voix empreinte de compassion.

Willa remarqua soudain que les yeux du prêtre étaient fixés sur son ventre. Elle serra encore un peu plus les bras autour de sa taille. Fût-il révérend, elle n'allait tout de même pas parler d'un sujet aussi intime avec un inconnu ! Elle ne s'en sentait vraiment pas le courage ; c'était d'un parfait ridicule, elle en avait conscience, car elle ne pourrait pas éternellement cacher son état.

La porte s'ouvrit alors, et une bourrasque glaciale s'engouffra dans le vestibule. C'était Austin, se dit Willa, rassurée. On pouvait dire qu'il tombait à point nommé… Ses épaules étaient recouvertes de neige, ce qui accentuait encore l'impression de puissance qu'il dégageait. Il porta immédiatement les yeux sur elle, et la gentillesse qu'exprimait son regard la réconforta.

— Vous devez être complètement frigorifiée, Willa, dit-il en ôtant rapidement ses gants. Je suis vraiment désolé, j'aurais dû remarquer plus tôt que vous ne portiez pas de mitaines.

Honteuse, Willa serra les poings. Jamais elle n'oserait avouer que ses mitaines étaient tellement usées qu'elle n'avait pas réussi à les repriser correctement. Du reste, il devait bien voir à présent que ses vêtements étaient rapiécés et ses chaussures éculées ! Il la voyait telle qu'elle était… Pourtant, il semblait toujours la regarder avec bonté.

Il s'avança vers elle et lui tendit ses gants. Ses bottes firent craquer le plancher. Willa frissonna et sentit les poils de ses bras et de sa nuque se hérisser. Son cœur se mit à cogner fort dans sa poitrine. Elle prit sur elle et enfila les gants. Ils étaient bien trop grands, mais leur douce chaleur l'apaisa un peu.

— Vous êtes prête ? lui demanda-t-il doucement.

Incapable de prononcer un mot, elle hocha lentement la tête. Elle flageola sur ses jambes et se mit à trembler comme une feuille. Le sort en était jeté… Elle accepta la main que lui tendait Austin, et ils se dirigèrent vers l'autel où le prêtre les attendait déjà.

Chapitre 2

— Promettez-vous de l'aimer et de la chérir, dans la santé comme dans la maladie, dans la joie comme dans la peine, jusqu'à ce que la mort vous sépare ? demanda le révérend Lane avec une certaine solennité.

Un silence pesant s'abattit sur la petite église. Le vent rugissait au-dehors, et un courant d'air froid balaya le bâtiment non chauffé.

Austin réprima un soupir de dépit. Ce n'était pas ainsi qu'il avait envisagé leur cérémonie de mariage. Il n'avait pas prévu que le train arriverait en retard mais, en tant qu'homme d'honneur, il tiendrait parole. Il avait promis à Willa de l'épouser dès son arrivée, de subvenir à ses besoins ainsi qu'à ceux de l'enfant qu'elle portait et d'assurer leur protection. C'était le moment d'honorer sa promesse. Il lui fallait maintenant desserrer les mâchoires et espérer qu'il n'allait pas se mettre à claquer des dents sous le coup de l'émotion.

— Oui, je le promets, dit-il enfin d'une voix nette et claire qui témoignait de la force de sa conviction.

Il sentit la main de Willa trembler plus fort dans la sienne. Pauvre Willa… Elle avait encore tout d'une jeune fille avec ses yeux de biche et son joli petit minois. Quelques belles boucles brunes échappées de son chignon encadraient son visage aux hautes pommettes, au petit nez retroussé et au menton délicat.

C'était sa beauté modeste et ses yeux très expressifs qu'il aimait le plus chez elle. Il fallait bien avouer qu'il ne s'était pas attendu à épouser une femme aussi charmante. Et aussi jeune… Elle n'avait probablement pas dix-huit ans alors que lui approchait déjà de la trentaine. L'âge n'étant pas sa préoccupation première, il n'avait même pas songé à lui poser la question durant la brève correspondance qu'ils avaient échangée.

— Je vous déclare mari et femme, annonça le révérend d'une voix où la gravité se mêlait à la sympathie.

— Vous pouvez embrasser la mariée, ajouta-t-il un instant plus tard.

Austin sentit aussitôt la main glacée de Willa se crisper dans la sienne. Elle paraissait si vulnérable… Elle devait le voir comme un géant ! L'atmosphère était lourde de tension lorsqu'il se pencha vers elle. Elle semblait le supplier du regard. Il ne connaissait que trop ce genre de regard apeuré… Il était maréchal-ferrant et passait le plus clair de son temps avec des chevaux. Il adorait ces animaux trop souvent soumis aux caprices des hommes et à leur incurie.

Il prit une profonde inspiration. Les lèvres de Willa étaient très tentantes avec leur délicieuse couleur vermillon, mais il ne fallait pas précipiter les choses. Ils devaient d'abord faire connaissance. Les réjouissances seraient pour plus tard.

Comme il l'embrassait délicatement sur la joue, un élan de tendresse le submergea. Totalement pris au dépourvu, il tressaillit et posa sans réfléchir une main protectrice sur l'omoplate de Willa.

— Il se fait tard, dit-il. Nous devrions tous nous dépêcher de rentrer pour nous mettre au chaud.

Il la sentait frissonner dans son manteau en laine élimé.

— Et merci d'être resté aussi tard à nous attendre, révérend Lane.

— Conduisez prudemment, répondit ce dernier.

Austin et Willa se hâtèrent vers la sortie et s'enfoncèrent dans l'obscurité.

Quelques instants plus tard, Austin leva les yeux au ciel en soupirant. Willa ne l'avait même pas attendu ! Le temps qu'il ferme la porte de l'église et elle avait disparu. Etait-ce de la contrariété qu'il sentait sourdre en lui ? Il ne lui restait plus qu'à suivre ses traces de pas dans la neige qui tombait sans discontinuer. Il la rattrapa près de la voiture et lui saisit mollement l'avant-bras.

— Vous ne pensiez tout de même pas vous débarrasser de moi aussi facilement ? lança-t-il avec un rire un peu forcé.

Il prit garde de ne pas laisser transparaître sa déception. C'était de chaleur et de douceur que Willa avait besoin…

Il l'aida à s'installer dans la voiture.

— La maison n'est pas très loin, reprit-il. J'espère que vous n'avez pas trop froid. Vous pouvez mettre mon manteau, si vous voulez.

— Non, je vous remercie, répondit-elle en serrant ses bras contre sa poitrine. Le froid ne me fait pas peur, j'ai l'habitude.

— Comme vous voudrez, dit-il en lui tapotant l'épaule.

Puis il alla enlever la couverture qu'il avait posée sur son cheval avant d'entrer dans l'église.

Willa se retrouva seule, grelottant dans le vent glacial qui soufflait par rafales. Très vite, elle se mit à s'agiter sur son siège. Elle n'avait guère l'habitude de rester les bras croisés pendant qu'un homme s'activait à son côté.

Et pas n'importe quel homme, songea-t-elle en tremblant. C'était de son mari qu'il s'agissait. Sa gorge se serra. Elle prit une profonde inspiration pour tâcher de maîtriser la panique qui menaçait de la submerger et fit négligemment tourner son alliance autour de son doigt. Le contact du métal froid contre sa peau la fit grelotter davantage. Elle avait rendu ses gants à Austin pendant la cérémonie, juste avant qu'il ne lui glisse une belle alliance en or à l'annulaire. Jed, lui, n'avait pas eu les moyens de lui payer une alliance. Pourtant, quand l'envie d'acheter des bouteilles de whisky se faisait sentir, il trouvait toujours l'argent nécessaire.

Elle avait épousé Jed à peine descendue de la diligence, se remémora-t-elle tristement. Il était venu à sa rencontre un bouquet de fleurs à la main et lui avait offert un bon repas dans l'unique hôtel de la petite ville où il résidait. Sa conduite avait été tout à fait exemplaire, ce jour-là. Ah ! il s'y entendait bien pour masquer la réalité sous un beau vernis de surface ! Il n'avait pas été tendre avec elle par la suite. Au moins avait-elle appris qu'il ne fallait pas se fier aux apparences…

Les bourrasques redoublant d'intensité, Willa se recroquevilla sur elle-même pour se protéger du froid mordant. Elle entendait Austin marmonner mais elle ne saisissait pas vraiment ce qu'il pouvait bien raconter à son cheval. Cette nuit glaciale ne ressemblait en rien à la chaude journée d'été de son premier mariage. Elle revoyait encore Jed jeter sa malle dans son chariot brinquebalant avant qu'ils ne traversent de vastes prairies désertiques. Les deux tristes années qui avaient suivi lui avaient paru durer une éternité.

Il n'était pas question qu'elle revive la même expérience désastreuse. Cette fois, elle savait à quoi s'attendre. Jed s'était chargé de la ramener à la dure réalité de la vie. Elle ne croyait plus à la bonté des hommes, ni aux grandes histoires d'amour romantique. Tout cela n'était que balivernes !

— Je crois que Calvin m'en veut un peu, dit Austin en lui adressant un petit sourire désabusé alors qu'il prenait place à côté d'elle sur le siège capitonné. Je l'ai trop gâté, ajouta-t-il avec un air de regret.

— Vraiment ? fit-elle sans conviction.

Willa soupira intérieurement. Si seulement elle pouvait redevenir la fille enjouée qu'elle était autrefois ! Une fille qui ne voyait pas le mal partout où elle posait les yeux… Elle avait conscience qu'Austin cherchait simplement à lui montrer qu'il prenait bien soin de son cheval, mais il n'y avait rien à faire. Il lui rappelait Jed, avec sa manière de se tenir le dos très droit, les épaules rejetées en arrière. L'orgueil de Jed n'avait connu aucune limite…

Elle sentit son estomac se nouer. *S'il vous plaît, faites qu'il ne soit pas comme lui !* se mit-elle à prier avec ferveur. Austin semblait gentil et facile à vivre, elle le reconnaissait, mais combien de temps cela durerait-il ? Son cœur battait à tout rompre. Elle avait l'impression de se trouver au bord du précipice, prête à tomber. Bientôt, elle saurait. Et il ne lui tardait pas vraiment de découvrir à quoi sa vie allait ressembler.

Alors qu'ils progressaient lentement sur un chemin très enneigé, elle dut rassembler tout son courage pour ne pas sauter de la voiture et s'enfuir. Cela n'aurait servi à rien. Il était trop tard, maintenant. Son destin était scellé à jamais. Elle était unie à cet homme pour aussi longtemps qu'ils vivraient l'un et l'autre. Elle devait se préparer à supporter de longues soirées silencieuses auprès d'un homme plein de ressentiment qu'elle ne pourrait jamais satisfaire. Sans parler des dures journées de labeur qui l'attendaient…

L'obscurité était totale, remarqua-t-elle soudain. Les arbres projetaient des ombres effrayantes et grinçaient affreusement sous l'effet du vent. Au loin, un loup poussait des hurlements sinistres. Elle frissonna. Comment avait-elle pu oublier qu'ils se trouvaient dans une région sauvage et montagneuse ? Chaque kilomètre parcouru lui rappelait à quel point sa vie allait changer — enfin, pas vraiment. Elle était de nouveau mariée, elle portait un enfant qu'elle ne parviendrait peut-être pas à aimer et elle allait une nouvelle fois se retrouver à la merci d'un homme qui l'avait épousée sans même l'avoir vue. Un homme qui avait dû recourir à une petite annonce parce que aucune femme ne voulait de lui.

— Calvin n'a pas l'habitude d'un tel froid, dit soudain Austin. C'est la première fois qu'il sort aussi tard. Il est vieux, maintenant, et il a ses petites habitudes.

Bien que la note d'humour dans la voix d'Austin ne lui ait pas échappé, elle ne prit pas la peine de sourire.

— Vous l'avez depuis longtemps ? demanda-t-elle plus sèchement qu'elle ne l'aurait voulu.

— Depuis sa naissance. Il est comme un frère pour moi.

— Un frère ? s'étonna-t-elle.

— Une sorte de frère-cheval, précisa Austin en éclatant de rire.

Elle voyait bien qu'il essayait de l'attendrir, mais elle refusait d'entrer dans son jeu. Elle se raidit et s'adossa au siège pour bien marquer ses distances.

Une sensation de malaise l'envahit tout à coup. Elle se sentait si petite et si vulnérable ! Austin était si grand comparé à elle. Sans parler de l'immensité qui les entourait et dont elle ne voyait quasiment rien… Allaient-ils enfin arriver ?

— Parfois, vous rencontrez quelqu'un et vous savez immédiatement que vous allez bien vous entendre, reprit Austin sur le ton de la conversation, d'une voix qui semblait un peu forcée.

Peut-être était-il nerveux lui aussi, après tout, songea Willa.

— C'est ainsi que ça s'est passé pour Calvin et moi, poursuivit-il. Ça ne vous est jamais arrivé ?

— Non, répondit-elle abruptement.

Elle grimaça. Elle devait absolument apprendre à maîtriser ses nerfs et changer de ton !

— En fait, je n'avais pas d'amis proches. Je n'avais que ma mère et ma grand-mère, déclara-t-elle.

— Pourquoi parlez-vous au passé ? demanda-t-il d'une voix douce en se tournant vers elle, l'air préoccupé.

— La scarlatine les a emportées toutes les deux, articula-t-elle difficilement.

De terribles souvenirs resurgirent dans son esprit. Elle n'avait que quinze ans, alors, et elle avait dû les soigner jour et nuit.

— Nous sommes tombées malades toutes les trois en même temps, ajouta-t-elle. Mais moi, je n'ai pas été sérieusement touchée… Ma mère est partie la première. C'était…

Elle s'interrompit, incapable de poursuivre. Et puis elle n'allait tout de même pas raconter ce qui était arrivé à sa mère à un inconnu !

— J'ai perdu ma mère, moi aussi, dit Austin, la gorge nouée. J'ai mis longtemps à m'en remettre. C'était comme si le soleil avait cessé de briller à jamais.

— Je… je comprends ce que vous voulez dire, balbutia-t-elle.

Elle n'en revenait pas. Ce colosse la comprenait-il ? Voilà qu'elle baissait la garde, se réprimanda-t-elle aussitôt. N'avait-elle donc rien appris ? Ne jamais se fier aux apparences !

— Ma grand-mère ne s'en est pas remise. Elle n'arrêtait pas de dire qu'elle avait tout perdu.

— Tout perdu ? répéta Austin, interloqué. Et vous ? Elle avait toujours sa petite-fille, tout de même !

— Deux jours plus tard, elle était partie elle aussi, reprit Willa sans donner plus d'explications.

Elle ne se voyait pas lui révélant les circonstances sordides qui avaient présidé à sa naissance. Sa grand-mère l'avait vécue comme une honte indélébile, et sa mère comme une épouvantable tragédie. Elle posa la main sur son ventre en pensant à son bébé. Comme la vie pouvait être compliquée, parfois ! L'amour n'était qu'un mythe…

— Nous y sommes ! annonça soudain Austin. Nous sommes à la maison.

— A la maison…

Willa poussa un profond soupir de soulagement. Elle ne voyait strictement rien, sauf peut-être une pente de toit qu'elle devinait dans le ciel d'une noirceur absolue. Ce toit lui paraissait tout ce qu'il y avait de plus solide ; il devrait les tenir bien au chaud, son bébé et elle.

— Attendez-moi avant de descendre. Laissez-moi vous aider, dit Austin d'une voix qu'il aurait voulu sévère mais qui ne trompait personne.

Il sauta à terre et fit le tour de la voiture en se hâtant. Quelle force de la nature ! songea Willa. Il l'avait soulevée de son siège et posée par terre en un clin d'œil.

— J'ai demandé à Mme Pole d'ajouter votre nom sur le compte que je possède dans son magasin, poursuivit-il. N'hésitez pas à acheter le tissu et toutes les fioritures nécessaires à la confection de rideaux ou de toute autre chose. Je sais bien que les femmes adorent ça. Mes sœurs sont toujours en train de coudre.

— Vous avez des sœurs ? demanda-t-elle aussitôt, très intéressée.

— Oui, j'ai une sœur et deux belles-sœurs. Ce qui signifie que j'ai également deux frères.

— Ils vivent dans la région ? s'enquit-elle en feignant l'indifférence.

— C'est difficile à croire, n'est-ce pas ? répliqua-t-il tout en tapant ses bottes contre le mur extérieur pour en faire tomber la neige.

Il ouvrit ensuite la porte et sentit immédiatement l'odeur du bois fraîchement coupé.

— Avec toutes ces femmes qui gravitent autour de moi, vous pourriez vous attendre à ce que je me montre un peu plus civilisé, je suppose…

— Votre sœur est-elle plus âgée que vous ?

— Non, elle est plus jeune, répondit-il en grimaçant.

Que voyait-elle en le regardant ? se demanda-t-il tout à coup. Il était sans aucun doute plus âgé qu'elle ne l'avait cru. L'idée qu'elle puisse être déçue lui faisait beaucoup de peine. Il en demandait peut-être trop… Il avait tant espéré qu'elle le trouverait à son goût dès qu'elle poserait le pied sur le quai de la gare ! Il avait rêvé d'une petite étincelle qui leur confirmerait à tous deux qu'ils avaient pris la bonne décision… Il avait agi de manière impulsive en lui faisant sa proposition de mariage et il ne voulait pas avoir à le regretter un jour.

Il frotta une allumette et se dirigea vers la lampe accrochée au mur près de l'entrée. La mèche s'enflamma aussitôt et vint éclairer le salon. Son regard tomba immédiatement sur les vieux draps qui pendaient aux fenêtres en guise de rideaux. Sa sœur lui avait proposé cent fois de lui confectionner de véritables rideaux, mais il avait toujours refusé, arguant que les draps faisaient très bien l'affaire. Bizarrement, il voyait les choses d'un autre œil, à présent. Un vague sentiment de honte l'étreignit. Il aurait voulu pouvoir offrir à Willa une plus belle maison.

— Il reste beaucoup à faire, j'en ai peur, dit-il en souriant pour dissimuler son embarras. Ma sœur voulait me faire des rideaux, des coussins, et un tas d'autres choses pour embellir un peu la maison, mais j'ai refusé. J'ai pensé que vous préféreriez peut-être vous en charger pour vous aider à vous sentir vraiment chez vous.

— Je vois, fit-elle d'une voix morne.

Ne sachant que dire, elle se contenta de parcourir la pièce des yeux. Elle vit d'abord un canapé. Austin lui expliqua qu'il l'avait fait venir de Chicago pour qu'elle puisse s'asseoir confortablement lorsqu'elle ferait sa couture. Quant aux autres meubles, il les avait fabriqués avec l'aide de son père. Il lui désigna du menton des tables basses, un rocking-chair, deux fauteuils de bois et une banquette qui était placée sous la fenêtre.

— Il y a d'autres pièces, lança-t-elle en fixant les portes fermées qui se trouvaient à l'autre bout du salon.

— Oui, dit-il en allumant une lampe posée sur la table. Il y a également une cuisine et deux chambres. Nous pourrons toujours en ajouter d'autres si besoin…

Terriblement gênée par ce que cela pouvait sous-entendre, Willa baissa la tête et se concentra sur les boutons de son manteau élimé. Qu'avait-il voulu dire exactement ? songea-t-elle en s'obligeant à ne pas céder à la panique.

Austin regrettait déjà ses paroles malheureuses. Pourquoi avait-il fallu qu'il dise une chose pareille ? Ce n'était pas le moment d'effrayer sa jeune épouse ! pensa-t-il sans pouvoir détacher son regard de l'alliance qui brillait à l'annulaire de Willa et qui avait tendance à tourner un peu. La bague était visiblement trop grande… Il n'avait pas osé lui demander sa taille et avait préféré demander conseil à sa sœur et ses belles-sœurs.

— Venez vous asseoir, Willa. Vous devez absolument vous réchauffer, reprit-il en lui désignant le canapé.

Comme elle ne bougeait pas d'un pouce, il répéta :

— Venez donc vous asseoir. Vous avez fait un long voyage et avez bien besoin de vous reposer.

— Me reposer ? répéta-t-elle, très étonnée. Vous n'y pensez pas ! Il y a le dîner à préparer. Où se trouve la cuisine ? Derrière l'une de ces portes ? demanda-t-elle tout en essayant de se débarrasser de son manteau.

— Chaque chose en son temps, répliqua-t-il posément. Vous devez d'abord vous réchauffer.

Il l'aida à ôter son manteau pour lui permettre de s'installer confortablement sur le canapé, respirant au passage son odeur. Une douce odeur de rose. Une odeur terriblement féminine… Son cœur se gonfla aussitôt d'une tendresse infinie envers elle.

Il voyait enfin à quoi elle ressemblait, songea-t-il, ravi. Le manteau qu'elle avait porté jusqu'alors dissimulait entièrement ses courbes. Elle était plus menue qu'il ne le pensait et paraissait à la fois exténuée et sous-alimentée. Sa robe était soigneusement reprisée, mais il était difficile de ne pas remarquer à quel point elle était rapiécée. Pauvre petite ! Elle n'avait pas exagéré l'état de dénuement dans lequel elle se trouvait dans la lettre qu'elle lui avait envoyée ! Elle avait bel et bien besoin qu'on s'occupe d'elle…

— Je préfère vous prévenir tout de suite, Austin. Je suis loin d'être une cuisinière hors pair, dit-elle en lui jetant un regard d'excuses. Mais je ne me débrouille pas trop mal non plus.

— Je ne suis pas difficile, vous verrez, assura-t-il en lui adressant un grand sourire. Il me tarde vraiment de goûter à votre cuisine, vous savez. Ça me changera des deux ou trois plats que je sais faire ! ajouta-t-il en s'esclaffant.

Puis il alla s'agenouiller devant la cheminée pour tisonner les braises sur lesquelles il déposa deux grosses bûches.

— Vous n'avez pas à vous inquiéter pour ce soir. Ma sœur a préparé le repas. Il suffit de le réchauffer. Elle tenait vraiment à vous faciliter les choses pour votre premier jour ici.

Willa le dévisagea d'un air incrédule, bouche bée. Une bouche rose qu'il essayait de ne pas regarder par peur de succomber à la tentation… Depuis leur arrivée à la maison, il ne pouvait s'empêcher d'imaginer le ravissement que lui procurerait un seul baiser sur ces lèvres qui paraissaient douces comme des pétales. A cette simple pensée, il sentit une vague de chaleur l'envahir. Il se leva brusquement, heureux de voir que les bûches commençaient à flamber. Il valait mieux pour lui qu'il se trouve une petite occupation ; cela l'empêcherait de se laisser submerger par le désir que Willa lui inspirait.

— Attendez-moi ici, reprit-il en lui adressant un petit sourire. Mettez-vous à l'aise. Je vais aller m'occuper de Calvin.

— Vous avez une très belle maison, Austin, dit-elle sans réfléchir.

Elle le regarda ensuite traverser la pièce, incapable de détacher les yeux de l'homme qu'elle venait d'épouser.

— C'est également la vôtre, désormais, répondit-il. Vous pouvez déjà commencer à penser aux modifications que vous aimeriez y apporter, si vous voulez, poursuivit-il en disparaissant derrière l'une des portes.

Willa eut juste le temps d'apercevoir le plan de travail et le coin d'une table en chêne. Elle n'en revenait pas. Il y avait une pièce entière réservée à la cuisine ! Elle n'avait jamais vécu dans une maison aussi grande. Et c'était une vraie maison, pas une simple cabane. C'était aussi la première fois qu'elle s'asseyait sur un canapé — un véritable canapé acheté dans un magasin ! Elle caressa du bout des doigts le tissu délicat qui le recouvrait. Il avait une jolie teinte bleu marine. Elle n'aurait aucun mal à y assortir des rideaux et des coussins. Dire qu'Austin avait fait ajouter son nom sur le compte qu'il avait au magasin en ville ! Elle soupira. Cette journée était décidément très riche en émotions…

Toutefois, elle savait bien qu'elle allait finir par se réveiller. Tout cela était trop beau pour être vrai. Les soubresauts du train n'allaient plus tarder à la tirer du sommeil, et elle allait se redresser sur son siège, le sourire aux lèvres en repensant au merveilleux rêve qu'elle venait de faire. Un rêve qui ne se réaliserait jamais…

Elle sentit soudain une douce chaleur lui caresser le visage. Le feu qui crépitait joyeusement dans l'âtre de la cheminée lui apportait le réconfort dont elle avait tant besoin. Elle tendit l'oreille ; Austin marchait dans la pièce voisine. Elle n'avait donc pas rêvé ! Il s'agissait bien de la réalité… Elle serra les bras autour de sa taille, le regard perdu. Combien de temps les bonnes manières d'Austin allaient-elles durer ? Qu'allait-il se passer exactement quand la vaisselle du dîner serait faite et qu'ils auraient laissé mourir le feu dans la cheminée pour la nuit ? La peur s'insinua en elle. Elle devait à tout prix penser à autre chose et ne pas s'abandonner à la terreur que lui inspirait la simple pensée de se retrouver dans un lit, coincée sous un homme.

Doucement, elle s'humecta les lèvres ; elle avait à présent la bouche horriblement sèche. Dieu sait qu'elle aurait donné cher pour échapper à la nuit de noces qui l'attendait ! Mais Austin était un homme, et un homme avait forcément des besoins… Mais que pouvait-elle bien y changer ? Il fallait s'armer de courage et essayer de rester concentrée sur le bon côté des choses. Dès demain, elle pourrait peut-être aller au magasin choisir le tissu nécessaire à la confection des rideaux. Elle choisirait quelque chose de coloré, de chaleureux. Quelque chose qui puisse lui donner de l'espoir…

Chapitre 3

Austin avait à peine touché au contenu de son assiette. Le poulet rôti préparé par Evelyn était délicieux, comme toujours, mais il était incapable d'avaler quoi que ce soit. D'habitude, il adorait la purée de pommes de terre ; là, elle avait bien du mal à passer… Sa femme ne paraissait pas au mieux de sa forme elle non plus, avait-il remarqué un peu plus tôt. Il lui jeta un rapide regard par-dessus la petite table de cuisine. Willa était blanche comme un linge et semblait extrêmement nerveuse.

— Oups, fit-elle en faisant tomber un haricot sur ses genoux. Ce que je peux être maladroite, parfois, ajouta-t-elle l'instant d'après, les joues en feu.

Austin aurait voulu la mettre à l'aise, mais il avait la gorge nouée et ne trouva rien à dire.

— Dans le train, je n'ai pas cessé de penser à la nouvelle vie que j'allais mener ici, dit-elle en se débattant avec les os de sa cuisse de poulet.

— Le trajet a dû vous paraître interminable, répondit-il dans un murmure. D'autant que vous ne saviez guère à quoi vous attendre…

Il soupira. Comme il connaissait ce sentiment !

— Pour être tout à fait honnête, poursuivit-il, ces derniers jours, j'étais tellement obnubilé par l'imminence de notre rencontre que je n'arrêtais pas de me cogner partout. Combien de fois je suis entré dans une pièce en me demandant ce que j'étais bien venu y chercher ! Calvin l'a bien senti, d'ailleurs. Je ne l'ai jamais entendu hennir comme ça !

— Vous étiez nerveux ? s'étonna Willa en le regardant droit dans les yeux pour la première fois depuis leur rencontre avant de baisser timidement la tête de nouveau.

— Vous n'avez pas idée, admit-il. Je sais si peu de choses sur vous… Vous voyez certainement ce que je veux dire.

— Bien sûr, dit-elle en poussant un petit soupir de soulagement.

Elle semblait perdue dans ses pensées, tout à coup.

— Pourquoi avez-vous choisi de consulter les petites annonces pour vous trouver une épouse ? demanda-t-elle dans un souffle.

— Je n'ai pas vraiment eu le choix, répondit-il aussitôt. Dans la région, les femmes en âge de se marier ne sont pas vraiment nombreuses. La vie est rude, ici, vous savez. Nous sommes loin de tout, et l'arrivée du chemin de fer n'y a strictement rien changé. Toutes les femmes que je connais sont déjà mariées. Il faut croire que les autres hommes se sont mieux débrouillés que moi.

— Comment cela se fait-il ? s'enquit-elle, suspendue à ses lèvres.

— Je suppose qu'aucune femme ne m'a trouvé à son goût, dit-il en haussant les épaules. Je n'ai rien du jeune homme fringant qui fait chavirer le cœur de ces dames… Vous avez bien dû vous en rendre compte. En revanche, j'ai tout ce qu'il faut pour subvenir aux besoins d'une famille. Je dirige une petite affaire en ville ; je suis maréchal-ferrant. Mais cela n'était apparemment pas suffisant.

— Ne dites pas de bêtises, répliqua-t-elle avec douceur. Pourquoi cela ne serait-il pas suffisant ?

— Parce que je n'ai rien de spécial, je suppose.

Austin soupira. C'était le drame de sa vie… Il savait bien qu'il n'avait rien d'exceptionnel ; il n'était pas idiot. Il se débrouillait même plutôt bien à l'école, naguère, et il n'était pas vilain non plus, mais aucune femme n'avait accepté de l'épouser.

— Les rares femmes qui m'ont approché se sont rapidement désintéressées de moi, reprit-il. Alors j'ai fini par me dire que c'était à moi de trouver la jolie fille que j'allais épouser. Et vous voilà !

— Vous êtes un charmeur, s'exclama-t-elle en riant. Il faudra que je pense à garder un œil sur vous.

Austin se détendit un peu. Comme c'était bon de la voir reprendre des couleurs et s'animer un peu ! Il en avait assez d'être toujours centré sur sa petite personne et ses petits problèmes. Désormais, il n'avait plus à se préoccuper du regard des autres. Il était marié et pouvait faire ses adieux à la solitude. Il avait épousé une très belle femme, et elle n'était qu'à lui. D'ailleurs, plus il la regardait, plus il la trouvait attirante… Quelle chance il avait, tout de même !

— Pourquoi avez-vous choisi ma lettre ? demanda-t-il tout à coup.

— Parce que vous êtes le seul à m'avoir écrit, marmonna-t-elle.

— Comment ? s'exclama-t-il, décontenancé.

— Ce n'est pourtant pas difficile à comprendre, dit-elle dans un murmure. Dans mon annonce, j'ai écrit que je voulais me marier et que j'attendais un enfant. Ça a dû en faire fuir plus d'un. Je me devais pourtant d'être honnête.

Austin s'était immobilisé et luttait pour ne pas s'abandonner au désespoir. Il n'y avait donc pas eu cette petite étincelle qu'il avait tant espérée, ce petit quelque chose de spécial qui lui aurait fait choisir sa lettre plutôt qu'une autre… Au fond, elle n'était venue le rejoindre que par pure nécessité !

— Vous avez dû être terriblement déçue en recevant ma lettre, dit-il d'une voix légèrement tremblante. Vous auriez sûrement préféré avoir davantage de choix.

— Bien au contraire, assura-t-elle. Je vous étais extrêmement reconnaissante de m'avoir écrit. Comprenez bien que je n'avais nulle part où aller. A la mort de Jed, la banque a immédiatement saisi notre ferme.

— Vous n'aviez donc personne vers qui vous tourner ? Nulle part où aller ?

Sidéré, il se leva brusquement de table. La vie était parfois profondément injuste, songea-t-il amèrement. Une fois veuve, Willa n'avait eu personne à ses côtés pour prendre soin d'elle. Si jeune et déjà seule au monde !

— Mais où êtes-vous allée vous réfugier, alors ? demanda-t-il d'une voix blanche, tout en versant de l'eau chaude dans une bassine.

— La banque avait confisqué la maison, murmura-t-elle, les joues en feu. Mais pas la grange. C'est là que j'ai passé toutes mes nuits...

Incapable de rester assise plus longtemps, elle se leva précipitamment, faisant grincer les pieds de sa chaise sur le plancher.

— Vous voyez maintenant pourquoi je vous suis vraiment reconnaissante, ajouta-t-elle.

Austin accusa le choc. De la gratitude ! Mais ce n'était pas de la gratitude qu'il espérait de la part de son épouse ! Ne comprenait-elle pas ? Prenant sur lui, il posa doucement la bassine pleine d'eau sur le plan de travail situé sous la fenêtre et fronça les sourcils en voyant son reflet dans la vitre. Etait-elle déçue ? Cette question lancinante ne le lâchait plus... De son côté, il devait bien admettre que la situation le laissait perplexe. Ce qu'il venait d'apprendre l'avait rendu furieux. Ils n'étaient qu'en avril, et les nuits devaient être également bien fraîches dans le Dakota du

Sud. Dire qu'elle était enceinte, par-dessus le marché ! Il serra les poings sans bien savoir pourquoi une telle colère s'était emparée de lui.

Pelotonnée contre le plan de travail, Willa le dévisageait sans comprendre, les yeux remplis de crainte. Austin soupira. Cela ne faisait que confirmer ses soupçons ; ce Jed avait dû lui mener la vie dure. Ça le rendait malade rien que d'y penser. Il saisit brusquement un couteau pour râper des copeaux de savon qu'il laissa tomber dans l'eau fumante.

— C'est à moi de faire la vaisselle, dit alors Willa sur un ton qui ne souffrait pas la contradiction.

Il ne put réprimer un sourire. Son brusque accès de colère lui avait peut-être fait peur, mais cela ne l'empêchait pas de savoir ce qu'elle voulait ! Il n'eut pas le temps de réagir qu'elle lui avait déjà pris le savon des mains.

Ce bref contact physique le fit tressaillir, mais il recouvra aussitôt son sang-froid.

— Laissez-moi m'occuper de la vaisselle, insista-t-il. Vous devez être épuisée.

— Je me sens très bien, Austin, le coupa-t-elle un peu plus sèchement qu'elle ne l'aurait voulu. Et vous savez bien que c'est à moi de me charger des tâches ménagères. Cela m'ennuierait beaucoup de passer pour une paresseuse.

Austin n'en revenait pas. Elle semblait si déterminée ! Prête à se disputer avec lui s'il le fallait.

— Paresseuse ? s'exclama-t-il. Mais cette idée ne m'a même pas effleuré l'esprit ! C'est plutôt votre état qui me préoccupe.

— Oh ! lâcha-t-elle. Le bébé !

Il la regarda fixement, les yeux écarquillés. Quelle situation étrange, tout de même ! Elle semblait avoir oublié jusqu'à l'existence du bébé ! La consternation se lisait d'ailleurs sur son visage, mais elle reprit ses esprits en un clin d'œil.

— Je vais bien, assura-t-elle. Et je ne vous ai pas menti dans ma lettre, Austin. Je ne rechigne jamais à la tâche.

Comme elle semblait vraiment y attacher une grande importance, il hocha la tête et la laissa s'emparer de l'éponge qu'il avait à la main. Et, une nouvelle fois, il reçut comme une décharge électrique lorsque leurs doigts se frôlèrent.

— Sachez que, moi aussi, je suis très travailleur, répliqua-t-il, un peu désorienté par l'effet qu'elle lui faisait.

— Je n'en doute pas, répondit-elle.

Elle paraissait un peu moins tendue. Austin crut même apercevoir l'esquisse d'un sourire sur son visage. Elle lui faisait penser à l'une de ces créatures magiques tout droit sorties d'un conte de fées. Elle était bien trop belle et trop gentille pour être réelle…

Il ne comprenait pas ce qui lui arrivait. Sa gorge était nouée, et plus aucun mot ne parvenait à sortir de sa bouche. A vrai dire, il se sentait totalement désarmé depuis qu'elle l'avait effleuré. Il se sentait trop grand, trop rustre, et bien trop quelconque pour mériter une femme comme elle. Du reste, il n'arrivait toujours pas à croire que c'était l'alliance qu'il avait achetée pour elle quelques jours plus tôt qui brillait à son doigt. Elle était bel et bien sa femme… Huit longues années de solitude étaient enfin derrière lui.

— Il faut… Je dois aller m'occuper du feu, marmonna-t-il brusquement.

— D'accord, dit-elle timidement tout en continuant à faire la vaisselle.

Austin se dirigea vers la porte en prenant garde de ne pas trébucher sous le coup de l'émotion. Il devait aller dehors pour chercher le bois dont ils auraient besoin le lendemain matin.

La main sur la poignée de la porte, il hésita et se retourna pour la regarder une dernière fois avant de sortir. Tout lui plaisait, dans la scène qui se déroulait devant lui. L'eau qui clapotait, le tintement des couverts qui s'entrechoquaient en touchant le fond de la bassine, le bruissement léger de sa robe et, surtout, la douceur de sa présence…

Ce soir, il ne dormirait pas seul. Willa allait partager son lit. Elle était à lui, rien qu'à lui, et il ferait tout son possible pour la rendre heureuse. C'était enfin son tour de connaître l'amour qu'il avait si souvent envié chez ses parents lorsque sa mère était encore en vie.

Une vague de bonheur l'inonda. Il se dirigea vers la porte d'entrée sur son petit nuage et remarqua à peine le froid glacial qu'il faisait lorsqu'il l'ouvrit.

— Tout va bien ? demanda-t-il à son retour quelques minutes plus tard.

Willa était en train de ranger la vaisselle sur les étagères.

— J'ai presque fini, répondit-elle. Vous voyez, ça ne m'a pas pris beaucoup de temps. Il faudra que je pense à remercier votre sœur pour le bon repas qu'elle nous a préparé.

— Ne vous tracassez pas avec ça, dit-il en souriant. Je l'ai déjà remerciée.

Il prit la bassine pleine d'eau pour aller la vider dehors.

— Willa ! s'exclama-t-il tout à coup. Vous êtes blanche comme un linge ! Vous vous sentez bien ?

— Ce n'est rien. J'ai simplement eu une longue journée, assura-t-elle en évitant de croiser son regard.

Elle ne savait que penser. Pourquoi se montrait-il si courtois envers elle ? Il sortit sans dire un mot, la bassine dans les mains. Il revint quelques instants plus tard, couvert de neige.

— Je suis désolé, fit-il en voyant les traces qu'il laissait derrière lui. Je ne pensais pas salir autant.

Willa haussa les épaules et passa rapidement un coup de

serpillière sur le plancher. Elle avait terriblement envie de lui enlever les flocons de neige qu'il avait dans les cheveux, mais elle se retint ; elle avait bien retenu la leçon. Son premier mariage était encore frais dans sa mémoire. Elle savait qu'il valait mieux éviter de dorloter les hommes car, bizarrement, ils finissaient toujours par vous infliger une correction. Elle ne commettrait pas deux fois la même erreur. Et c'était la même chose pour la nuit de noces. Elle ne tenait pas à revivre le même cauchemar et ne resterait pas à pleurer en silence jusqu'au petit matin, en proie à une terrible désillusion.

— Cela paraît difficile à croire, dit Austin en accrochant son manteau, mais il est déjà 9 heures. Le temps passe très vite. Il faut dire que j'ai passé la journée à m'assurer que tout était prêt pour votre arrivée. J'ai eu beaucoup à faire à la dernière minute. Comme me procurer de nouvelles assiettes, par exemple… J'aurais été gêné de vous voir manger dans mes vieilles assiettes ébréchées.

Quelle prévenance ! songea Willa, attendrie.

Elle devait pourtant rester sur ses gardes. On ne pouvait pas faire confiance aux hommes, elle ne le savait que trop… Et, même si elle appréciait la douce chaleur qui régnait à présent dans la cuisine, elle était encore sur la défensive. Dieu sait qu'elle n'était pas là de gaieté de cœur ! Jamais elle ne se serait remariée si elle n'avait pas été enceinte ! Cela ne l'amusait pas de se trouver une nouvelle fois à la merci d'un homme. L'alliance qu'elle portait au doigt symbolisait l'engagement qu'elle avait pris auprès d'Austin. « Jusqu'à ce que la mort vous sépare », avait dit le révérend…

— Vous pouvez me montrer ma chambre ? demanda-t-elle d'une toute petite voix.

Elle craignait plus que tout ce qui allait suivre, mais elle ne voyait pas comment elle pourrait s'y soustraire.

— Vous voulez peut-être dire *notre* chambre, objecta-t-il en la regardant droit dans les yeux.

Que voulait-il vraiment dire ? s'interrogea-t-elle avec inquiétude.

— C'est la première porte sur votre gauche. Venez, je vais vous montrer.

— Merci, répondit-elle, terriblement mal à l'aise.

Le feu crépitait toujours dans la cheminée du salon, mais il ne lui fut d'aucun réconfort.

— Cette petite chambre me semble idéale pour accueillir le bébé, dit Austin en ouvrant une porte.

Il s'écarta pour la laisser regarder.

— Evelyn y a déposé le berceau, ajouta-t-il. C'est sa manière de vous souhaiter la bienvenue.

Un berceau ! Willa sentit sa gorge se nouer et entendit à peine ce qu'Austin lui disait.

— C'est le berceau dans lequel mes frères, ma sœur et moi-même avons dormi, expliqua-t-il. Mon père l'a fabriqué de ses mains un peu avant ma naissance. Je suis sûr que vous allez aimer mon père. Lui aussi était maréchal-ferrant. J'ai repris son affaire lorsqu'il a pris sa retraite. Il est impatient de vous rencontrer.

— Votre famille est au courant pour le bébé ? s'étonna-t-elle.

Elle poussa un profond soupir. Pas un instant elle n'avait songé à la famille d'Austin ! Elle s'était uniquement concentrée sur sa rencontre avec lui. Désormais, elle prenait les choses les unes après les autres. C'était mieux ainsi. Quoi qu'il en soit, ce qui l'attendait à présent lui glaçait le sang. Comme elle redoutait l'instant où Austin lui montrerait la chambre qu'ils allaient partager cette nuit !

Ensemble…

Elle n'était pas certaine de trouver la force d'affronter cette situation ; elle se sentait si faible ! Peut-être était-ce d'avoir vu le petit berceau… Elle essayait d'imaginer le temps qu'il avait fallu pour le fabriquer. Un homme pouvait-il vraiment passer de longues heures à travailler le bois, juste pour un bébé ?

— Non, répondit-il. J'en ai seulement parlé à ma sœur, et elle m'a juré de garder le secret aussi longtemps que vous le souhaiterez. Je n'ai rien dit au reste de la famille. En venant hier, Evelyn m'a aidé à faire le grand ménage dans la maison. Je suppose qu'elle est tombée sur l'annonce que j'avais entourée dans le journal. Ma sœur est une incorrigible curieuse, ajouta-t-il avec un petit sourire.

— C'est une très gentille attention, dit Willa dans un murmure.

— Elle brûle d'impatience de vous rencontrer, répliqua Austin en riant sous cape. J'espère que vous ne la trouverez pas trop envahissante. Je sais que vous n'avez pas l'habitude d'avoir une grande famille.

— Je suis certaine que je vais beaucoup l'apprécier, assura-t-elle en rougissant malgré elle.

Le fait d'aborder un sujet aussi intime que sa grossesse la mettait mal à l'aise.

— Il faudra bien annoncer la nouvelle un jour, ajouta-t-elle après avoir pris une profonde inspiration. Mais je ne veux pas non plus ternir votre réputation. Je sais bien comment les choses se passent dans les petites villes. Les gens ont vite fait de porter des jugements hâtifs et d'imaginer les pires horreurs.

— Vous n'avez absolument pas à rougir de votre situation, répliqua-t-il. Il faut beaucoup de courage pour accepter d'épouser un homme que vous n'avez jamais rencontré afin de subvenir aux besoins de l'enfant que vous portez. Sachez que je pensais vraiment ce que j'ai écrit dans ma lettre. Je traiterai ce bébé comme si c'était le mien. C'est notre enfant, désormais, comme tous ceux qui suivront.

— Ceux qui suivront ? répéta-t-elle en blêmissant.

Willa crut défaillir et dut prendre appui contre le mur. La tête lui tournait, et elle manquait d'air. Jamais il ne lui avait écrit qu'il voulait des enfants ! De son côté, elle s'était focalisée sur leur rencontre et avait soigneusement évité de penser à l'avenir. Quelle idiote ! Bien sûr qu'il y aurait d'autres enfants ! Il était son mari, alors il s'attendait forcément à consommer leur mariage…

— Je mets sûrement la charrue avant les bœufs, dit-il en posant la main sur son avant-bras. Nous allons d'abord nous occuper de ce bébé. Une chose à la fois, d'accord ?

Bouleversée, Willa hocha la tête et se laissa guider vers la chambre conjugale. Son cœur se mit à battre furieusement ; elle ne pouvait plus reculer. Cet homme, son mari, allait faire d'elle ce qu'il voudrait.

Une petite lampe était allumée sur l'une des tables de chevet et projetait un halo de lumière sur un grand lit à baldaquin orné d'un couvre-lit en patchwork aux jolies couleurs printanières sur lequel étaient posés deux oreillers d'un blanc immaculé. Jamais, même dans ses rêves les plus fous, elle n'avait osé imaginer une chambre aussi belle ! Sans compter le bureau et le fauteuil, tous deux assortis à la tête de lit sculptée. Et une table de toilette avec un miroir. Un vrai miroir !

— Je sais que vous aurez peut-être envie d'apporter quelques modifications, reprit Austin pour rompre le silence pesant qui s'était installé. Ma sœur m'a dit que je devrais avoir honte de mes rideaux, et je comprends maintenant ce qu'elle voulait dire. C'est ma mère qui a fait le couvre-lit. Je le trouve joli, mais si vous ne le trouvez pas à votre goût cela ne me pose aucun problème. En tout cas, il est bien mieux que la vieille couverture en laine qui me servait de couvre-lit il y a quelques jours encore.

Il se dirigea ensuite vers la porte, visiblement très embarrassé.

— J'ai posé votre sac dans le fauteuil, dit-il dans un souffle. Je vous laisse vous préparer pour la nuit.

Willa tremblait tant qu'elle en eut la nausée. Elle regarda la porte se refermer doucement et tendit l'oreille en retenant son souffle. Austin alla verrouiller la porte d'entrée. Elle l'entendit ensuite se diriger d'un pas lourd vers la cheminée, vraisemblablement pour couvrir le feu, songea-t-elle. Pour la nuit. Il fallait qu'elle se hâte ! Il n'allait pas tarder à revenir dans la chambre, et elle ne tenait pas à se laisser surprendre en petite tenue.

En un éclair, elle se déshabilla et enfila sa chemise de nuit. Puis elle se passa de l'eau sur le visage d'une main fébrile, se lava les dents, défit son chignon et brossa sa longue chevelure bouclée devant le miroir. Quelle horreur ! songea-t-elle, effrayée par son reflet. Elle était livide, et d'une maigreur à faire peur.

Lorsque Austin frappa discrètement à la porte, elle sursauta et se précipita vers le lit pour s'y réfugier.

— Entrez, dit-elle d'une voix blanche tout en remontant les couvertures le plus haut possible.

C'était de loin le lit le plus confortable dans lequel elle se soit jamais allongée. Le matelas était à la fois ferme et doux, et il y avait de chauds draps de flanelle !

Austin entra lentement, les yeux rivés sur le sol. Peut-être était-il intimidé lui aussi. En tout cas, il s'était montré jusqu'alors bien plus prévenant qu'elle n'aurait osé l'imaginer, au point qu'elle avait même du mal à y croire.

— Etes-vous confortablement installée ? demanda-t-il.

— Oh oui ! répondit-elle en roulant sur le côté pour lui tourner le dos.

C'était à son tour de se préparer pour la nuit. Willa l'entendit se brosser les dents puis se déshabiller. Lorsqu'elle sentit le lit se creuser sous son poids, elle ferma les yeux, terrifiée à la pensée de ce qui l'attendait.

Chapitre 4

En proie à une peur panique, Willa retenait son souffle. Elle devait à tout prix chasser les terribles souvenirs des nuits qu'elle avait passées avec Jed. Austin n'était peut-être pas une brute, après tout... L'oreille aux aguets, elle l'écouta s'installer auprès d'elle.

Dès qu'il se jetterait sur elle, elle ne devrait surtout pas oublier de respirer, se répéta-t-elle. Elle devait aussi se détendre. Cela lui ferait forcément moins mal si elle se laissait faire. De toute manière, elle n'avait pas le choix. C'était le prix à payer. Elle repensa alors aux longues nuits qu'elle avait passées dans la grange, recroquevillée sur elle-même pour lutter contre le froid. Certaines nuits, il lui avait été impossible de trouver le sommeil tant elle avait faim. Elle pensa également au bébé qui grandissait dans son ventre. Elle y arriverait, se promit-elle. Ce serait plus vite terminé qu'elle ne le pensait.

— Je me lève tôt, demain, dit-il doucement en éteignant la lumière. Je commence à 6 heures, ajouta-t-il lorsque la chambre fut plongée dans l'obscurité.

— Je vous préparerai votre petit déjeuner, murmura Willa.

Bonne idée, songea-t-elle. Il fallait qu'elle essaie de rester concentrée sur ce qu'elle aurait à faire le lendemain. Préparer le petit déjeuner, planifier le menu des repas suivants… Austin s'était rapproché d'elle, mais elle ne devait pas y prêter attention.

— Souffrez-vous de nausées matinales ? lui demanda-t-il en posant une main sur son épaule, ce qui la fit sursauter de frayeur.

— Ça peut aller, chuchota-t-elle.

Elle devait absolument penser à autre chose. Aux rideaux, par exemple. Oui, c'était une très bonne idée ça, les rideaux.

— Willa ?

Il ne se trouvait plus qu'à quelques centimètres. Elle sentait déjà son souffle dans son cou. Une terreur indicible la submergea aussitôt. Elle devait essayer de ne pas penser à ce qui allait arriver. La brutalité, la douleur, l'humiliation… Le souvenir de sa première nuit de noces lui revint avec force. Un véritable cauchemar ! La jeune fille innocente qu'elle était alors, la tête pleine d'histoires d'amour romantique, était morte cette nuit-là. Jed lui avait fait si mal qu'elle n'avait même pas crié. Au moins, elle savait ce qui l'attendait, cette fois.

— Willa ? répéta-t-il. Ma douce, vous faites trembler tout le lit !

— Je… je suis désolée, bégaya-t-elle.

— Ne vous mettez pas dans un état pareil, murmura-t-il. Ce n'est bon ni pour vous ni pour le bébé.

Il ôta la main qu'il lui avait posée sur l'épaule et lui dégagea le visage des mèches de cheveux qui lui barraient le front. Jamais un homme ne lui avait parlé avec une telle gentillesse, songea-t-elle en se tournant instinctivement vers lui.

— Dois-je en déduire que votre premier mari n'a vraiment pas été tendre avec vous ?

— C'est bien cela, répondit-elle. Jed passait son temps à boire.

— Comment s'est passée votre première journée avec lui ? demanda-t-il avec douceur.

— C'était la première fois que je le voyais, dit-elle précipitamment.

Elle avait parlé sans réfléchir et eut soudain l'impression qu'elle n'allait pas pouvoir s'arrêter. C'était tellement plus facile de parler dans l'obscurité !

— J'ai répondu à une annonce qu'il avait fait paraître dans le journal local, poursuivit-elle.

— Ce n'est donc pas la première fois que vous épousez un homme rencontré par le biais d'une petite annonce…

— Non, marmonna-t-elle. J'étais pleine d'illusions, à l'époque. J'avais l'impression que la dernière phrase des contes « ils vécurent heureux et eurent beaucoup d'enfants » avait été écrite pour moi. Jed m'avait envoyé une charmante lettre. J'ai immédiatement été séduite. Il semblait drôle et avoir foi en l'avenir. Je pensais sincèrement que j'avais beaucoup de chance d'être sur le point de partager l'existence d'un homme doté d'un tel sens de l'humour. Malheureusement, son humour n'a duré que jusqu'à ce que nous arrivions à la ferme.

— Que s'est-il passé ensuite ? demanda-t-il tout bas.

— A peine étions-nous arrivés, dit-elle en tremblant, qu'il m'a ordonné de descendre du chariot et m'a donné les rênes du cheval en me hurlant de me dépêcher d'aller lui préparer à dîner. Jamais je n'oublierai cet instant… Ensuite, il a attrapé une bouteille de whisky dissimulée sous son siège et s'est enfermé dans la cabane pour se soûler. A l'heure du dîner, il avait vidé toute la bouteille.

— Je vois… C'était un ivrogne, chuchota-t-il en lui caressant la joue pour essuyer les larmes qui avaient commencé à couler.

— Oui. C'était un ivrogne et, dès qu'il buvait, il se mettait dans des colères noires, ajouta-t-elle en hoquetant.

Elle se souvenait encore du plat de porc salé accompagné de pommes de terre qu'elle avait posé sur la table bancale. Il faisait déjà nuit noire, dehors, car le trajet en chariot avait duré presque tout l'après-midi. Elle s'était alors désespérément accrochée à ses illusions…

Peut-être ne buvait-il pas autant tous les jours, avait-elle pensé tout en versant de l'eau dans leurs verres. Qui sait, une fois qu'il aurait cuvé son whisky, il redeviendrait peut-être l'homme charmant qu'elle pensait avoir épousé…

Mais il ne voulait pas d'eau et avait jeté par terre le contenu du verre qu'elle venait de lui servir. Il s'était ensuite levé de table, fou de rage, et l'avait giflée de toutes ses forces en la traitant de tous les noms, après quoi il lui avait ordonné d'aller lui chercher une autre bouteille. Il allait lui apprendre qui était le maître ! lui avait-il répété plusieurs fois en hurlant.

— Il passait son temps à vous maltraiter, c'est bien ça ?

— Au bout d'un certain temps, je n'y prêtais même plus attention, murmura-t-elle, la gorge nouée. J'ai appris à me contenter de ses bons jours.

— Je vois…

Willa n'était pas vraiment disposée à en dire davantage et préféra se taire. Elle sentait la chaleur qui émanait de lui. Il lui semblait bien plus musclé et plus massif que Jed. Face à lui, elle n'avait aucune chance… De toute façon, elle savait bien qu'il valait mieux se laisser faire. Les rares fois où elle avait essayé de s'opposer à Jed, elle s'en était cruellement mordu les doigts.

Mais pourquoi Austin gardait-il ses distances avec elle ? Cela ne présageait certainement rien de bon… Une telle frayeur s'était emparée d'elle qu'elle se mit à trembler de nouveau, au point de faire grincer les ressorts du matelas. Malgré les efforts qu'elle déployait, elle ne parvenait pas à se détendre. Elle sentit la nausée la gagner et serra les dents. L'attente devenait insupportable.

— Vous savez depuis combien de temps je lis les petites annonces dans le journal ? lança soudain Austin en se redressant sur les coudes.

Willa sursauta. Mais à quoi jouait-il donc ? se demanda-t-elle. Pourquoi ne lui sautait-il pas dessus pour lui arracher sa chemise de nuit ?

— Un an et demi ! cria-t-il presque. Un an et demi à lire chaque annonce avec la plus grande attention, à me poser mille questions sur toutes ces femmes à la recherche d'un mari ! Plusieurs d'entre elles m'ont paru intéressantes, mais je ne suis jamais allé plus loin.

« Pourquoi ? » aurait voulu lui demander Willa. Mais ce mot resta coincé dans sa gorge. Des gouttes de sueur se mirent à perler sur son front pour ensuite dégouliner le long de ses tempes.

Elle luttait furieusement pour ne pas se laisser guider par son instinct, qui la poussait à bondir hors du lit et à s'enfuir à toutes jambes ! D'atroces souvenirs la hantaient. Jamais elle n'oublierait sa première nuit avec Jed. Elle n'était alors qu'une jeune femme naïve et innocente, et personne ne lui avait expliqué à quoi s'attendre dans la chambre conjugale. Alors qu'elle se tournait paisiblement sur le côté pour dormir, Jed l'avait brutalement saisie par l'épaule, ivre de colère. Son haleine empestait le whisky. Il l'avait insultée et l'avait obligée à ouvrir les yeux en hurlant qu'elle lui appartenait. Il l'avait ensuite chevauchée en la forçant à écarter les cuisses.

— Pourquoi moi ? Pourquoi m'avez-vous écrit ? demanda-t-elle d'une toute petite voix qui lui fit honte.

Comme elle se sentait petite à côté de lui ! Il semblait prendre toute la place… Il tourna le visage dans sa direction et soupira.

— Quelque chose dans votre façon d'écrire a attiré mon attention, expliqua-t-il. Quelque chose m'a frappé et ne m'a plus quitté.

— Le désespoir, sans doute, dit-elle à mi-voix. J'ai dû vous sembler désespérée.

— Non, ça ne m'a pas particulièrement marqué.

Willa reprit son souffle. Austin serait-il plus attentionné que Jed ? Moins brutal ? Elle s'efforça de chasser les images effroyables qu'elle ne parvenait pas à oublier. Une partie d'elle était morte cette nuit-là. Et toutes les autres nuits où il l'avait forcée à se soumettre à lui… Qui sait, peut-être Austin lui ferait-il moins mal ?

— Je pensais sans cesse à vous, reprit-il. Lorsque je nettoyais les stalles des chevaux, lorsque je forgeais un fer à cheval. Je vous imaginais, seule et enceinte… Votre annonce était si différente de celles des autres femmes ! Vous, au moins, vous ne cherchiez pas à vous glorifier de vos supposées vertus ou de votre beauté. Et vous ne promettiez rien. L'honnêteté dont vous faisiez preuve m'a profondément touché.

— Vraiment ? s'étonna-t-elle. Vous auriez pu épouser une femme beaucoup plus belle que moi !

— La beauté est dans les yeux de celui qui regarde, répliqua-t-il avec le plus grand sérieux. Je vous trouve bien assez belle. Et, si j'avais su que vous dormiez dans une grange, j'aurais répondu plus vite.

— Je vous suis très reconnaissante de tout ce que vous avez fait pour moi et le… et le bébé.

Willa serra les poings. Le bébé… Quel genre de mère ferait-elle donc après tout ce qu'elle avait subi ? Son cœur était en lambeaux.

— Pour être tout à fait honnête, je ne sais pas ce que je serais devenue si vous n'aviez pas choisi mon annonce, ajouta-t-elle d'une voix pleine de gratitude.

— Il ne faut plus y penser. Tout cela appartient au passé, maintenant. Vous êtes chez vous, désormais, dit Austin en se tournant vers elle.

Willa se figea. Son cœur s'était arrêté de battre. Elle n'allait plus tarder à y passer, à présent. Austin était certes très gentil, mais il n'en était pas moins un homme. Et un homme avait forcément des désirs à assouvir, par la force s'il le fallait. Elle ferma les yeux le plus fort possible. Ce serait sûrement moins difficile si elle gardait les yeux fermés. Si elle se concentrait sur le choix du tissu pour les rideaux. Peut-être que…

— Bonne nuit, dit-il soudain en lui déposant un baiser sur le front.

Le souffle lui manqua. Comment ? C'était tout ? Juste un baiser sur le front ? Austin s'était écarté d'elle et venait de poser sa tête sur son oreiller. Elle ouvrit les yeux et fixa l'obscurité, totalement décontenancée. Qu'attendait-elle, au juste ? se demanda-t-elle alors. Qu'il se jette sur elle et qu'il la malmène ? Peut-être attendait-il simplement qu'elle se détende. Il allait probablement la prendre par surprise et se montrer aussi cruel que Jed…

Quelques minutes passèrent. Elle entendait vaguement le tic-tac de l'horloge dans le salon. Peu à peu, la respiration d'Austin se fit plus profonde, plus régulière. Il semblait s'être endormi. Elle scruta l'obscurité et distingua une mèche de cheveux noirs qui lui barrait le front. Il était vraiment très grand et très fort, et il prenait plus de la moitié du lit, mais il ne lui avait fait aucun mal…

Il ne lui avait rien fait !

Les yeux mouillés de larmes, elle repensa malgré elle à toutes les nuits de cauchemar que Jed lui avait fait subir. Elle avait vécu un véritable calvaire. Elle n'oublierait jamais le désespoir incommensurable qui l'avait submergée lors de cette première nuit. Elle n'avait même pas versé une larme.

La douleur et l'humiliation avaient été trop vives. Elle était restée éveillée une bonne partie de la nuit et avait alors compris que la jeune fille qu'elle avait été jusque-là venait de disparaître et, avec elle, tous ses espoirs de bonheur.

L'amour n'existait pas, elle le savait désormais. C'était un pur mensonge, une histoire que l'on racontait aux petites filles pour leur donner envie de se marier un jour, avant qu'elles ne se retrouvent prises au piège. Le temps de comprendre, et c'était déjà trop tard. Une vie de servitude les attendait, et elles n'avaient plus qu'à accepter leur terrible destin.

Willa ferma les yeux. L'homme qu'elle venait d'épouser n'était donc pas une brute… Elle sentit brusquement des larmes lui brûler les paupières et les laissa couler sans se retenir en songeant avec émotion qu'elle ne s'en sortait pas si mal, finalement.

Austin grimaça. Il entendait Willa dans la chambre. La pauvre ne semblait vraiment pas dans son assiette, ce matin. Certainement les nausées matinales… Il était de tout cœur avec elle et aurait bien voulu pouvoir l'aider, mais comment ?

Evelyn lui avait suggéré de laisser un pot de chambre à côté du lit ; il la remercia intérieurement de ses précieux conseils, même si cela le chagrinait terriblement de savoir que Willa était en train de l'utiliser.

Ne sachant que faire, il se dirigea vers la cuisine pour préparer le petit déjeuner.

Alors qu'il mettait de l'eau à bouillir, il entendit soudain le plancher grincer. Surpris, il se retourna brusquement. Willa se tenait sur le seuil, blanche comme un linge et toute tremblante. Elle portait une robe bleue si élimée et tellement rapiécée qu'il était bien difficile de distinguer le motif fleuri du tissu.

— Bonjour. Je crois que vous seriez bien mieux au lit, dit-il en posant la bouilloire sur la cuisinière.

— Je vais bien, marmonna-t-elle.

Austin ne pouvait détacher son regard de son épouse. Elle était trop belle pour porter ces vieux chiffons ! Et elle était bien trop jeune pour entamer un second mariage...

Willa était livide. La main sur l'estomac, elle s'avança vers lui puis s'immobilisa, réprimant un haut-le-cœur. Peut-être hésitait-elle à retourner précipitamment dans la chambre où se trouvait le pot de chambre ?

— Vous n'avez pas l'air en forme, reprit-il d'un ton neutre en lui désignant une chaise du menton.

— Il faut juste que je boive un peu de thé, répondit-elle faiblement.

Il remarqua qu'elle évitait de croiser son regard et semblait hésiter à s'asseoir.

— Ma sœur me rebat les oreilles avec toutes ces histoires de femmes enceintes depuis une semaine, dit-il en esquissant un sourire. C'est pour ça que j'ai déjà rempli la bouilloire.

— C'est gentil à vous, Austin.

Elle s'assit enfin et, lorsqu'elle croisa son regard, ses yeux étaient si tristes qu'il en fut bouleversé. Aucune femme ne devrait avoir un tel regard, songea-t-il. Surtout si jeune. Elle semblait déjà s'être familiarisée avec un monde de tristesse et d'amertume.

A l'âge qu'elle avait, elle aurait dû passer son temps à bavarder avec ses amies. A parler de mode et de fêtes à venir, et à terminer ses études... Une vague de tendresse le submergea. Comme il la comprenait !

— J'ai intérêt à être aux petits soins pour vous, sinon ma sœur va m'étriper ! s'exclama-t-il en riant doucement.

Il avait choisi d'en rire alors qu'il mourait d'envie de la prendre dans ses bras pour la réconforter…

— Je peux vous assurer qu'Evelyn s'y entend pour liguer les femmes de mes frères contre moi. Et j'ai beau être costaud, je ne fais pas le poids face à elles ! ajouta-t-il en prenant une poêle à frire posée sur l'étagère.

Etait-ce une ébauche de sourire qu'il avait cru apercevoir ? se demanda-t-il, le cœur plein d'espoir. Elle semblait si chétive et si faible. Il posa la poêle sur la cuisinière pour y casser un œuf. Il pensa à Evelyn. Elle ne l'avait pas lâché d'une semelle et l'avait littéralement abreuvé de conseils ! Selon elle, les hommes n'y comprenaient rien… Une main posée sur le petit renflement de son ventre, qui se devinait à peine sous ses vêtements, elle lui avait expliqué que le bébé pompait toute l'énergie de la femme enceinte. Que, les premiers mois, les nausées épuisaient littéralement les futures mères. Elle lui avait fait promettre de laisser Willa se reposer lorsqu'elle en aurait besoin et de bien s'occuper d'elle, jusqu'à ce qu'elle reprenne des forces, vers le quatrième mois de grossesse.

Il lui avait alors assuré qu'il ferait de son mieux. Evelyn l'avait ensuite longuement dévisagé avant d'ajouter d'un ton sévère qu'il devrait s'acquitter des tâches domestiques sans ronchonner, à moins qu'il ne veuille faire regretter à Willa de l'avoir épousé. Ce qui serait dommage, car il avait beaucoup de chance qu'elle l'ait choisi !

Austin secoua la tête et se concentra sur les œufs brouillés qu'il préparait. Avec un toast, cela ferait peut-être du bien à Willa. Sans oublier une bonne tasse de thé ! La bouilloire se mit alors à siffler, et il versa aussitôt l'eau bouillante dans la vieille théière qui lui venait de sa mère.

— Je peux vous remplacer, maintenant, dit Willa en s'emparant de la spatule qu'il avait posée sur le bord de la poêle, le temps de s'occuper du thé.

Austin retint son souffle. Elle était si proche de lui qu'il voyait distinctement la fine texture de sa peau de porcelaine, la délicieuse courbure de ses cils et le contour de ses lèvres. Ses lèvres, qui lui paraissaient tellement appétissantes !

Il se mit à rêver d'embrasser cette bouche…

Décontenancé par la brusque vague de désir qui montait en lui, il s'immobilisa. Regarder Willa le mettait dans tous ses états. Elle était son épouse et n'appartenait qu'à lui… Il avait du mal à y croire. Il avait agi sous le coup de l'impulsion en lui proposant de l'épouser et il avait glissé un billet de train dans l'enveloppe. Il n'aurait pas su expliquer le profond respect qu'elle lui avait immédiatement inspiré. Ni le fol espoir qu'elle l'aimerait peut-être…

Austin posa la théière sur la table et hésita à reprendre la spatule. Willa semblait si déterminée à la garder ! Il se souvint alors de ce qu'elle avait déclaré haut et fort la veille au soir, au moment de faire la vaisselle. Elle tenait de toute évidence à lui montrer que le travail ne lui faisait pas peur. Elle n'avait pourtant rien à lui prouver, songea-t-il, le cœur battant. Le simple fait qu'elle soit là, avec lui, lui suffisait largement.

Soucieux de ne pas la contrarier, il se mit à couper des tranches de pain. Comme c'était agréable de partager ce moment avec elle ! pensa-t-il tout à coup. Sa présence changeait tout. Plus jamais il ne prendrait son petit déjeuner seul. Et ce soir, lorsqu'il rentrerait du travail, elle serait là à l'attendre. Son arrivée marquait la fin d'une longue solitude !

— Evelyn m'a conseillé de vous faire des toasts le matin, dit-il en ouvrant la porte du four pour y déposer les tranches de pain. Et elle m'a également donné du thé au gingembre. Elle dit que c'est ce qu'il y a de plus efficace contre les nausées matinales.

— C'est extrêmement gentil de sa part.

Austin frissonna. Dès que Willa parlait, sa voix flûtée le mettait dans un état de ravissement indescriptible.

— Je vous remercie d'avoir préparé le thé pour moi, ajouta-t-elle. Il sent très bon. J'ai hâte de le goûter.

— Je vais sortir les assiettes, bredouilla-t-il en se dirigeant vers l'étagère à vaisselle.

Comme il passait derrière elle, il s'immobilisa, horrifié par son extrême maigreur. Ses os étaient si saillants que ses omoplates pointaient sous le fin tissu de sa robe et qu'il aurait pu compter ses vertèbres !

Il s'était lourdement trompé lorsqu'il l'avait regardée à la dérobée dans l'église. Elle n'était pas simplement trop maigre, elle avait bel et bien souffert de la faim… Non seulement elle avait dû dormir dans une grange, mais elle n'avait pas eu non plus suffisamment à manger ! Choqué par ce qu'il venait de découvrir, il faillit laisser tomber les deux assiettes qu'il venait de prendre.

Mais tout cela était bien fini, maintenant ! Il allait s'occuper d'elle et veiller à ce qu'elle ait tout ce dont elle aurait besoin. Il comprenait tout, à présent. Pas étonnant qu'elle ait l'air si fatiguée et si triste ! Jusque-là la vie ne l'avait guère épargnée. Austin soupira, le cœur brisé par tant d'injustice.

— Vous en avez assez ? demanda alors Willa, qui venait de servir les œufs brouillés.

— Oui, c'est parfait, répondit-il. Il faut que je vous avoue quelque chose… Je déteste cuisiner ! Même si vous étiez la pire des cuisinières, je vous serais quand même très reconnaissant.

— Vous auriez dû me dire cela plus tôt. Je ne me serais pas autant appliquée à essayer de ne *pas* brûler les œufs ! répliqua-t-elle sur le ton de la plaisanterie.

Terriblement embarrassée par la remarque qu'elle venait

de faire sans réfléchir, elle baissa les yeux et se concentra sur la seconde assiette qu'elle devait servir.

Elle affichait de nouveau une mine bien lugubre, songea Austin, désolé. Il surmonta cependant sa déception en repensant à la terreur qu'il lui avait inspirée la veille au soir en se mettant au lit. Elle avait littéralement tremblé de peur à l'idée qu'il la touche ! Mais que lui avait donc fait subir son précédent mari pour qu'elle se mette dans de tels états ? Une chose était sûre : cet homme avait visiblement failli à sa mission.

— Non ! fit-elle soudain en reposant vivement la spatule sur le bord de la poêle.

Livide, les mains sur la bouche, elle se précipita hors de la cuisine. Quelques instants plus tard, Austin entendit claquer la porte de leur chambre.

Il se retrouva seul devant son assiette et soupira.

Chapitre 5

Quand Willa ressortit de la chambre, Austin était déjà parti travailler. Bien que n'ayant pas vraiment d'appétit, elle se força à grignoter un peu pour calmer son estomac. Puis elle lava la vaisselle du petit déjeuner et la rangea soigneusement sur les étagères. Elle ne put réprimer un sourire. Austin avait fait l'acquisition de nouvelles assiettes pour lui faire honneur, et elle appréciait beaucoup cette petite attention, mais que pourrait-elle lui offrir en retour ? se demanda-t-elle avec une certaine inquiétude. Faute de mieux, elle pouvait au moins s'acquitter des tâches ménagères. Résolue à se comporter en bonne épouse, elle se mit à astiquer la table et le plan de travail.

Absorbée par sa tâche, elle n'entendit pas tout de suite que quelqu'un frappait à la porte d'entrée. Lorsqu'elle s'en rendit compte, elle posa son éponge savonneuse et sortit de la cuisine, intriguée. Une jeune femme au visage rond encadré de boucles cuivrées lui faisait signe derrière la petite fenêtre qui jouxtait la porte. Elle affichait un sourire jovial. C'était probablement la sœur d'Austin qui passait lui rendre une visite de courtoisie.

La panique la gagna. La matinée était déjà bien avancée, et elle n'avait pas encore balayé la maison, ni lavé le sol maculé de boue par endroits ! Elle n'allait sûrement pas faire bonne impression… Malheureusement, elle n'avait pas le choix : il fallait bien laisser entrer sa toute nouvelle belle-sœur !

— Willa ! s'exclama Evelyn en lui pressant gentiment la main, visiblement heureuse de faire sa connaissance.

Willa remarqua aussitôt son ventre légèrement arrondi. Quelle étrange coïncidence ! La sœur d'Austin attendait un bébé, elle aussi…

— Laissez-moi vous regarder, dit Evelyn d'une voix enjouée. Je ne vous avais pas du tout imaginée comme ça. Vous êtes absolument ravissante ! Mais quel âge avez-vous donc, ma chère ?

— J'ai eu dix-huit ans en janvier, répondit Willa dans un souffle, terriblement mal à l'aise, en frottant ses mains l'une contre l'autre.

Que pouvait bien penser la sœur d'Austin ? se demanda-t-elle. Cette femme avait sans doute déjà remarqué qu'elle portait des chaussures éculées et une robe rapiécée…

— Je suis un peu plus âgée que vous, reprit Evelyn. Considérez-moi donc comme votre grande sœur. Je suis si heureuse de faire votre connaissance ! Nous allons vivre nos grossesses ensemble, n'est-ce pas merveilleux ? Je suppose qu'Austin vous a déjà prévenue que j'ai découvert que vous étiez enceinte en fouinant dans ses affaires, dit-elle en déboutonnant son manteau.

Elle ôta ensuite le capuchon en laine bleue qui couvrait sa tête et se passa la main dans les cheveux pour se recoiffer. Puis elle accrocha son sac à main au portemanteau. Elle semblait chez elle, nota Willa.

— Je sais qu'il est encore tôt, Willa, mais je n'avais pas envie de vous laisser ici toute seule. Je sais que vous ne connaissez personne et qu'il reste beaucoup à faire pour que vous vous sentiez vraiment chez vous, c'est pourquoi… Mais que vous arrive-t-il ? Vous avez la nausée, c'est bien ça ? Vous me semblez bien pâle, tout à coup !

Incapable de répondre, Willa fit non de la tête. Elle était bouleversée, en fait. Tout allait si vite ! Elle n'avait jamais eu de sœur, et la proposition d'Evelyn tourbillonnait dans sa tête. Une grande sœur… Elle n'aurait aucun mal à l'aimer ; Evelyn semblait si amicale et si enthousiaste !

— Je vais bien, je vous assure, dit-elle finalement avec peine. Je vais vous préparer une tasse de thé.

— Non, non, Willa. Pas de manières avec moi ! répliqua Evelyn en lui adressant un large sourire.

Willa poussa un petit soupir de soulagement. Evelyn ne paraissait pas avoir remarqué qu'elle n'avait pas encore balayé.

— Est-ce que vous vous sentez la force d'aller en ville, Willa ?

— C'est que… j'avais prévu de faire un peu de ménage, balbutia-t-elle en songeant qu'elle s'était promis de faire briller la maison avant le retour d'Austin.

— Ça peut bien attendre ! s'esclaffa Evelyn. Mon frère m'a demandé de passer vous prendre pour vous emmener faire quelques emplettes. Nous vivons peut-être dans une petite ville, mais le magasin principal propose un très grand choix de tissus.

— Vous m'emmenez faire des achats en ville ? répéta Willa, qui se sentit soudain plus légère.

Elle allait pouvoir s'occuper des rideaux ! songea-t-elle, le cœur rempli d'allégresse.

— A quoi d'autre pourrait servir une grande sœur ? rétorqua Evelyn en éclatant de rire.

Willa lui sourit en retour. L'enthousiasme d'Evelyn était communicatif, et il semblait bien difficile de lui refuser quoi que ce soit.

— Mais que va dire Austin ? demanda-t-elle malgré tout, inquiète à l'idée de le contrarier.

— Il est passé chez nous ce matin, répondit Evelyn

d'une voix rassurante. Il a insisté pour que je vienne vous voir. Je crois que vos nausées l'ont beaucoup impressionné.

— Je me sens beaucoup mieux, maintenant.

— Pour moi, ce n'est plus qu'un mauvais souvenir, dit Evelyn en posant la main sur son ventre. J'en suis au quatrième mois et je me sens de nouveau moi-même. On oublie vite ces tracasseries, vous verrez.

— Je l'espère, murmura Willa en soupirant. Je ne savais pas vraiment quand ces nausées allaient cesser… Je n'avais personne à qui en parler.

— Eh bien, nous sommes là, maintenant ! Delia et Berry doivent s'occuper des petits et n'ont pas pu se joindre à nous ce matin. Le plus jeune de Berry est fiévreux, et le bébé de Delia fait ses dents. Ce n'était pas l'idéal pour une première rencontre !

Willa sentait la bonne humeur d'Evelyn la gagner peu à peu, mais elle hésitait encore.

— Mettez votre manteau, Willa, et mettons-nous en route. Couvrez-vous bien ; il fait très froid, ce matin. Tout le monde pensait que le printemps était enfin arrivé, mais l'hiver ne partira pas sans un dernier baroud d'honneur !

Aussitôt, Willa se hâta vers la cheminée pour couvrir le feu.

— Laissez-moi faire ça, lui dit Evelyn sur un ton de reproche.

Willa fit la sourde oreille. Elle s'agenouilla devant le foyer et saisit la petite pelle à cendres. Il n'était pas question que sa belle-sœur s'en charge à sa place !

— C'est à moi de m'en occuper, répliqua-t-elle.

— Je suis du genre autoritaire, vous savez, expliqua Evelyn. Vous allez devoir vous y faire. J'ai toujours été comme ça, et il n'y a pas de raison que ça change. Mais ce ne sera pas un problème. On s'y fait très facilement, vous verrez !

— Votre mari s'y est fait aussi ? demanda Willa sans réfléchir tout en répandant des cendres sur les braises rougeoyantes pour étouffer le feu.

Les flammèches se mirent à vaciller puis finirent par s'éteindre tandis que de petits filets de fumée noire s'élevaient dans l'âtre.

— Charlie ? s'étonna Evelyn. Mais bien sûr ! De toute façon, il n'y a pas lieu de pleurer sur son sort ! Il savait parfaitement à quoi s'attendre en m'épousant, et personne ne l'a forcé à me demander en mariage, que je sache.

Willa n'en croyait pas ses yeux. Evelyn semblait rayonner de bonheur à la simple évocation de son mari. L'aimait-elle d'amour ?

— Charlie a toujours été très attentionné avec moi, reprit Evelyn. Nous nous connaissons depuis notre plus tendre enfance, ajouta-t-elle en décrochant le manteau de Willa et en le lui tendant pour qu'elle l'enfile. Il passait devant chez moi pour aller à l'école, et nous faisions le chemin ensemble, expliqua-t-elle encore. Ça a duré pendant plus de dix ans !

— Vous devez très bien le connaître, dit Willa d'un ton légèrement admiratif.

Elle repensa alors aux enfants qu'elle avait côtoyés lorsqu'elle avait parfois eu la chance d'aller à l'école. Comme elle les avait enviés ! Elle les avait souvent observés. Ils jouaient tous ensemble et éclataient de rire pour des broutilles.

— Je crois que je me représente parfaitement la situation, reprit-elle comme pour elle-même. Je vous imagine sans peine. Vous marchiez côte à côte en bavardant gaiement durant tout le trajet…

— Nous n'étions pas seuls, précisa Evelyn. Il y avait également nos frères et sœurs autour de nous, mais j'avoue que nous ne leur prêtions guère attention. Dès que Charlie ouvrait la bouche, je buvais littéralement ses paroles. J'ai toujours eu un petit faible pour lui, vous savez. Il me subjuguait…

Elle rougit un peu et s'interrompit pour mettre son manteau. Willa ne put s'empêcher de noter que sa belle-sœur portait des vêtements de qualité.

— J'ai fini par comprendre que je l'aimais, conclut Evelyn. Et c'est donc tout naturellement que je l'ai épousé.

Un mariage d'amour ? s'étonna Willa. C'était impensable ! Ces histoires n'existaient que dans les contes de fées qu'elle lisait étant petite. Elle avait si souvent rêvé du prince charmant ! se souvint-elle en soupirant. Elle avait tant espéré le rencontrer et connaître les joies de l'amour avec lui ! Il n'y avait aucun mal à rêver, après tout, même si personne ne l'avait jamais vraiment aimée…

Evelyn paraissait pourtant comblée. Comment était-ce possible ? Son mariage la rendait-elle vraiment heureuse ? Peut-être que c'était une optimiste invétérée et qu'elle se satisfaisait malgré tout d'une situation difficile ?

Alors qu'elle boutonnait son manteau et mettait son vieux capuchon en laine, Willa remarqua qu'Evelyn l'observait, la mine réjouie.

— Je suis si contente qu'Austin vous ai rencontrée, Willa ! Mon frère est un homme vraiment adorable, vous verrez.

— Il s'est montré très gentil avec moi depuis notre rencontre, c'est vrai, concéda Willa, ne sachant si cela allait durer et si elle devait se réjouir.

En tout cas, elle ne se sentait plus seule au monde et avait désormais une famille. Quant à son enfant, il allait avoir des oncles, des tantes, des cousins et des cousines ! Il ne jouerait pas tout seul et aurait des amis. Il aurait une enfance normale, somme toute. Lui ne connaîtrait pas le malheur de naître hors des liens du mariage…

Et tout ça, elle le devait à Austin !

*
* *

— Alors, Austin, qu'est-ce que ça fait d'être un homme marié ? lança Wallace Pole en lui donnant une tape amicale dans le dos.

Austin remarqua que Wallace, à qui appartenait le magasin général situé juste en face de ses écuries, venait de sortir sa montre de sa poche pour vérificr l'heure. Probablement se demandait-il avec une certaine inquiétude s'il pourrait livrer les marchandises à ses clients en temps et en heure, songea Austin en fixant un dernier harnais. Les chevaux étaient fin prêts.

— Je ne vois pas encore grande différence, tu sais, avoua-t-il en haussant les épaules. Ça ne fait même pas vingt-quatre heures que je suis marié ! Il faudrait me reposer la question ce soir, lorsque je rentrerai à la maison pour dîner. Je suis sûr que je vais trouver ce changement très agréable.

— Je comprends ce que tu veux dire, répondit Wallace. Rien de tel que de bons petits plats préparés par sa femme après une longue journée de travail ! Surtout quand on a eu l'habitude comme toi de se débrouiller tout seul. Sans parler de toutes les petites marques d'attention qu'un mari peut recevoir de sa femme…, ajouta-t-il en lui faisant un clin d'œil entendu. Je ne suis pas si vieux, tu sais ! Moi aussi, j'ai été un jeune marié !

Embarrassé par la tournure que prenait la conversation, Austin rougit jusqu'à la racine des cheveux et s'empressa de tendre les rênes à Wallace.

Il revoyait Willa devant la cuisinière, ce matin. Elle était vraiment charmante… Il repensa à ses lèvres charnues en forme de bouton de rose et sentit aussitôt son sang courir plus vite dans ses veines ; il la désirait comme un fou ! Cependant, un souvenir continuait à le hanter. Il ne parvenait pas à oublier ce qui s'était passé dans la chambre conjugale. Willa avait été prise de tels tremblements ! Elle aurait pourtant dû se sentir en sécurité, avec lui.

— Eh bien, il suffisait d'en parler ! Regarde, dit Wallace en saisissant les rênes qu'Austin lui tendait tout en indiquant du menton son magasin.

Austin suivit son regard et vit Willa en compagnie d'Evelyn derrière la vitrine. Il fronça les sourcils en la voyant secouer la tête d'un air obstiné. L'instant d'après, il croisa le regard mécontent de sa sœur et soupira. Evelyn lui faisait signe de les rejoindre et, avec elle, mieux valait obtempérer sans tarder…

— Oh ! oh ! fit Wallace. Ta sœur n'a pas l'air contente !

— On dirait bien, en effet, marmonna Austin en attrapant son chapeau et son manteau accrochés à côté de la porte.

Il attendit que Wallace soit parti avec son attelage pour se mettre en route. Que diable se passait-il ? se demanda-t-il en jetant un coup d'œil par-dessus son épaule pour s'assurer que les portes des stalles étaient bien fermées. La tête dans les épaules, il traversa la rue, luttant contre le vent polaire qui soufflait toujours. Avec un temps pareil, pas étonnant qu'il n'y ait pas foule dehors ! Si Willa n'avait pas manqué de tout, il n'aurait jamais demandé à Evelyn de l'emmener en ville par un tel froid.

Willa… Comme il approchait de la porte d'entrée, Austin sentit son cœur se mettre à cogner plus fort. Willa observait les pièces de tissu étalées devant elle avec une telle concentration qu'elle ne le vit pas arriver. Son profil délicat le fit chavirer. C'était une véritable œuvre d'art, songea-t-il avec émotion. Ce petit nez retroussé, ces lèvres douces si bien dessinées, ce petit menton volontaire… Dire que cette femme délicieuse était son épouse ! Il ne s'y faisait pas. Sa chance lui paraissait même un peu suspecte.

Une vague de tendresse le submergea. Lorsqu'il ouvrit

la porte, il entendit à peine le tintement de la clochette et les salutations enjouées que lui adressait Mme Pole.

— Ton épouse n'est pas des plus coopératives ! lui lança Evelyn d'une voix irritée, les mains sur les hanches. Je ne sais plus quoi faire. Willa est plus têtue qu'une vieille mule !

— Voyez-vous ça ! dit-il d'un ton amusé.

Willa leva alors la tête et se crispa en l'apercevant.

— Tu veux bien m'expliquer ce qui se passe exactement ? demanda-t-il à sa sœur.

— Tu ne vas pas me croire, Austin, mais Willa refuse de jeter un coup d'œil aux robes que propose Mme Pole ! Elle ne veut pas non plus entendre parler d'acheter du tissu pour s'en faire une elle-même et elle refuse de choisir de la laine pour se tricoter une paire de gants. Elle n'arrête pas de répéter qu'elle ne veut pas dépenser ton argent ! s'exclama Evelyn, visiblement agacée.

— Je vois, répliqua-t-il d'une voix faussement enjouée. On dirait bien que j'ai épousé une femme économe.

Il comprenait parfaitement la contrariété de sa sœur. Il suffisait de poser les yeux sur Willa pour voir qu'elle avait bien besoin de renouveler sa garde-robe… Son premier mari l'avait vraiment négligée.

Les choses allaient changer, songea-t-il en se dirigeant vers son épouse. Lui n'était pas du même acabit. Il remarqua alors que Willa le regardait s'approcher avec une certaine appréhension. Manifestement, elle tremblait à l'idée de l'avoir contrarié !

Décidément, plus il apprenait à la connaître, plus il aimait sa femme ! Car, à bien y réfléchir, il trouvait plutôt touchant le fait qu'elle rechigne à dépenser son argent. Il ne lui restait plus qu'à la convaincre qu'elle avait tort !

— J'aime beaucoup cette étoffe, dit-il en désignant le tissu jaune orangé qu'elle était en train d'effleurer du bout des doigts lorsqu'il était entré dans le magasin. Vous pourriez vous confectionner une très jolie robe avec, ajouta-t-il encore.

— Je pensais aux rideaux…, murmura-t-elle.

— Très bonne idée ! s'exclama-t-il d'une voix enjouée. C'est juste ce qu'il nous faut ! Vous savez ce qui me plairait aussi beaucoup ?

— Non, répondit-elle en écarquillant les yeux.

— Je veux que vous choisissiez trois jolies robes de prêt-à-porter sur le portique là-bas, dit-il en posant une main sur son épaule, sans se préoccuper de la tension que ce petit geste tendre allait inévitablement générer.

— Trois ? répéta-t-elle avec une expression incrédule.

Elle fronça les sourcils. Sans doute avait-elle mal saisi. Elle tourna la tête vers lui et s'aperçut qu'elle avait bien compris. Trois nouvelles robes ! Elle n'en croyait pas ses oreilles…

— Je vous remercie, mais je n'ai besoin de rien, dit-elle plus sèchement qu'elle ne le croyait.

— Il vous faut également un manteau et des gants, poursuivit Austin comme s'il n'avait rien entendu. Madame Pole, dit-il d'une voix forte, allez donc nous chercher les gants les plus chauds que vous ayez, s'il vous plaît. Et mettez également le tissu qui plaît tant à ma femme sur ma note.

— Bien sûr, répondit aussitôt Mme Pole. Vous voulez peut-être également offrir de nouvelles chaussures à votre femme ? Excusez-moi d'intervenir ainsi, Austin, mais, honnêtement, que vont penser les gens ? Vous êtes un homme d'affaires et vous devez tenir le rang qui est le vôtre dans cette ville…

— Vous avez parfaitement raison, madame Pole. Eh bien, allons-y pour de nouvelles chaussures, répondit Austin en pressant l'épaule de Willa pour la rassurer.

Cette dernière aurait voulu disparaître sous terre pour ne plus les entendre. Lui faisait-elle honte ? se demanda-t-elle en se mordillant la lèvre inférieure. Sa robe était certes rapiécée, mais tout de même… Sa mère la lui avait rapportée du travail quelques années plus tôt. A l'époque, c'était une robe de seconde main déjà légèrement usée, mais elle pouvait bien encore servir un peu !

Austin ne semblait pas de cet avis. En répondant à son annonce, il avait probablement espéré mieux. C'était un homme d'affaires, après tout, et sans doute aurait-il préféré quelqu'un de plus raffiné. De moins quelconque…

— Je veux que vous achetiez tout ce dont vous avez besoin, Willa, dit-il soudain.

Mais elle n'avait besoin de rien ! songea-t-elle, agacée. Elle s'apprêtait à lui dire le fond de sa pensée lorsqu'il lui pressa doucement la main. Un long frisson la parcourut aussitôt et l'électrisa. Que lui arrivait-il ? C'était comme si sa peau venait d'être marquée au fer rouge !

Totalement décontenancée, elle baissa les yeux et se mit à regarder fixement le bout de ses chaussures. Ses vieilles chaussures éculées… Elle se souvenait parfaitement du jour où sa mère les lui avait données en rentrant un soir.

Quelqu'un les avait oubliées à l'hôtel, avait-elle dit d'un ton cassant en lui jetant les chaussures à la figure avec son regard de mépris habituel. Elles n'étaient pas en bon état, mais elles étaient au moins à peu près à sa taille…

Willa cligna les yeux et essaya de chasser ses mauvais souvenirs. La honte lui collait toujours à la peau. Elle avait ruiné l'existence de sa mère et ne s'en était jamais remise. Elle ne voulait surtout pas connaître encore ce terrible sentiment. Il fallait absolument éviter de faire honte à Austin !

— Si vous ne le faites pas pour vous, ajouta-t-il, faites-le au moins pour moi. Je ne veux plus vous voir porter de vêtements rapiécés, Willa. Vous méritez tellement mieux !

S'il était sincère, c'était vraiment un homme d'une grande bonté, songea-t-elle.

— Mais toutes ces choses coûtent très cher ! lui chuchota-t-elle à l'oreille. Une bonne épouse ne peut décemment pas dépenser tout l'argent de son mari le premier jour de son mariage !

— Willa, j'ai attendu si longtemps avant de me marier ! dit-il en soupirant. Et c'est vous que j'ai choisie. Pour le meilleur et pour le pire. Je veux que vous choisissiez trois robes, vous entendez ? Celle-ci est très jolie d'ailleurs, ajouta-t-il en lui montrant une robe bleue. Elle est assortie à la couleur de vos yeux.

Willa le regarda soudain fixement. Elle ne parvenait plus à le quitter des yeux. Plus aucun son ne sortait de sa bouche. Elle entendait vaguement Evelyn et Mme Pole bavarder derrière eux, mais tout lui semblait quelque peu irréel.

Elle avait immédiatement compris ce qu'Austin sous-entendait, car elle connaissait bien la solitude, elle aussi. Très tôt, elle avait appris à se fondre dans le décor. Rien qu'en la voyant sa mère se mettait parfois dans des colères noires que rien ni personne ne pouvait calmer. Et, après la mort de sa mère, elle avait épousé un homme brutal dont la meilleure amie était une bouteille de whisky… Elle avait toujours été terriblement seule, en somme, et savait mieux que quiconque les dégâts que pouvait causer la solitude. Elle vous rongeait jour après jour et vous faisait rêver d'un foyer où vous pourriez vous sentir en sécurité.

En ce qui la concernait, Willa ne croyait plus à ces chimères, mais elle voyait clairement le fol espoir dans les yeux d'Austin… Elle finit par accepter de regarder la robe qu'il venait de décrocher d'un cintre. Elle ne voulait surtout pas le mettre dans l'embarras.

— C'est exactement la taille qu'il lui faut, en plus,

intervint soudain Evelyn. Et tu as tout à fait raison, Austin. Cette robe met vraiment les yeux de Willa en valeur ! Tu peux retourner travailler, maintenant, si tu veux. Et arrête de la dévisager comme ça ! Tu vas bientôt la revoir, tu sais !

— Prends bien soin d'elle, répliqua-t-il sans bouger d'un pouce.

Il paraissait plongé dans ses pensées.

— Willa, reprit-il enfin, vous devez absolument acheter tout ce dont vous pouvez avoir besoin. Des aiguilles à tricoter, un cercle à broder… Je veux que vous preniez tout ce qui pourra vous rendre heureuse.

— Je ne sais… comment vous remercier pour tout ce que vous faites pour moi, Austin, balbutia Willa en repensant à l'existence miséreuse qu'elle avait menée avec Jed.

Si le mariage était une prison, songea-t-elle, elle était plutôt bien lotie, cette fois. Elle saisit instinctivement la main d'Austin alors qu'il semblait sur le point de partir. Sa paume était calleuse. C'était un travailleur, un homme sur qui elle pourrait peut-être compter…

Il la regarda tendrement de ses grands yeux bleus, et elle frissonna.

— Promettez-moi de bien vous amuser, lui dit-il en dégageant de son front une mèche de cheveux rebelle.

— Je vous le promets, répliqua-t-elle aussitôt.

Elle ne pensait pas ce qu'elle venait de dire ; c'était juste pour lui faire plaisir. Elle devait simplement faire son devoir et se comporter en bonne épouse… Machinalement, elle passa la main sur son ventre à peine rebondi et songea au bébé qu'elle allait mettre au monde cet automne tandis qu'Austin sortait du magasin, un large sourire aux lèvres.

Peut-être tout cela n'était-il qu'un rêve…

Le réveil n'allait plus tarder.

Chapitre 6

Austin eut bien du mal à se concentrer cet après-midi-là. Les clients semblaient tous s'être donné le mot. Tous ceux qui passèrent le voir le taquinèrent au sujet de son mariage. C'était de bonne guerre, après tout, songea-t-il finalement, amusé. Même le révérend Lane vint prendre des nouvelles des jeunes mariés en fin de journée ! Mme Pole, en bonne commère qu'elle était, prit le prétexte de lui apporter un grand sac contenant les achats de Willa pour venir bavarder avec lui après la fermeture de son magasin.

En voyant tout ce dont son épouse avait fait l'acquisition, Austin ne put réprimer un petit sourire de satisfaction. Il ne pouvait que se féliciter d'avoir demandé à Evelyn d'accompagner Willa ! Seule, elle n'aurait certainement pas acheté autant de choses et se serait contentée du strict minimum.

Lorsqu'il était retourné travailler après sa petite intervention au magasin pour convaincre sa femme d'acheter ce qu'il lui fallait, Austin n'avait cessé de jeter des coups d'œil furtifs de l'autre côté de la rue dans l'espoir d'apercevoir Willa. C'était plus fort que lui. Il aurait pu passer des heures à la regarder ! En train de parler avec Evelyn, d'essayer un manteau ou une paire de gants… En tout cas, il n'oublierait pas de sitôt le sourire éclatant qu'elle avait arboré l'espace d'un instant en essayant une paire de chaussures. C'était la première fois qu'il la voyait vraiment sourire ! Il savait que cette image resterait à jamais gravée dans son cœur et se l'était repassée en boucle tout l'après-midi. C'était comme une promesse de bonheur…

C'était l'heure de rentrer, à présent, songea-t-il, le cœur léger à l'idée d'aller retrouver Willa. Il faisait déjà nuit noire, et la neige tombait à gros flocons. Il attela Calvin, qui piaffait d'impatience et agitait les oreilles en tous sens pour en faire tomber la neige.

— Du calme, Calvin ! Je sais bien qu'il fait un froid de canard ! Je fais aussi vite que je peux, dit-il d'une voix rassurante tout en fermant les portes à double tour.

Surpris par les violentes bourrasques, il releva le col de son manteau et se voûta légèrement. Le printemps ne semblait pas près de revenir, pensa-t-il, le dos parcouru de frissons glacés, alors qu'il attachait une jeune jument à l'arrière de la voiture. Puis, de la neige plein les yeux, il vérifia une dernière fois l'attelage et donna quelques tapes amicales sur le museau de Calvin, qui poussa aussitôt un petit hennissement.

— Tu te rends compte, Calvin ? Lorsque je vais rentrer à la maison, ce soir, je ne serai pas seul. Willa sera là !

Le cheval pencha alors la tête sur le côté et le regarda. Austin sourit à son vieux compagnon, qui semblait l'écouter avec la plus grande attention comme le ferait un très vieil ami.

— Ma vie va enfin changer, ajouta-t-il d'un ton plein d'allégresse. Je ne vais plus passer mes soirées tout seul dans une maison vide ! Je peux enfin dire au revoir à la solitude ! s'exclama-t-il en s'installant sur la banquette.

Il agita ensuite légèrement les rênes, mais c'était inutile. Calvin s'était déjà mis en route, manifestement pressé de rentrer se mettre à l'abri.

Austin mit sa main en visière et plissa les yeux pour

essayer de distinguer quelque chose. Il reconnaissait à peine la rue principale. La neige tombait en tourbillonnant et l'empêchait de voir à plus de deux pas. Il soupira. C'était une véritable tempête qu'il devait affronter ! Cela ne lui faisait pas peur, mais il avait tellement hâte de retrouver Willa ! Les tas de neige accumulés sur la route rendaient leur progression très difficile, sans parler des rafales de vent qui les ralentissaient aussi. Il se mit soudain à grelotter. Le blizzard avait fini par traverser les différentes couches de vêtements qu'il portait, et il luttait maintenant contre les morsures du froid.

Il soupira. Difficile de croire qu'on était en avril ! Les choses finiraient pourtant par s'arranger. L'hiver n'allait quand même pas durer éternellement ! Il serra les mâchoires le plus fort possible pour éviter de claquer des dents et rentra également la tête dans les épaules pour offrir une moindre résistance au vent. Il n'avait guère envie de se transformer en pantin désarticulé... Ses pensées retournèrent vers Willa, et il finit par oublier un peu les rigueurs du climat. Comme il l'avait trouvé séduisante lorsqu'il l'avait vue se mordiller la lèvre inférieure ! Ce n'était pas donné à toutes les femmes de s'inquiéter ainsi des dépenses ! Et cela n'avait pas été une mince affaire de lui faire admettre qu'elle avait cruellement besoin de nouveaux vêtements...

Il ne regrettait vraiment pas son choix. Willa avait quelque chose d'extraordinaire que les autres femmes n'avaient pas. Son physique séduisant l'avait certes immédiatement conquis, mais c'était presque secondaire. Elle semblait animée d'une sorte de force intérieure, assez indéfinissable.

Il l'imaginait déjà en train de l'attendre en jetant de temps à autre un coup d'œil à la pendule. Comme la maison allait lui sembler accueillante, désormais ! songea-t-il, ravi. Il avait vraiment hâte de passer la soirée avec elle, d'entendre le feu crépiter dans la cheminée et de l'observer discrètement à la lueur des lampes du salon ! Pour la première fois depuis qu'il avait quitté la maison familiale et pris son indépendance, quelqu'un l'attendait ! Il voyait distinctement la scène. Sa jeune épouse, vêtue de sa jolie robe bleue, confortablement installée sur le canapé. Et une bonne odeur de cuisine viendrait lui chatouiller les narines dès qu'il ouvrirait la porte… Enfin, il allait se sentir chez lui ! Parce qu'elle était là. Sa Willa…

Totalement absorbé par ses pensées, il n'avait pas vu le temps passer. Surpris par un virage, il sursauta. Pourquoi Calvin quittait-il ainsi brusquement la route principale ? se demanda-t-il avec une certaine inquiétude. Il scruta les alentours et reconnut les lieux. Devant lui se dressaient les deux sapins familiers situés à l'embranchement du chemin menant chez lui. Il n'allait plus tarder à arriver. Son cœur se mit à cogner plus fort. Il était si impatient de la voir !

Calvin connaissait la route par cœur. Austin le laissa donc se débrouiller et retourna à ses rêveries. Plus que tout au monde, il voulait voir Willa sourire. Il était prêt à tout pour y parvenir. Il repensa au sourire fugace qu'elle avait affiché dans le magasin général et, désormais, il savait que c'était possible. Il désirait tellement la rendre heureuse et voir le bonheur briller dans ses yeux !

La grande tristesse qu'il lisait dans son regard finirait bien par s'effacer, mais il fallait d'abord qu'elle apprenne à mieux le connaître. Ce n'était qu'une question de patience. Peu à peu, elle prendrait de l'assurance en sa présence et cesserait d'être aussi méfiante. Elle finirait par oublier les mauvais traitements que lui avait infligés son premier mari. Mais elle avait besoin de temps pour s'assurer qu'elle pouvait lui faire confiance.

Tout heureux à l'idée d'être celui qui l'aiderait à faire table rase du passé, Austin se redressa sur son siège. Il allait lui montrer, à une foule de petits détails, qu'elle était en sécurité avec lui et qu'il comptait bien la chérir. D'ailleurs, s'était-elle rendu compte qu'il l'aimait déjà ?

Il poussa un soupir de soulagement en voyant une petite lumière qui brillait faiblement devant lui. Pris d'un regain d'énergie, Calvin se mit à trotter. Arrivé à la maison, il passa devant et se dirigea droit vers la grange.

Au passage, Austin scruta l'intérieur de la maison mais, à sa grande déception, il n'aperçut pas Willa. Seules la lumière du salon et les flammes qui dansaient dans la cheminée indiquaient sa présence… Pourvu qu'elle ait pris le temps de s'allonger et de se reposer un peu pendant l'après-midi ! songea-t-il en repensant aux terribles nausées qu'elle avait dû endurer au réveil. Il s'était senti tellement impuissant et aurait tant aimé pouvoir faire quelque chose pour la soulager !

Calvin s'immobilisa juste devant la porte de la grange et donna de grands coups de sabot sur le sol enneigé. Austin s'empressa de descendre et alla ouvrir la porte pour le laisser entrer. Il se dirigea ensuite vers l'arrière de la voiture.

— Là, là… Tu es à l'abri, maintenant, dit-il doucement à la jeune jument toujours attachée.

Il tâtonna pour la détacher et se rendit compte qu'il avait les doigts complètement engourdis.

— Flûte ! marmonna-t-il en prenant conscience de son état.

Il avait passé l'essentiel du trajet à penser à Willa et ne se rendait compte que maintenant à quel point il était transi. Il ne sentait plus ses pieds.

— Bon, il est tard, maintenant. Je ferais mieux de te montrer où tu vas passer la nuit, ma belle, reprit-il à l'adresse de la jument, qui tremblait de peur.

Calvin dressa les oreilles en poussant un profond soupir, comme s'il avait sa petite opinion sur la nouvelle habitante de la grange.

— Ne t'inquiète pas, mon vieux, lui dit Austin. Notre jeune amie ne va pas prendre ta place !

Calvin répondit aussitôt en faisant claquer ses sabots sur le sol. Rosie, la vache, sortit la tête de sa stalle et se mit à beugler un salut amical. La petite jument noire ne répondit pas. Elle semblait apeurée.

— Tout va bien, ma jolie, fit Austin pour la rassurer en ouvrant la porte du box qu'il lui avait préparé la veille.

La jument le regarda alors de ses grands yeux malheureux. Elle paraissait s'attendre au pire, remarqua-t-il tristement tout en lui enlevant sa bride. Une fois libre, elle courut se réfugier dans un coin de son box. Combien de fois l'avait-on battue ? se demanda-t-il, les poings serrés.

Pauvre bête…

Il retourna ensuite dans l'allée centrale pour dételer Calvin.

— Elle a traversé de terribles épreuves, tu sais, expliqua-t-il à son cheval en désignant le box de la jument du menton. Tu devrais regarder les choses de manière positive, mon vieux. Ce sera quand même plus agréable de partager ton écurie avec un autre cheval, tu ne crois pas ?

Calvin s'ébroua alors en agitant nerveusement la queue.

Austin éclata de rire. Jamais il ne se lasserait des réactions de son vieux compagnon.

— Je sais, Calvin. Toi aussi, tu as de vieilles habitudes… Mais tu vas t'y faire, tu verras !

Il brossa ensuite les deux chevaux, puis leur donna à manger et à boire avant de leur souhaiter de passer une bonne nuit. Après quoi il se dirigea vers le côté étable pour traire Rosie et s'aperçut avec stupeur que le seau avait disparu. C'était forcément Willa qui s'en était chargée avant son retour…

Il grimaça, mécontent. C'était à lui de s'occuper des animaux ! Au même instant, il repensa à l'agacement dont Willa avait fait preuve lorsqu'il s'était mis en tête de faire la vaisselle à sa place la veille au soir. Et ce matin non plus, au petit déjeuner, elle n'avait pas accepté de le laisser cuisiner et lui avait presque arraché la spatule des mains. Elle voulait certainement lui prouver qu'elle était courageuse et ne rechignait pas à la tâche. Cela lui tenait manifestement beaucoup à cœur.

Il était grand temps de rentrer, songea-t-il en fermant la porte de la grange. Chargé du grand sac que Mme Pole lui avait confié avant de partir, il se dirigea vers la maison, courbé en deux pour lutter contre le blizzard qui avait redoublé d'intensité. D'épais flocons tournoyaient dans l'air, et c'était à peine s'il voyait où il mettait les pieds. A plusieurs reprises, il trébucha et faillit tomber.

Une épaisse couche de neige recouvrait tout mais il continua à avancer, pas à pas, glacé jusqu'aux os. Soudain, il trébucha une nouvelle fois. Ce devaient être les marches du perron qui avaient complètement disparu sous l'épais tapis blanc. Il releva la tête et, en apercevant la porte d'entrée devant lui, il poussa un profond soupir de soulagement. Il tendit une main impatiente vers la poignée, mais s'aperçut rapidement qu'elle était gelée et, malgré tous ses efforts, il ne parvint pas à l'actionner. L'inquiétude commençait à le gagner lorsque la porte s'ouvrit brusquement. Willa apparut, la mine lugubre. Elle recula vivement pour le laisser entrer.

— Je commençais à m'inquiéter, avoua-t-elle en refermant vite la porte derrière lui.

— Je connais la route par cœur, répondit-il d'une voix rassurante en posant le sac qu'il tenait toujours près du mur.

— J'avais peur que vous ne soyez resté bloqué en chemin. Et, avec cette terrible tempête qui fait rage, je m'étais dit que…

Elle s'était fait du souci pour lui ! Austin trouva cela

très touchant et lui en fut reconnaissant. Il remarqua alors qu'elle le détaillait de haut en bas pour s'assurer qu'il allait bien. Une profonde émotion s'empara de lui, et il refréna l'envie irrépressible de la prendre dans ses bras pour la serrer contre son cœur.

L'espoir était donc permis ! Un lien spécial les unissait, il en avait la certitude, à présent. Cette pensée était des plus réconfortantes, après la tempête de neige qu'il venait d'essuyer.

— Laissez-moi vous aider, dit-elle précipitamment en lui enlevant son écharpe complètement gelée. Mon Dieu ! Mais vous êtes livide ! Votre visage semble vidé de son sang. Vous êtes resté trop longtemps exposé au froid, Austin.

— Ne vous inquiétez pas, Willa. Je vais bien, je vous assure.

— Je ne vous crois pas, répliqua-t-elle d'un air très préoccupé.

Elle lui ôta alors ses gants et se mit à lui frictionner les mains pour l'aider à se réchauffer. Tout intimidé, Austin ne sut que dire. A l'exception de sa mère, aucune femme ne s'était jamais ainsi préoccupée de son bien-être. Cette sollicitude était absolument délicieuse, songea-t-il en savourant les mouvements de friction que Willa exerçait sur ses mains.

— Je n'ai jamais vu ça, reprit-elle. Vos mains sont bleues de froid !

Très ému, Austin ne pouvait détacher le regard de son épouse. Elle portait encore sa vieille robe élimée, remarqua-t-il en prenant tout à coup conscience de la manière dont elle était vêtue. Il avait hâte de la voir dans la jolie robe bleue qu'il venait de lui acheter et portant les nouvelles chaussures dont elle avait si grand besoin.

Il savait qu'il avait épousé une femme au caractère bien trempé, mais l'obstination qui semblait la caractériser ne lui faisait pas peur. Elle était là, et c'était tout ce qui lui importait !

Il se mit à l'implorer intérieurement, la suppliant avec ferveur de l'aimer. Peut-être pas tout de suite…

Willa entreprit de l'aider à enlever son manteau trempé de neige fondue. Se délectant de sa proximité physique, il la laissa faire. Il sentait le souffle de sa respiration et ses cheveux lui effleurer délicieusement le menton. Lui aussi voulait l'aimer, de tout son cœur. Et il se dévouerait corps et âme à son bonheur, se promit-il.

Alors qu'elle était en train de poser son manteau et ses gants sur une chaise devant la cheminée pour les faire sécher, Austin se sentit soudain mal à l'aise. Il ne savait comment dire à Willa qu'elle n'était pas sa domestique et qu'elle n'avait pas à se considérer comme étant à son service.

— Ce n'est pas la première fois que je rentre frigorifié, vous savez. J'apprécie beaucoup votre sollicitude, Willa, mais ne vous tracassez pas ainsi…

— Je reviens tout de suite, l'interrompit-elle. Je vais vous chercher une tasse de café bien chaud. Ça vous aidera sûrement à vous réchauffer un peu.

Avant qu'il ait eu le temps de la remercier, elle avait déjà disparu dans la cuisine. Comme c'était agréable de se faire dorloter après une dure journée de labeur ! Il était le plus heureux des hommes ! Il ressentait une telle gratitude envers Willa…

Ses membres engourdis commencèrent à retrouver un peu de mobilité, et il se mit à frissonner. Maintenant que son sang se remettait à circuler, ses doigts et ses orteils lui faisaient particulièrement mal.

De terribles sensations de brûlure le firent grimacer de douleur, mais il ne voulut pas s'appesantir sur ces petits tracas. Il préféra se concentrer de nouveau sur le bonheur qui l'attendait. Il imaginait déjà un bébé joufflu endormi dans son couffin. Willa, vêtue d'une jolie robe, serait assise à son côté, une tasse de thé à la main et un sourire radieux aux lèvres. L'amour la ferait rayonner comme jamais…

Son rêve le plus cher allait enfin se réaliser. Avec Willa.

— Tenez, Austin, ça devrait vous aider à vous réchauffer, dit-elle en lui tendant une tasse de café. J'y ai mis un peu de sucre. Vous voulez… est-ce que vous voulez autre chose ?

— Non, je vous remercie beaucoup, Willa, répondit Austin en la gratifiant d'un large sourire. Mais vous n'avez pas à me servir comme une domestique, vous savez. Je ne vous ai pas fait venir ici pour ça !

Il avait envie de lui prendre le menton dans le creux de la main, de la toucher, mais il s'en abstint. Non seulement il ne voulait pas l'effrayer, mais sa main était encore bien trop froide pour prodiguer la moindre caresse. Il s'aperçut alors que Willa s'était figée et que ses traits exprimaient une terrible angoisse.

— N'est-ce pas ce qu'une épouse est censée faire ? lança-t-elle tout à coup en haussant les épaules.

Là-dessus, elle s'écarta de lui et repartit en direction de la cuisine.

— Je vais servir le dîner dans quelques minutes, annonça-t-elle d'une voix forte. Au fait, je tenais à vous remercier d'avoir demandé à Evelyn de passer me voir. Son aide m'a été très précieuse.

— Evelyn a toujours été très serviable, dit Austin sans grand enthousiasme. Puis-je savoir en quoi son aide vous a été si précieuse ?

— Eh bien, par exemple, elle m'a appris que vous aimez beaucoup le rosbif et les pommes de terre au four. Mais je sais aussi qu'avec le rosbif vous aimez encore plus la purée, que vous mélangez avec la sauce de la viande.

— Ne me dites pas que vous avez préparé mon plat préféré ! s'exclama-t-il d'une voix incrédule.

Elle ressortit aussitôt de la cuisine avec une expression triomphale et posa un grand plat en terre cuite sur la table. Lorsqu'elle en souleva le couvercle, il aperçut une magnifique purée de pommes de terre.

— C'est la moindre des choses, répondit-elle.

Alors qu'elle allait et venait entre la cuisine et le séjour, Willa sentit les yeux d'Austin constamment posés sur elle. Que lui voulait-il, à la fin ? L'odeur de la nourriture l'indisposait beaucoup, mais elle feignit d'aller bien. Elle remua une dernière fois la sauce et y ajouta une petite pincée de poivre avant de la verser dans la saucière.

— Le dîner est prêt, dit-elle d'une voix plutôt autoritaire.

Comme Austin ne répondait pas, elle reprit :

— Je voulais dire que, si vous pensez être suffisamment réchauffé, nous pouvons peut-être passer à table.

— Avec joie, répondit-il enfin. Ça sent très bon. J'en salive d'avance !

Willa tressaillit. Il n'avait fait aucun commentaire sur le café qu'elle lui avait servi. A sa place, Jed aurait été furieux. Il aurait hurlé que mettre du sucre dans une tasse de café, c'était bien pour les bonnes femmes ! Lui, c'était du whisky qu'il lui fallait pour parfumer son café.

Jusque-là, Austin n'avait pas bu la moindre goutte d'alcool. Pas en sa présence, en tout cas. C'était plutôt bon signe, après tout… S'obligeant à rester concentrée sur le dîner qu'elle devait servir, elle prit le couteau à viande afin de découper le rosbif en tranches.

— Laissez-moi faire, dit aussitôt Austin en posant la main sur la sienne.

Elle frissonna au contact de sa main encore glacée. Il avait dû affronter une terrible tempête, pour être dans un tel état, mais son geste était ferme. Peut-être n'était-il pas du genre à aller se détendre à la taverne en sortant du travail et n'avait-il pas besoin d'avaler une demi-pinte de whisky avant de rentrer… Elle sentit alors qu'il prenait tout son temps pour récupérer le couteau et que sa main caressait presque la sienne. Une terrible angoisse l'envahit lorsqu'elle se rendit compte qu'il était collé contre elle et qu'elle ne pouvait pas lui échapper.

Il la dépassait d'une bonne tête et était aussi musclé qu'elle était chétive. Quelle chance aurait-elle si elle devait se mesurer à lui ? Alors qu'elle commençait à paniquer, il s'écarta tranquillement d'elle. Il ne semblait pas avoir l'intention de l'acculer contre la table. Pas pour l'instant, du moins.

— Dites-moi, Willa, avez-vous récuré le sol ? reprit-il d'un ton légèrement irrité tout en tirant doucement le plat de rosbif vers lui.

Il semblait se repaître de la délicieuse odeur de la viande, mais elle n'était pas idiote et elle voyait bien qu'il continuait à l'observer du coin de l'œil.

Elle hocha la tête en guise d'assentiment.

— Et qu'avez-vous fait d'autre, je vous prie ?

— Je sais bien que votre sœur est passée faire un peu de ménage avant mon arrivée, mais je voulais le faire plus à fond, expliqua-t-elle en retournant dans la cuisine pour aller chercher un plat de galettes de maïs. Je vous ai fait une promesse, Austin, ajouta-t-elle en revenant, et j'ai bien l'intention de la tenir. Je vais être une épouse exemplaire. Je ne veux pas que vous puissiez regretter un jour de m'avoir aidée. J'ai vraiment besoin d'avoir un toit sur la tête.

— Moi aussi, je compte bien tenir mes promesses, répliqua-t-il d'un ton sec en reposant le couteau à côté du plat. Asseyez-vous, maintenant.

La mine renfrognée qu'il arborait ne lui échappa pas.

Elle ne lui connaissait pas cette expression et ne savait pas vraiment à quoi l'attribuer. Elle obtempéra, et il se pencha alors vers elle, si près qu'elle sentit son souffle sur son visage.

— Aussi longtemps que je vivrai, Willa, vous aurez un toit sur la tête. Et vous n'aurez jamais faim. Vous êtes en sécurité désormais ! Vous n'avez pas besoin de travailler comme un forçat pour me prouver quoi que ce soit !

— Mais il faut bien que je travaille pour vous dédommager, répliqua-t-elle en se reculant un peu de la table. Et puis vous me connaissez à peine !

— C'est vrai, admit-il un peu à contrecœur. Pourtant, j'ai l'impression de vous avoir toujours connue. Je ne sais pas vraiment comment vous l'expliquer. Quand j'ai lu votre annonce dans le journal, j'ai été frappé par ce que vous aviez écrit. Vos paroles me hantaient. C'était comme si vous vous étiez directement adressée à moi. Aussi étrange que ça puisse paraître, j'ai tout de suite su comment les choses allaient se passer entre nous.

— Que voulez-vous dire ? demanda-t-elle dans un murmure.

C'était impossible, songea-t-elle en sentant l'angoisse sourdre. Comment la petite annonce qu'elle avait envoyée au journal aurait-elle pu bouleverser Austin à ce point ? Elle détourna le regard, totalement décontenancée.

— Ce n'étaient que des mots, ajouta-t-elle.

— Je crois qu'au-delà des mots j'ai entendu votre voix, dit-il dans une tentative d'explications. Je n'ai pas pu résister à votre appel.

Embarrassée, Willa lui jeta un regard à la dérobée. Elle commençait à se demander s'il avait bien toute sa tête. Certes, il paraissait gentil et prévenant, mais il valait mieux ne pas trop se fier aux apparences, elle en avait fait déjà l'amère expérience.

Elle repensa alors aux déchaînements de violence dont Jed était capable lorsqu'il avait trop bu. Combien de fois l'avait-il traînée par les cheveux ou jetée contre les murs dans des accès de colère ? Et les plaies et bosses que cela lui occasionnait ne changeaient rien à la rage qu'il nourrissait contre elle. Tout cela parce qu'elle n'avait pas accompli telle ou telle tâche exactement comme il l'aurait voulu…

Austin s'y prenait peut-être autrement, mais était-il vraiment différent ? Qui pouvait dire ce qui se cachait sous ses bonnes manières apparentes ? C'était un homme, après tout. Pourquoi ne serait-il pas comme les autres ? Elle était sa femme et, en tant que telle, elle devait être attentive à tous ses besoins. Et en aucun cas elle ne devait oublier qu'il l'avait choisie sans la voir en répondant à une simple annonce. Il avait forcément des attentes la concernant. Des attentes probablement pas si différentes de celles de Jed…

— Vous ne comprenez pas, dit-elle. Le prix de l'annonce dépendait du nombre de mots qu'elle comportait. Et, comme je n'avais que quelques pièces sur moi, j'ai dû faire au plus court.

— Peut-être bien, concéda-t-il, mais je vous assure qu'il s'est passé quelque chose d'étrange quand j'ai lu votre lettre. C'était comme un appel du destin. Lorsque ma mère est morte, reprit-il quelques instants plus tard, les yeux perdus dans le vague, j'ai bien cru que mon père allait directement la suivre dans la tombe. Rien ne semblait pouvoir apaiser son chagrin, c'était à peine s'il pouvait encore respirer… Mes parents s'aimaient d'un amour inconditionnel et vivaient l'un pour l'autre. S'ils se trouvaient séparés, ils paraissaient complètement perdus. Il suffisait que mon père entre dans la pièce où se trouvait ma mère pour qu'elle se mette à rayonner. Et inversement.

— C'est une belle histoire, fit Willa pour tout commentaire.

Elle ignorait ce qu'elle aurait pu dire d'autre. Elle savait bien que les hommes n'étaient pas capables d'un tel amour. Pouvaient-ils seulement aimer ? De son côté, elle n'avait pas connu son père, et Jed n'avait jamais aimé quiconque. A part son satané whisky.

— Je vous ai raconté la vérité, vous savez, dit Austin en voyant son scepticisme. Je ne l'ai ni embellie ni inventée. Et ce n'est pas le premier mariage heureux de la famille. C'est même arrivé très souvent. Peut-être qu'il y a une règle écrite quelque part. Quand un Dermot se marie, l'amour prévaut à jamais !

Elle haussa les sourcils. Il n'était pas sérieux, tout de même ! Il avait pourtant l'air de croire à ce qu'il disait… Et pourquoi se montrait-il si gentil ? Il s'était si bien comporté avec elle, la nuit précédente ! Mais ce soir ? Qu'allait-il se passer ? Allait-il enfin lui montrer qui il était vraiment sous son air affable ?

Willa tressaillit ; elle ne l'avait pas vu venir. Austin s'était tout à coup agenouillé à côté d'elle et la regardait fixement. Elle ne vit que de la gentillesse dans ses grands yeux. Et un formidable espoir — l'espoir de connaître enfin le bonheur.

Et l'amour !

Embarrassée par ce qu'elle venait de découvrir, elle détourna le regard et baissa la tête. C'était donc ça ! Il lui demandait de l'aimer ! C'était pire que ce qu'elle avait imaginé… A bien y réfléchir, elle aurait encore préféré qu'il soit un ivrogne, comme Jed. Austin avait commis une épouvantable erreur ! Il avait choisi la mauvaise femme.

Jamais elle n'éprouverait d'amour pour qui que ce soit, elle le savait bien.

Mais comment allait-elle s'y prendre pour le lui faire comprendre ? Devait-elle lui dire la vérité franchement pour lui laisser la possibilité d'annuler leur mariage ou fallait-il au contraire le laisser continuer à espérer ?

Chapitre 7

— Vous savez bien que c'est un pur mariage de convenance que nous avons conclu tous les deux, déclara Willa d'une voix morne en faisant glisser vers Austin le plat de galettes de maïs d'une main tremblante.

Ne sachant comment il allait réagir, elle évita soigneusement son regard.

— Mais ça n'a aucune importance ! protesta-t-il.

Il se releva brusquement et retourna s'asseoir sur sa chaise.

— Cela va certainement vous surprendre, reprit-il une fois son calme recouvré, mais mes parents se sont eux aussi rencontrés par l'intermédiaire d'une petite annonce.

— Comment ? s'exclama-t-elle.

Austin savoura un instant sa petite victoire. Il avait manifestement réussi à piquer sa curiosité. Le cou tendu dans l'attente de détails, Willa le regardait de ses grands yeux écarquillés.

— Vos parents se sont donc mariés sans jamais s'être rencontrés au préalable ? s'enquit-elle.

— Mon père raconte cette histoire bien mieux que moi, dit-il comme à regret en tirant vers lui le plat de viande pour se servir plusieurs tranches de rosbif.

Il avait une faim de loup, mais il ne se jeta pas pour autant sur sa nourriture. Ce n'était pas à quelques minutes près.

Il passa le plat à Willa, sans vraiment essayer de lui

cacher les sentiments qui l'animaient. Il la regardait avec toute la tendresse et toute l'affection qu'elle lui inspirait. Comme elle était belle avec son teint d'ivoire et sa magnifique chevelure aux reflets chatoyants !

Il repensa tout à coup au sac toujours posé près de la porte d'entrée. Elle n'y avait même pas jeté un regard. Cela lui semblait totalement invraisemblable. La plupart des femmes se seraient immédiatement précipitées sur leurs nouveaux vêtements pour les essayer et tourbillonner sur elles-mêmes devant la glace ou, tout au moins, pour les déballer et les admirer !

Willa, elle, avait paru plus préoccupée par le dîner qu'elle avait sur le feu que par les achats qu'elle avait effectués le matin même.

Sans bien comprendre pourquoi, il repensa également à la terreur qui s'était emparée d'elle lorsqu'ils s'étaient retrouvés dans le même lit la veille au soir. Il n'oublierait pas de sitôt les terribles tremblements qui l'avaient secouée ! Quoi qu'il en soit, il préféra ne pas trop penser aux sévices qu'elle avait dû subir. Compte tenu de ce qu'il avait découvert, il comprenait parfaitement la méfiance dont Willa faisait preuve. A présent, il allait devoir trouver un moyen de lui faire admettre que les temps difficiles qu'elle avait connus étaient définitivement derrière elle.

— A l'époque, reprit-il, mon père vivait dans une zone reculée du Minnesota. Il travaillait très dur dans l'espoir de pouvoir s'acheter un jour des terres avec l'argent qu'il mettait de côté.

Il s'interrompit un instant pour goûter la purée de pommes de terre qu'il venait de se servir. Elle était absolument délicieuse, songea-t-il avec plaisir. Willa avait beau s'en défendre, elle était sans conteste une excellente cuisinière !

— Un jour, expliqua-t-il, mon père a fait passer une petite annonce dans un grand journal. Dans cette annonce, il stipulait clairement qu'il cherchait une femme appréciant l'humour. C'est ma mère qui a répondu la première. Mon père a dû aller récupérer sa lettre au bureau de poste le plus proche. Rendez-vous compte, c'était à plus de soixante-dix kilomètres de chez lui !

— Je vois très bien ce que vous voulez dire, assura Willa. J'ai, moi aussi, vécu dans une zone très reculée, loin de tout. Est-ce la raison pour laquelle votre père a dû passer une annonce ?

— Oui, répondit-il avec un hochement de tête. D'après ce que mon père m'a dit, il n'y avait pas la moindre femme en âge de se marier à plusieurs dizaines de kilomètres à la ronde. Ma mère vivait dans le Maine. Elle a fait tout le trajet en diligence pour le rejoindre. Ses parents étaient morts, et son frère aîné avait fait faillite, si bien que la maison familiale avait été confisquée par la banque. Ma mère n'avait nulle part où aller…

Il s'interrompit encore, le temps de verser une petite louche de sauce sur sa purée. Il n'avait jamais vu une sauce aussi onctueuse. Comme il avait de la chance ! se dit-il tout à coup. Connaîtrait-il finalement le même bonheur que ses parents ?

— Une diligence…, murmura Willa d'un air abattu en secouant nerveusement la tête.

Elle n'en croyait pas ses oreilles.

— Comme je la plains ! ajouta-t-elle l'instant d'après. Ça n'a pas dû être drôle pour elle de faire un si long voyage dans un moyen de locomotion aussi vétuste et inconfortable ! Je suis très heureuse d'avoir fait le trajet en train depuis chez moi.

— Je vous comprends fort bien, répondit aussitôt Austin. Et j'ai bien conscience d'avoir eu beaucoup de chance moi aussi. Je ne vous ai attendue que quelques jours… Mon père, lui, a dû attendre de longs mois avant de pouvoir épouser ma mère !

Plongé dans ses pensées, il prit machinalement une bouchée de rosbif. C'était un tel délice pour le palais qu'il ne put réprimer un petit grognement de satisfaction. Jamais il n'avait goûté une viande aussi juteuse ! Il remarqua alors que Willa, elle, n'avait pas encore touché à son assiette. Elle le dévisageait, la fourchette en l'air, et semblait attendre la suite de l'histoire avec une certaine impatience.

— Une fois arrivée à destination, ma mère est descendue de la diligence. Au relais de poste. Elle racontait souvent en riant qu'elle n'avait pas encore posé le pied à terre que déjà une foule d'hommes célibataires s'étaient amassés autour d'elle.

Austin but alors une gorgée de café avant de reprendre son récit.

— Tous les hommes semblaient se disputer son attention. Les propositions de mariage pleuvaient littéralement ! Il faut dire que, dans ces contrées, il n'était pas très courant de rencontrer une jeune femme. Et jolie, qui plus est. Ma mère avait, en quelque sorte, l'embarras du choix.

— Mais elle a quand même tenu la promesse qu'elle avait faite à votre père ? demanda Willa dans un souffle.

— Oui, acquiesça-t-il avec un large sourire. Ma mère n'était pas du genre à rompre ses engagements aussi facilement ! Elle nous disait toujours que, avant même d'avoir rencontré notre père, elle avait déjà le béguin pour lui ! Apparemment, elle n'avait pu résister au sens de l'humour qui transparaissait clairement dans ses lettres. Elle n'aurait voulu d'un autre mari pour rien au monde. Au bout du compte, ils sont restés mariés vingt et un ans. Au départ, c'était bien un mariage de convenance mais, au fil du temps, leur union s'est transformée en un lien très puissant, et seule la mort les a séparés. D'ailleurs, dans la famille, nous sommes persuadés que c'est l'amour indéfectible qu'elle portait à notre père qui lui a permis de lutter aussi longtemps contre la maladie. Elle ne supportait pas l'idée de le quitter à jamais.

— Je vois…, marmonna Willa en baissant brusquement la tête.

Elle prit alors une petite bouchée de viande et se mit à mastiquer très lentement. Se forçait-elle à manger ? se demanda Austin avec inquiétude.

Le long silence qui s'installa entre eux le prit au dépourvu. Il avait cru pouvoir l'encourager et la rassurer en lui racontant l'histoire de ses parents. Il pensait lui faire comprendre ainsi que deux inconnus pouvaient finir par éprouver une profonde affection l'un pour l'autre. Bizarrement, son récit semblait avoir produit l'effet inverse…

Soudain, Willa posa sa fourchette sur le bord de son assiette. Elle paraissait réfléchir et chercher comment formuler sa pensée.

— Si je comprends bien, dit-elle finalement d'une petite voix éteinte, vous êtes rempli d'espoir. Vous rêvez d'un amour plus fort que tout.

Austin tressaillit. Pourquoi semblait-elle tout à coup en proie à une telle détresse ? Elle hésitait visiblement à le regarder en face et paraissait extrêmement méfiante. Il ne s'était donc pas trompé. Il n'était pas parvenu à la tranquilliser. Loin de là, même.

— N'est-ce pas le rêve que nous faisons tous ? répondit-il dans un murmure.

— Austin, le coupa-t-elle un peu sèchement, il faut absolument que je vous dise quelque chose.

Elle se redressa en prenant une profonde inspiration. Austin n'aimait guère le tour que prenait la conversation. Cela n'augurait vraiment rien de bon.

— Savez-vous comment mes parents se sont rencontrés ? demanda-t-elle d'une voix sans timbre.

— Non, fit-il, quelque peu surpris par la question. Vous n'avez encore jamais évoqué votre père en ma présence.

Il se pencha en avant, attentif. Peut-être allait-elle enfin se confier à lui comme il l'avait tant espéré.

Ses espoirs furent de courte durée. Le visage décomposé, les yeux remplis de larmes, elle faisait peine à voir. Il comprit qu'elle n'allait pas lui raconter une histoire digne d'un conte de fées.

— Mon père possédait un hôtel prospère dans la ville de Virginia City, déclara-t-elle.

Une telle souffrance émanait de tout son être qu'Austin en frissonna.

— C'était un homme marié, reprit-elle en haletant. Un père de famille. Deux filles et cinq fils, rien que ça ! Son épouse était membre de tous les clubs de la ville. C'était une très belle femme, très élégante, avec des fourrures et des bijoux… Bref, vous l'aurez compris, c'était ce que l'on appelle des gens de la bonne société.

— Et comment votre père a-t-il rencontré votre mère ? demanda Austin précipitamment.

En voyant le regard désolé que lui lança Willa, il sut qu'une terrible tragédie avait dû provoquer la rencontre de ses parents. Etait-ce la maladie, un accident ou la mort d'un de leurs proches ? Son père s'était-il retrouvé veuf et en quête d'une nouvelle épouse ?

— Ma mère travaillait pour lui à l'hôtel, poursuivit difficilement Willa. Elle venait tout juste d'entrer à son service.

Willa brisa alors sa galette de maïs en deux à l'aide de sa fourchette. Elle essayait de toutes ses forces de contrôler les tremblements de ses mains, nota Austin, navré de la voir aussi torturée.

— Un jour, reprit-elle, ma mère est restée plus longtemps que d'ordinaire pour aider une vieille dame à s'installer confortablement dans sa chambre pour la nuit. Ma mère a ensuite dévalé l'escalier pour rentrer chez elle le plus vite possible, car il commençait à se faire tard. Elle est alors tombée nez à nez avec le propriétaire de l'hôtel qui l'a emmenée de force dans une chambre vacante et l'a violée. Elle a bien essayé de se débattre, mais il était beaucoup plus fort qu'elle. Elle n'a rien pu faire. Elle a eu beau crier, personne n'est venu à son secours. Et lorsqu'elle a voulu raconter ce qui s'était passé, à part ma grand-mère, personne ne l'a crue. Elle n'avait que quinze ans…

— Quinze ans ! répéta Austin en secouant la tête, totalement incrédule.

Comment pouvait-on se montrer aussi brutal ? se demanda-t-il, atterré par le drame qui avait touché cette femme.

Willa s'était effondrée et pleurait à présent à chaudes larmes. Rien ne semblait pouvoir les arrêter.

— Je devine la suite, dit-il dans un souffle. Votre mère a ensuite découvert qu'elle était enceinte. De vous…

— C'est bien ça, admit-elle en sanglotant. Le pire, dans cette histoire, c'est le terrible scandale que sa grossesse a provoqué. Tout le monde montrait ma mère du doigt car son enfant avait été conçu hors du sacrement du mariage. On la fuyait comme la peste. Le propriétaire de l'hôtel l'a accusée d'avoir cherché à le séduire et lui a dit que, en somme, elle l'avait bien cherché. Ma mère a dû apprendre à vivre avec cette infamie. Lorsqu'elle a voulu chercher du travail ailleurs, personne n'a accepté de l'embaucher. A cause de sa réputation sulfureuse. Et de sa grossesse, évidemment.

— Elle n'a quand même pas été obligée de continuer à travailler pour l'homme qui l'avait violée ?

— Si, fit Willa d'une voix mal assurée. Jusqu'à ce qu'il

vende l'hôtel et parte avec sa famille s'installer dans une région plus prospère. Ma mère a travaillé dans cet hôtel toute sa vie.

— Je suis vraiment désolé, Willa, murmura Austin.

Encore abasourdi par les révélations que Willa venait de lui faire, il ne savait que dire d'autre.

— Ce que votre mère a subi dépasse l'entendement, articula-t-il enfin tant bien que mal. Quant à vous, je suppose que vous avez été obligée de vivre à l'écart de la société.

— Je suis une bâtarde, dit-elle soudain d'une voix forte. La fille d'une débauchée ! Je pense qu'il vaut mieux que vous le sachiez. Vous avez le droit de savoir qui vous avez épousé.

— Mais je me fiche bien du qu'en-dira-t-on ! s'exclama-t-il. Vous êtes toujours la même, à mes yeux. Je vous trouve toujours aussi ravissante que lorsque vous êtes descendue du train.

— J'ai l'impression que vous ne comprenez pas ce que j'essaie de vous dire, Austin, rétorqua-t-elle aussitôt. Vous attendez trop de moi, j'en ai peur. Je ne me souviens pas que vous ayez parlé une seule fois d'amour dans votre lettre ! Ça ne faisait pas partie de l'accord que nous avons conclu.

— Pourquoi refusez-vous si catégoriquement l'amour qui pourrait finir par éclore entre nous ? l'implora-t-il presque. Pas tout de suite, évidemment. Nous devons d'abord apprendre à nous connaître et laisser le temps faire son œuvre…

Lorsqu'il vit le visage de Willa déformé par l'angoisse, il comprit que son rêve de bonheur conjugal venait de s'écrouler comme un vulgaire château de cartes. Il en aurait pleuré de colère et de frustration.

— Mais, poursuivit-il, quoi que vous en pensiez, tout le monde a besoin d'une famille. Et tout le monde rêve d'appartenir à une communauté ! Je ne connais personne qui ne veuille aimer et être aimé en retour. C'est ce qui m'a poussé à répondre à votre lettre et à vous choisir.

— Je regrette, dit-elle d'une voix teintée de désespoir, mais nous n'avons rien convenu de tel.

Voyant que la panique commençait à la gagner, Austin se radoucit.

— Je le sais bien, admit-il. Mais je pensais que vous aviez vous aussi quelques espoirs.

— Des espoirs ? répéta-t-elle, étonnée.

Médusée par ce qu'elle venait d'entendre, Willa resta bouche bée quelques secondes. Décidément, elle n'avait pas du tout les mêmes attentes que lui.

— Je vous ai épousé pour fuir la situation désespérée dans laquelle je me trouvais, et vous le savez fort bien, déclara-t-elle. Je devais à tout prix penser à mon bébé. Je ne pouvais pas m'en sortir toute seule et j'avais besoin d'épouser un homme qui pourrait subvenir à nos besoins. C'est uniquement pour cette raison que je suis ici aujourd'hui. Je pensais bêtement que vous l'aviez compris.

— Je comprends, à présent, dit-il d'une voix sans timbre.

Willa sentit sa gorge se nouer. Austin la troublait bien plus qu'elle ne l'aurait voulu. Avec la lampe qui faisait briller ses boucles brunes, il était plus beau que jamais.

— De mon côté, reprit-il avec un peu plus d'assurance, j'aimerais vraiment vous faire comprendre quelque chose. Ce n'est pas parce que nous nous sommes mariés pour des raisons pratiques qu'aucun sentiment ne nous rapprochera jamais. Je ne peux pas nier ce que je ressens déjà… Pour tout vous dire, j'espérais que vous commenciez aussi à ressentir un petit quelque chose pour moi.

— Un petit quelque chose ? répéta-t-elle sur un ton légèrement ironique. Mais c'est d'amour que vous voulez parler !

Accablée, Willa laissa tomber sa tête entre ses mains.

Tous ses espoirs venaient de s'effondrer. Ses espoirs étaient certes modestes comparés à ceux d'Austin, mais ils avaient eu le mérite de l'aider à garder courage pendant le long trajet en train qu'elle avait effectué jusqu'à Moose Town et de lui donner la force d'épouser un parfait inconnu. Relevant brusquement la tête, elle se mit à regarder fixement ses mains rougies par les tâches ménagères. Elle avait passé l'après-midi à frotter le plancher avant de l'enduire de cire, tout cela pour lui prouver qu'il n'aurait pas à regretter son choix. Elle prit une profonde inspiration. Elle préférait être honnête avec lui ; elle lui devait au moins cela.

— Moi, affirma-t-elle, je ne crois pas en l'amour. Les hommes ont inventé l'amour pour les aider à supporter la dure réalité des choses. C'est une pure chimère.

— Mais bien sûr que non ! répliqua-t-il avec une pointe de désolation dans la voix.

Il avait parlé avec une telle conviction que, l'espace d'un instant, Willa faillit se laisser convaincre.

— De toute ma vie, je n'ai jamais vu quoi que ce soit qui puisse ressembler à de l'amour, objecta-t-elle. Pas la moindre petite étincelle…

Bien décidée à aller jusqu'au bout et à lui dire ce qu'elle avait sur le cœur, elle se redressa contre le dossier de sa chaise, rejeta les épaules en arrière et rassembla tout le courage qui lui restait.

— Je peux travailler dur. Je peux être une très bonne épouse, comme je vous en ai fait la promesse. Mais l'amour ? Non. Ça, je ne peux pas vous le promettre, dit-elle en secouant la tête d'un air désabusé.

— Tout ça, c'est ma faute, lâcha alors Austin.

Willa avait presque envie de le croire. Il avait parlé avec une telle sincérité !

— Je suis désolé, Willa, poursuivit-il. Je brûle les étapes, comme d'habitude. Je tenais à vous faire partager mes espoirs, mais je ne m'attendais évidemment pas à ce que des sentiments profonds nous unissent dès le départ ! Et c'est bien normal, nous nous connaissons à peine ! Je voulais juste vous faire remarquer que nous allons, l'un et l'autre, vivre une existence bien plus heureuse que celle que nous avons connue jusqu'ici. En tout cas, je peux vous assurer que vous êtes, et de loin, la meilleure chose qui pouvait m'arriver.

— Parce que vous espérez encore qu'avec le temps je finirai par vous aimer ? demanda-t-elle d'une voix totalement incrédule.

Elle savait qu'elle remuait le couteau dans la plaie, mais elle n'avait pas le choix ; elle devait à tout prix lui poser la question. Elle ne pouvait tout de même pas laisser les choses en suspens et continuer à manger comme si de rien n'était ! Elle ne pouvait pas le laisser indéfiniment se bercer d'illusions. Cet homme l'avait sauvée. Il lui avait envoyé un billet de train sans lui poser la moindre question et l'avait accueillie à bras ouverts dans une maison plus confortable que toutes celles qu'elle avait connues. Personne ne l'avait jamais traitée avec une telle gentillesse.

Il n'y avait vraiment pas à tergiverser, se répéta-t-elle pour se donner du courage, elle devait absolument lui dire la vérité. Elle jeta alors un coup d'œil dans sa direction. Il se tenait le dos bien droit et lui parut encore plus grand qu'à l'accoutumée. Un profond sentiment de gratitude envers lui la submergea tout à coup. Il avait fait tant de choses pour elle ! La veille, pour commencer, il l'avait laissée dormir sans même la toucher… Et, ce matin, il lui avait acheté des habits dont elle n'avait même pas besoin ! Sans parler du garde-manger bien garni dont elle disposait pour préparer les repas ! Jamais elle n'avait connu une telle abondance. Et elle avait à présent un toit sur la tête et se sentait plutôt en sécurité. Certes, elle ne savait pas encore qui Austin était vraiment en profondeur mais, en surface, il était la gentillesse incarnée. Ce n'était pas si mal, pour un début.

Rien que pour cela, elle devait lui dire la vérité.

— Vous savez, dit-elle en s'éclaircissant la gorge, je ne suis même pas sûre de réussir à aimer l'enfant que je porte. Je n'ai pas d'amour en moi. Et je sais bien que je n'en aurai jamais.

Pendant une fraction de seconde, elle vit le visage d'Austin se tordre sous le coup de la déception mais il reprit très rapidement le contrôle de ses émotions. Il se contenta de serrer les mâchoires alors qu'elle s'attendait peu ou prou à le voir exploser de colère. Il avait toujours les yeux braqués sur elle, mais elle n'était pas sûre de pouvoir déchiffrer les sentiments qui l'animaient.

— Vous avez raison, concéda-t-il enfin. L'amour n'a jamais fait partie de notre accord.

Il laissa alors échapper un petit soupir ; il lui faisait un peu penser à un blessé qui chercherait à dissimuler l'étendue de ses blessures. La discussion semblait close.

Il se mit à couper sa viande en faisant crisser la lame de son couteau sur le fond de son assiette, et un silence assourdissant s'installa entre eux.

Austin fronçait les sourcils d'un air sévère et paraissait réfléchir intensément. Willa sentit aussitôt son estomac se contracter. A quoi pouvait-il bien penser ? Sans doute à leur mariage. Il devait certainement peser le pour et le contre. Allait-il lui annoncer l'annulation pure et simple de leur union ? se demanda-t-elle, follement inquiète à l'idée de se trouver à la rue une nouvelle fois. Elle se força à avaler un morceau de galette de maïs pour essayer de calmer ses aigreurs d'estomac subites. Cela n'avait rien à voir avec sa grossesse, cette fois. Elle était simplement morte de peur. Redoutant la sentence qui n'allait plus tarder à tomber, elle but une gorgée de thé.

Maintenant qu'il connaissait la vérité, il allait peut-être changer d'avis et ne plus vouloir d'elle, se répéta-t-elle en posant précautionneusement sa tasse de thé sur la table de sa main toute tremblante. Elle se mit à lutter de toutes ses forces pour ne pas céder à la panique, mais c'était plus fort qu'elle. Où irait-elle sans le moindre sou en poche ? Où allait-elle trouver du travail ? Et qui s'occuperait de son bébé lorsqu'elle serait au travail ? Elle n'aurait jamais les moyens de payer quelqu'un pour s'occuper de lui ! Rien qu'à l'idée de retourner vivre dans la vieille grange abandonnée, elle se sentit défaillir.

Etait-il en colère contre elle ? se demanda-t-elle tout à coup en voyant qu'il arborait toujours la même expression contrariée. Il avait déjà dépensé tant d'argent pour elle ! D'abord le billet de train, puis tous ces vêtements fort coûteux… Comment sa colère allait-elle se manifester ? Allait-il se mettre à hurler ? A lui jeter des objets à la figure ?

Avec tout ce qu'elle avait déjà vécu, elle s'attendait au pire. Elle n'avait pas oublié les insultes dont Jed l'abreuvait au moindre prétexte, ni les coups qui pleuvaient sur elle à la moindre contrariété. Elle baissa les yeux et se força à se concentrer sur sa nourriture. Elle devait manger. Coûte que coûte. Pas pour elle, mais pour le bébé. Elle savait bien qu'elle était trop maigre, mais cela lui importait peu.

— J'ai ramené une petite jument à la maison pour vous, dit tout à coup Austin.

Elle le regarda sans comprendre. Il avait parlé d'une voix posée. Nulle trace de colère ou de déception ne semblait transparaître.

— Je n'aime pas vous savoir toute seule ici lorsque je pars travailler avec Calvin, expliqua-t-il alors. La maison est très isolée. Vous n'aurez aucun souci avec cette jument, vous verrez. Elle est très douce. Avez-vous déjà conduit un attelage ?

— Non, jamais, répondit-elle en secouant énergiquement la tête. Jed ne me l'aurait pas permis.

— Eh bien, avec moi, ça va être tout le contraire, répliqua-t-il. J'aimerais vraiment que vous puissiez aller en ville quand bon vous semble. Ne serait-ce que pour aller chercher de quoi manger au magasin général.

Austin se servit un autre morceau de viande et reprit la parole sans lever les yeux de son assiette.

— J'ai acheté cette jument lors d'un marché aux bestiaux, il y a déjà quelque temps. La pauvre a dû subir de bien mauvais traitements ; un rien l'effraie, aujourd'hui. Elle était si mal en point quand je l'ai vue que je n'ai pas pu me résoudre à la laisser. Qui sait ce qu'elle aurait encore enduré… Cela fait un bon moment que je m'occupe d'elle en ville, mais j'ai pensé qu'elle serait mieux ici, au calme. Elle est très gentille, je suis sûr que vous allez bien vous entendre !

— Mais je ne sais même pas diriger un cheval ! s'exclama-t-elle.

En proie à une vague d'émotions contradictoires, Willa sentit les larmes lui monter aux yeux.

— Ne vous inquiétez pas, dit aussitôt Austin pour la rassurer, vous apprendrez très facilement.

Elle rencontra alors son regard et sut qu'elle lui avait causé une profonde déception. Même s'il faisait en sorte de paraître enjoué, elle voyait bien qu'elle l'avait blessé. Comment ferait-elle pour réparer son erreur ? se demanda-t-elle, sur le point de s'abandonner au désespoir.

« Je n'ai pas d'amour en moi. Et je sais bien que je n'en aurai jamais. » Austin soupira. Les terribles paroles que Willa avait prononcées un peu plus tôt résonnaient encore dans sa tête alors qu'il ajoutait quelques bûches dans la cheminée pour alimenter le feu qui commençait à faiblir. Il laissa son regard errer sur les flammes qui se mirent à danser joyeusement dans l'âtre et entendit soudain le bruit d'assiettes qui s'entrechoquaient dans la cuisine.

Il secoua la tête d'un air désolé. Le repas à peine terminé, Willa s'était précipitée pour aller faire la vaisselle. Elle cherchait de toute évidence à le fuir. Ni l'un ni l'autre n'était parvenu à briser le silence oppressant qui s'était installé entre eux et qui menaçait à présent de perdurer jusqu'au coucher.

Austin serra les poings. Ce n'était pas exactement le genre de soirée qu'il avait imaginé partager ! En fait de soirée à deux, Willa se trouvait dans une pièce et lui dans une autre ! Le fossé qui les séparait désormais semblait si profond qu'il n'était même pas sûr de pouvoir trouver un moyen de le combler.

Willa paraissait vivre dans un monde de désolation auquel il n'avait pas accès. Comment aurait-il pu imaginer tous les malheurs qui avaient émaillé la courte existence de son épouse ? Lui était l'aîné d'une famille heureuse, et il avait passé son enfance au milieu des éclats de rire et des marques d'affection. C'était d'ailleurs ce bonheur simple qui lui manquait tant, maintenant. D'où sa quête désespérée d'amour…

Malheureusement, songea-t-il avec amertume, ses rêves risquaient encore une fois de ne pas se réaliser. Certes, il avait fini par épouser une femme mais, apparemment, l'amour n'était pas au rendez-vous. L'amour tant espéré semblait même le fuir. Il devait se rendre à l'évidence : la femme qu'il avait choisie n'était pas la bonne… Et la solitude risquait de lui coller à la peau encore un bon moment !

Son regard tomba sur le sac du magasin général qui était toujours posé près de la porte d'entrée. Il alla le prendre avec l'intention de le vider.

Willa sortit au même moment de la cuisine.

— Je viens tout juste de finir la vaisselle, dit-elle d'une voix monocorde. Je comptais m'occuper de ce sac. Laissez-moi faire, Austin.

— Ça ne me dérange pas, riposta-t-il.

Il n'aurait su dire exactement pourquoi, mais une sourde colère était montée en lui.

— Je peux parfaitement ranger toutes ces affaires, insista-t-elle. A moins que…

Elle s'interrompit, le visage crispé. Elle paraissait bien déterminée à se montrer forte devant lui mais son assurance n'était que de façade.

— … A moins que vous ne préfériez tout rapporter au magasin ? demanda-t-elle dans un souffle.

— Qu'est-ce que c'est encore que ces sottises ? s'exclama Austin sans chercher à masquer son agacement. Pourquoi ferais-je une chose pareille ?

— Vous avez peut-être changé d'avis à mon égard, Austin, répondit-elle à mi-voix. Sachez que je comprendrais parfaitement votre réaction dans ce cas.

Elle releva alors fièrement le menton et tenta de se grandir, mais cela ne changeait pas grand-chose, nota Austin en lui lançant un regard noir. Elle était petite, maigre et désespérément seule au monde. Malgré lui, il finit par se laisser attendrir, et sa colère reflua aussi vite qu'elle était apparue.

Il n'en avait pas moins le cœur brisé. Tous ses espoirs semblaient réduits à néant. L'image idyllique de la famille heureuse et unie à laquelle il s'était raccroché de toutes ses forces pendant si longtemps venait de disparaître à jamais.

— Vous pensez vraiment que je pourrais vouloir vous renvoyer ? répliqua-t-il, totalement sidéré.

— Je ne suis manifestement pas la femme que vous espériez épouser, expliqua-t-elle en haussant les épaules.

Austin dut prendre sur lui pour conserver son sang-froid. La colère n'apporterait rien de bon.

— Je sais bien que vous me connaissez à peine, Willa, mais je ne suis pas le genre d'homme à revenir sur une parole donnée ! Je vous ai promis de veiller sur vous et je compte bien honorer ma promesse. Est-ce que vous vous souvenez des vœux que j'ai prononcés hier lors de la cérémonie de notre mariage ? J'étais sérieux, vous savez. Je pensais vraiment ce que j'ai dit.

Elle poussa aussitôt un profond soupir de soulagement et parut se détendre un peu.

Bien que son amour-propre en ait pris un coup, Austin avait bien l'intention d'essayer d'arrondir les angles avec elle.

— Vous vous êtes trompée, ma chère, dit-il en plaisantant. Vous ne vous débarrasserez pas aussi facilement de moi !

Elle esquissa un sourire incertain et le remercia du bout des lèvres. De toute évidence, elle ne le comprenait pas vraiment et restait sur la défensive.

Complètement perdu, Austin posa le sac sur la table basse qui se trouvait devant le canapé et l'ouvrit lentement. Il serrait les dents si fort que ses mâchoires en devenaient douloureuses.

Comment allait-il pouvoir détendre l'atmosphère ? La conversation cordiale qu'il avait imaginée devant un bon feu de cheminée s'était muée en un silence oppressant, et il ne voyait vraiment pas comment y remédier.

— Mais qu'est-ce que vous faites ? demanda soudain Willa d'une voix aiguë.

— Eh bien, comme vous le voyez, j'accroche votre nouveau manteau.

C'était pourtant évident, s'étonna-t-il en la dévisageant d'un air perplexe.

— Mais mon vieux manteau peut encore très bien

faire l'affaire ! protesta-t-elle en se précipitant vers lui. Je comptais réserver le nouveau pour de grandes occasions.

— C'est hors de question ! Vous porterez ce manteau tous les jours, répliqua-t-il sèchement. Même chose pour vos nouvelles robes. Vous devez absolument les porter.

— Pour faire le ménage ? s'écria-t-elle, indignée. Mais vous n'y pensez pas ! Elles sont bien trop belles pour ça ! Je risque de les tacher ou de les abîmer !

Comme elle essayait de lui arracher son vieux manteau rapiécé des mains, Austin finit par capituler devant le ridicule de la situation.

— Soit, concéda-t-il. Mettez votre ancien manteau pour aller à la grange ou pour aller dehors jeter de l'eau sale ou quelque chose de ce genre, si ça vous chante. Mais c'est tout, vous m'entendez ? Quant à vos vieilles robes, je veux bien que vous les portiez pour effectuer des tâches ménagères mais pour rien d'autre. Vous m'avez bien compris ?

Willa acquiesça, un air de défi dans le regard. Elle serra alors fermement son manteau rapiécé sous son bras, comme s'il s'agissait de son bien le plus précieux.

Eprouvé par la scène qu'il venait de vivre, Austin ferma les yeux. Pourquoi était-ce si difficile pour elle d'accepter les nouveaux vêtements qu'il lui avait achetés ?

— Vous savez, Willa, j'essaie juste de vous rendre la vie plus facile, ajouta-t-il d'un ton radouci. Vous ne voulez vraiment pas vous laisser faire ?

— Mais si, concéda-t-elle. Je vous assure que je vous suis très reconnaissante de tout ce que vous faites pour moi.

Elle semblait le supplier en silence d'essayer de la comprendre.

— Je vais aller ranger tout ça, poursuivit-elle en désignant le contenu du sac. Puis-je me rendre utile à autre chose ?

Austin eut alors une illumination. Comment avait-il pu se montrer aussi bête ? Depuis son arrivée, il passait son temps à demander à Willa de se comporter comme celle qu'elle n'était pas. Cela compliquait forcément les choses ! Ils devaient d'abord essayer de devenir bons amis. Le reste pouvait bien attendre…

— Vous savez ce qui me ferait vraiment plaisir ? lança-t-il en prenant le sac de vêtements pour aller le déposer dans leur chambre à coucher.

Willa se raidit en le voyant se diriger vers la chambre.

— J'aimerais vraiment beaucoup que vous preniez tout votre temps pour accrocher vos nouvelles robes dans l'armoire et ranger toutes vos affaires, dit-il, un large sourire aux lèvres. De mon côté, je vais m'installer sur le canapé pour lire un peu avant d'aller me coucher.

— D'accord, Austin, murmura-t-elle avec un air légèrement étonné.

Comme elle semblait triste ! songea Austin en passant près d'elle. Mais comment aurait-il pu en être autrement ?

Elle n'était pas stupide et s'était forcément rendu compte elle aussi que les choses avaient plutôt mal tourné entre eux. Au demeurant, elle paraissait aussi perdue que lui et ne savait manifestement pas quoi faire pour arranger la situation.

En dépit de cela, il ne pouvait s'empêcher de se sentir irrémédiablement attiré par elle…

Après avoir déposé le sac sur le lit, il revint dans le salon. Une fois confortablement installé sur le canapé, il ferma les yeux et laissa échapper un profond soupir. En fin de compte, il se sentait plus seul que jamais !

Il ouvrit alors le volume de Shakespeare qu'il lisait depuis quelques jours en espérant réussir à se changer les idées. Hélas ! même le terrible dilemme auquel Hamlet était confronté ne parvenait pas à lui faire oublier ses soucis.

A mesure que le temps passait, le fossé qui s'était creusé entre Willa et lui semblait de plus en plus infranchissable.

Chapitre 8

Dehors, le blizzard faisait rage. Le vent poussait des rugissements terrifiants et faisait craquer sans répit les murs de bois de la maison. Willa se réveilla en sursaut, terrorisée, ne sachant plus vraiment où elle était. Un courant d'air glacial qui traversait la chambre vint lui fouetter le visage. Elle enfouit sa tête sous l'oreiller et remonta les couvertures par-dessus pour se réchauffer. Le tumulte provoqué par la tempête qui se déchaînait au-dehors lui parvenait toujours mais lui semblait nettement moins effrayant ainsi.

Soudain, elle entendit l'horloge du salon sonner. Elle tendit l'oreille et compta quatre coups. Il était déjà 4 heures du matin… Elle roula sur le côté et observa son mari à la dérobée. Austin semblait profondément endormi. Sa poitrine se soulevait paisiblement au rythme régulier de sa respiration. Rien à voir avec Jed et ses ronflements sonores d'ivrogne !

Elle avait beau tourner et retourner le problème dans sa tête, elle ne savait toujours pas ce qu'elle devait penser de lui. Austin était si différent des personnes qu'elle avait connues jusque-là ! Il lui rappelait un peu les enfants qu'elle croisait à l'école, avant que sa mère ne l'oblige à aller travailler avec elle à l'hôtel. Elle avait tant admiré le bonheur confiant de ces enfants à l'existence exempte de tristesse. Comme elle les avait enviés, elle qui vivait en recluse et n'était que l'ombre d'elle-même !

Rassurée par la respiration régulière de son mari, Willa l'observa plus attentivement. Malgré l'obscurité qui régnait dans la chambre, elle distinguait assez nettement son profil. Les mèches de cheveux emmêlées qui retombaient sur son front adoucissaient son visage naturellement un peu sévère. Elle s'attarda ensuite un moment sur la courbure de son nez et la forme de ses pommettes et se mit à frissonner malgré elle. Il émanait de lui une telle force ! Une telle puissance ! Troublée, elle planta instinctivement les dents dans sa lèvre inférieure.

Austin lui cachait forcément quelque chose, se dit-elle pour la énième fois. Bel homme comme il l'était, bien des femmes avaient dû avoir le béguin pour lui, ce n'était pas possible autrement ! Alors pourquoi avait-il dû se résoudre à lire les petites annonces pour se trouver une femme ? Quelle mystérieuse part d'ombre allait-elle finir par découvrir chez lui ?

Jusque-là, il s'était pourtant comporté comme un parfait gentleman. Ou presque. Il s'était certes brièvement abandonné à la colère au cours de la soirée, mais il avait aussi très rapidement recouvré son sang-froid et avait cherché à dissimuler ses émotions, comme s'il avait eu honte de s'être emporté.

De plus, elle ne l'avait pas encore surpris à boire la moindre goutte d'alcool, et il l'avait laissée tranquillement dormir sans l'ennuyer avec ce satané devoir conjugal…

Et, même lorsqu'elle avait grossièrement insisté pour garder ses vieux vêtements élimés, il avait finalement cédé ! Puis, quand après avoir rangé ses nouveaux habits elle était allée s'asseoir à l'autre bout du canapé avec sa couture, il n'avait pas semblé lui en vouloir.

Elle l'avait assurément beaucoup déçu en lui refusant

l'amour dont il rêvait, mais les choses n'étaient pas allées plus loin. Et il n'avait pas fait la moindre remarque lorsqu'elle avait annoncé qu'elle allait se coucher avant lui, épuisée.

Son estomac commença tout à coup à faire des siennes. Quelle barbe ! songea-t-elle. Quand serait-elle enfin débarrassée de ces horribles nausées matinales ? Elle pensa au bébé qu'elle portait et qui n'aurait pas pu plus mal tomber. Jamais elle ne se serait remariée si elle n'avait pas été enceinte ! Dire qu'elle s'était cru libre, enfin libre, devant la tombe de Jed ! A quoi bon espérer... La vie se chargeait bien vite de vous faire revenir sur terre !

Elle soupira. Les minutes passaient, et Austin n'allait plus tarder à se lever. Elle devait rapidement prendre une décision. Elle lui avait fait tant de mal, la veille au soir, en le rejetant comme elle l'avait fait. L'honnêteté ne payait pas toujours... Rongée par la culpabilité, elle se mit sur le dos et regarda fixement le plafond. L'air glacial vint aussitôt lui piquer les narines, et elle enfouit de nouveau la tête sous les couvertures. Jamais elle n'avait voulu lui faire de peine, se dit-elle avec regret. Elle avait simplement voulu dissiper tout malentendu et éviter qu'il ne nourrisse de faux espoirs.

Austin avait certainement des défauts qu'elle ne connaissait pas encore mais, jusqu'à présent, il s'était montré d'une très grande bonté envers elle. Jamais on ne lui avait accordé autant d'attention ! Comment allait-elle pouvoir s'y prendre pour lui rendre tout ce qu'il lui avait déjà donné ?

Que lui réservait donc l'avenir ? Elle avait donné à Austin une bonne raison de vouloir mettre fin à leur mariage, mais il s'y était catégoriquement refusé. En somme, elle n'avait pas vraiment le choix. Elle allait devoir continuer à se comporter comme une bonne épouse et à faire de son mieux. Que pouvait-elle faire d'autre ?

Bien déterminée à s'amender, elle repoussa doucement

les couvertures et se redressa. Il ne lui restait plus qu'à espérer que son estomac allait coopérer. Elle se glissa hors du lit avec précaution et enfila sa vieille robe d'intérieur et les chaussons épais qu'elle avait tricotés elle-même bien des années plus tôt.

Saisie par le froid glacial, elle se dirigea à pas de loup vers la cuisine en claquant des dents. Elle devait d'abord rallumer le feu de la cuisinière. Les braises étaient encore chaudes, constata-t-elle avec soulagement. Elle jeta une poignée de mousse dessus et se mit à ranimer le feu à l'aide d'un tisonnier. Il fallait à présent planifier la matinée. Elle allait d'abord faire le café, puis…

— Mais qu'est-ce que vous faites ?

En entendant la voix d'Austin résonner dans la cuisine comme un coup de tonnerre, Willa sursauta et en lâcha le tisonnier, qui tomba avec fracas sur le sol.

Austin se tenait derrière elle, les poings sur les hanches. Il semblait vraiment furieux contre elle.

Elle sentit un profond désespoir s'abattre sur elle. La situation avait finalement encore empiré.

— Je… je m'occupe du café, bégaya-t-elle.

— Mais il fait un froid glacial ici ! Vous devez être complètement gelée ! Est-ce que vous avez perdu la tête ? s'exclama Austin en la saisissant vivement par les poignets.

— Je m'étais dit que ça vous ferait sûrement plaisir de prendre une tasse de café bien chaud avant de sortir vous occuper des animaux, dit-elle dans un souffle.

Willa tenta de ne pas céder à la panique. Il ne lui faisait pas vraiment mal, mais elle était tout de même à sa merci ! Elle ne pouvait plus faire un seul mouvement. Une peur indescriptible commençait à la gagner. Qu'allait-il lui faire ? Elle devait à tout prix lui prouver sa bonne foi.

— Je pensais que vous aimiez prendre un café en vous

levant, ajouta-t-elle précipitamment. Mais je… je peux vous préparer un thé si vous préférez.

— Willa…

Il lui lâcha les poignets et la regarda avec une certaine compassion. Sa colère paraissait déjà loin.

— C'est à moi de me lever le premier pour rallumer le feu dans la cuisine et dans la cheminée, déclara-t-il. Ne faites pas les choses à ma place, je vous en prie.

— Mais je voulais juste vous aider !

Elle aurait donné cher pour pouvoir disparaître. Elle se sentait si ridicule ! Plus elle essayait de lui plaire, plus elle le mettait en colère. C'était vraiment à n'y rien comprendre.

Sans un mot, il ramassa le tisonnier tombé par terre et s'agenouilla devant la cuisinière. Willa fit un pas de côté pour lui faire de la place et se cogna contre la table, qui recula de plusieurs centimètres. Le grincement strident du bois sur le plancher la fit tressaillir.

Austin disposa des pommes de pin sur les braises incandescentes et, dès qu'il eut obtenu une bonne flambée, il ajouta de petites bûchettes. Une douce chaleur commençait déjà à réchauffer la pièce.

— Willa, lança-t-il soudain, à partir de maintenant je vous demande de rester au lit jusqu'à ce que la maison soit à peu près réchauffée !

Elle se crispa et croisa les bras sur sa poitrine. Le ton avec lequel il venait de s'adresser à elle ne souffrait aucune contradiction.

— Vous m'avez compris ? répéta-t-il d'une voix forte. Je ne voudrais pas que vous attrapiez…

Il s'interrompit en voyant son teint livide. Willa sentit son estomac se contracter et eut tout juste le temps de plaquer sa main contre sa bouche. Oh non ! songea-t-elle, terriblement embarrassée. Elle se précipita aussitôt dans la chambre et, incapable de retenir plus longtemps la bile amère qui avait envahi sa bouche, ferma la porte à toute volée.

— Je ne sais pas vraiment ce que je vais faire d'elle, confessa Austin à Rosie tout en la trayant. Est-ce que tu comprends quelque chose aux femmes, toi ? Tu es une fille, après tout ! Peut-être que tu pourrais me donner quelques conseils et m'expliquer comment fonctionne le cerveau de cette femme !

Rosie se contenta de remuer la queue et de le regarder de ses grands yeux placides.

— Je vois… Je me doutais bien que tu resterais silencieuse sur la question, marmonna-t-il en lui faisant un clin d'œil.

Lorsque le seau fut plein, il le prit et alla poser le tabouret dans un coin de l'étable.

— Ça ne me surprend guère, ajouta-t-il avec un petit sourire. Les filles sont comme ça. Elles se serrent toujours les coudes…

Rosie s'approcha doucement et lui posa le menton sur l'épaule.

— Ah ! N'essaie pas de m'amadouer, Rosie ! Je ne suis pas aussi bête que tu as l'air de le croire ! dit-il en lui donnant une petite tape sur le museau avant de refermer le loquet de la porte.

Calvin passa alors la tête par la porte de son box et poussa un petit hennissement amical. Voyant qu'il recherchait son attention, Austin alla le rejoindre et le caressa doucement entre les oreilles.

— Alors, Calvin, qu'est-ce que tu penses du grain que je t'ai donné ?

Le cheval pencha un peu plus la tête pour réclamer davantage de caresses. Austin lui sourit. Ils étaient de vieux amis et se comprenaient si bien… Ils n'avaient même pas besoin de parler !

Cependant, malgré toute l'affection qu'il ressentait pour Calvin, Austin ne parvenait pas à s'enlever Willa de la tête. Il la revoyait encore agenouillée sur le sol glacé de la cuisine, tremblant de froid dans sa petite robe d'intérieur. Son sang n'avait fait qu'un tour lorsqu'il l'avait surprise… Il aurait tant voulu la protéger !

Il devait à présent s'occuper de la jeune jument. Dès qu'il était entré dans son box, elle s'était réfugiée dans un coin, effrayée par l'agitation qu'elle percevait en lui. S'il voulait la rassurer, il fallait absolument qu'il se détende. Faire peur devenait une manie chez lui ! pensa-t-il en secouant la tête. La pauvre Willa avait elle aussi pris peur tout à l'heure, lorsqu'il avait un peu haussé la voix.

Il fallait dire qu'elle se comportait d'une manière plutôt étrange ! Comment une femme enceinte pouvait-elle se lever aux aurores dans une maison glaciale uniquement pour raviver les braises du feu ? Cela dépassait l'entendement… Et pourquoi insistait-elle autant pour lui préparer son café ? Ne voyait-elle donc pas qu'une seule chose au monde lui importait ? C'était elle, rien qu'elle !

Toujours réfugiée dans un coin et sur ses gardes, la petite jument ne le quittait pas des yeux. Cela faisait déjà trois mois qu'il s'occupait d'elle, et elle ne lui faisait toujours pas confiance.

Elle ne manquait pas de points communs avec Willa, songea-t-il en soupirant.

Une fois les animaux bien soignés, Austin quitta la grange et barra fermement la porte derrière lui. La tempête faisait toujours rage, et le vent glacial lui cingla le visage. Cette fois, au moins, se dit-il avec un certain soulagement, il distinguait les contours de la maison. Il se laissa guider par le rayon de lumière qui provenait de la fenêtre du salon.

Willa serait-elle en train de cuisiner malgré les terribles nausées matinales qui l'accablaient ? se demanda-t-il en baissant la tête pour mieux affronter les violentes bourrasques. Il espérait que non, car il n'était plus certain de réussir à lui faire entendre raison.

Peut-être lui en demandait-il un peu trop... Dire que, la veille au soir, elle l'avait cru capable d'annuler leur mariage et de la renvoyer chez elle sans autre forme de procès ! Elle n'avait manifestement pas confiance en lui, et c'était peut-être ce qu'il avait le plus de mal à supporter. Quoi qu'il en soit, il ne devait pas lui en vouloir pour autant. Son premier mari s'était de toute évidence comporté comme une bête féroce avec elle et avait brisé un à un tous ses rêves de jeune fille. Malgré tout, il finirait bien par trouver un moyen d'atteindre le cœur blessé de son épouse !

En ouvrant la porte d'entrée quelques instants plus tard, il savoura la douce chaleur qui vint l'envelopper. Il tendit aussitôt l'oreille. Qu'est-ce qu'il entendait grésiller ainsi ? se demanda-t-il l'espace d'une seconde. Du bacon ! Et ce petit raclement qu'il entendait, c'était certainement le bruit d'une spatule qui venait toucher le fond d'une poêle. Willa n'avait donc pas jugé bon de se remettre au lit... En même temps, il aurait dû s'y attendre ! Il commençait à comprendre comment elle fonctionnait. Même pliée en deux, elle mettrait un point d'honneur à lui préparer son petit déjeuner. Elle était comme ça, et rien ni personne ne changerait cet état de fait.

En entendant grincer la porte de la cuisine, Willa tourna la tête, et Austin eut un petit pincement au cœur.

Elle était pâle comme un linge, mais cela ne l'empêchait visiblement pas de continuer à s'activer devant le fourneau. C'était pourtant simple ; elle le lui avait clairement expliqué la veille. Elle lui avait promis d'être une bonne épouse et elle tiendrait parole, coûte que coûte. Il suffisait de la laisser faire !

Ce n'était finalement pas très compliqué. Pourquoi n'avait-il pas compris cela plus tôt ? se demanda-t-il en se passant nerveusement la main dans les cheveux, furieux contre lui-même. Cela faisait peut-être trop longtemps qu'il vivait seul. Ou peut-être n'était-il pas si simple de s'adapter aux besoins de l'autre…

Austin posa les mains sur le dossier de sa chaise et observa d'un œil attendri tout ce qu'elle avait fait en son absence. Il se serait cru au restaurant. Les serviettes étaient soigneusement pliées sur les assiettes, et elle lui avait déjà versé une tasse de café bien chaud. La table regorgeait d'aliments plus appétissants les uns que les autres : des crêpes, du bacon, des œufs brouillés, des biscuits sablés… Elle avait même pris la peine de découper le beurre en petites rosettes ! Elle le gâtait !

Non… Mieux valait éviter de lui faire remarquer qu'elle en faisait un peu trop, songea-t-il, alors qu'il avait déjà ouvert la bouche pour la sermonner gentiment. Cela ne servirait absolument à rien. Bien au contraire, même. Cela ne ferait que la contrarier ! Il devait pourtant lui en coûter de s'activer de si bon matin… et debout, qui plus est !

Tout à coup, elle tendit la main vers lui pour le débarrasser du petit seau de lait rempli à ras bord. Surpris, il l'interrogea du regard, puis il comprit et secoua la tête pour lui signifier son refus. C'était bien trop lourd pour elle !

— Vous avez dressé une très jolie table ! dit-il en prenant garde de ne pas laisser transparaître l'inquiétude que son état lui inspirait.

Et ce n'était pas chose facile. S'il s'était écouté, il lui aurait immédiatement ordonné de retourner se coucher et lui aurait appliqué un linge humide sur le front, avec interdiction absolue de se lever tant que les nausées n'auraient pas cessé. Mais elle se serait vexée, et sa fierté en aurait pris un coup ; elle n'avait vraiment pas besoin de cela.

— Je crois que je n'avais jamais vu un petit déjeuner aussi appétissant ! s'écria-t-il, enthousiaste.

— Je suis très contente que ça vous plaise.

Elle semblait ravie des compliments qu'il venait de lui adresser. Ses yeux pétillaient littéralement de bonheur. Austin n'en revenait pas. Quel changement spectaculaire ! Quelques secondes plus tôt, elle arborait encore un visage morne, presque sans vie.

— Asseyez-vous donc pendant que c'est chaud, lui dit-elle en lui désignant une chaise du menton. Il fait un tel froid que la nourriture risque de ne pas rester chaude bien longtemps.

— Merci. Vous savez que vous avez bien meilleure mine qu'hier ? dit-il en contournant la table pour lui proposer de s'asseoir.

Visiblement, elle pesait le pour et le contre, nota-t-il d'un coup d'œil discret. Elle pensait certainement à toutes les choses qu'elle avait prévu de faire mais, contre toute attente, elle finit par s'attabler en sa compagnie.

— Il faudra remercier votre sœur, Austin. Le thé qu'elle m'a apporté est une vraie bénédiction ! Ça calme plutôt bien mes maux d'estomac.

Elle déplia ensuite délicatement sa serviette et la posa sur ses genoux, sans enlever le tablier qu'elle avait passé pour cuisiner.

Austin hésitait. Il mourait d'envie de prendre tout son temps pour la regarder mais, plus que tout, il craignait de la mettre mal à l'aise. N'y tenant plus, il finit par l'observer discrètement. Il remarqua alors une foule de nouveaux petits détails plus mignons les uns que les autres. Il s'extasia d'abord sur les toutes petites boucles de cheveux qui poussaient sur sa nuque et qui faisaient ressortir sa peau d'ivoire. Il n'aurait su dire pourquoi, mais il aimait particulièrement la raie bien nette qui séparait sa chevelure en deux. Malgré tout, ce qui dominait, c'était une impression de grande vulnérabilité, et cela suscitait en lui un besoin instinctif de la protéger. C'était quelque chose de tout nouveau pour lui, au demeurant. Il devait apprendre à résister à la tentation de poser les mains sur ses frêles épaules et de les presser gentiment, juste pour le plaisir de la toucher. Et pour lui offrir son soutien, aussi. Elle paraissait en avoir tellement besoin !

— Il ne sera pas nécessaire de cuisiner davantage aujourd'hui, Willa, dit-il tout à coup en dévorant son petit déjeuner des yeux.

C'était presque un crime de casser les rosettes de beurre qu'elle avait si joliment dessinées, songea-t-il en plantant son couteau dans l'une d'elles. Puis il réprima un petit grognement de plaisir en mordant dans un délicieux biscuit au gingembre. Une chose au moins était sûre, Willa cuisinait divinement bien !

— Et pourquoi donc ? demanda-t-elle d'un air inquiet. Vous allez en ville ? Nous sommes dimanche, aujourd'hui. Je pensais que vous n'iriez pas travailler, ajouta-t-elle en prenant une minuscule bouchée de pain grillé.

Elle picorait comme un moineau, remarqua-t-il, préoccupé. Il aurait tellement préféré la voir manger de bon appétit !

— C'est bien le cas, expliqua-t-il. Je n'ai pas l'intention d'aller travailler. J'ai embauché quelqu'un pour nourrir les chevaux en pension dans mon écurie et pour veiller sur eux tous les dimanches. Ça me rassure de savoir que tout est en ordre là-bas, et ça me permet également d'avoir une journée complète de liberté chaque semaine.

Il ferma un instant les yeux pour savourer le biscuit sablé qu'il venait de goûter et qui fondait presque en bouche. C'était un pur délice !

— En fait, reprit-il d'une voix enjouée, je ne vous ai pas tout raconté. Brant, un de mes frères, est passé me voir au travail hier soir pour me dire que sa femme a très envie de vous rencontrer. Evelyn n'a cessé de chanter vos louanges, si bien que toute la famille souhaite faire votre connaissance au plus vite. Mon père nous a donc tous invités à venir manger chez lui ce midi.

— Oh ! lâcha-t-elle, visiblement très surprise.

Elle posa ensuite la main sur son estomac en jetant un coup d'œil furtif vers la porte. Elle était de nouveau blanche comme un linge.

— Eh bien, ce sera l'occasion idéale pour porter une de mes nouvelles robes, murmura-t-elle.

— Rien ne saurait me faire plus plaisir, répliqua-t-il avec un grand sourire.

Willa s'était servi une tasse de thé et la buvait à toutes petites gorgées. Impuissant, Austin soupira. Il aurait tellement voulu pouvoir l'aider à se sentir mieux ! Mais que connaissait-il aux désagréments liés à la grossesse ?

— Willa, vous ne voulez vraiment pas aller vous allonger un peu ?

— Non, je vais bien, merci, assura-t-elle avec ce petit air buté qu'il commençait à bien connaître.

Un long silence un peu pesant s'ensuivit. Austin ne trouvait plus rien d'intéressant à dire, et Willa semblait concentrée sur sa tasse de thé. Ce n'étaient pourtant pas les histoires de famille qui manquaient ! songea-t-il en esquissant un sourire. Il aurait également pu lui faire un petit exposé sur chaque membre de la famille pour l'aider à s'intégrer plus facilement, mais il savait que ce serait peine perdue.

Willa n'était pas venue chercher une famille. Elle était venue par pure nécessité et voulait simplement se conduire en bonne épouse. Profondément affligé par la situation, Austin s'affaissa légèrement sur sa chaise et laissa le silence s'étirer. Malgré la table de fête, ce fut le petit déjeuner le plus long de son existence.

— Je vous trouve très belle, Willa ! cria Austin en l'apercevant par la porte de leur chambre restée ouverte.

Willa tressaillit. Elle avait les yeux rivés sur son nouveau bonnet en laine, qu'elle avait beaucoup de peine à fixer sur sa tête. Elle devait à tout prix resserrer les liens placés sous son menton, songea-t-elle.

A cet instant-là, elle prit conscience des nouveaux vêtements qu'elle portait. Austin voulait évidemment faire bonne impression devant toute sa famille, et il s'était arrangé pour qu'elle soit présentable… Il ne fallait surtout pas lui faire honte. Voilà la raison pour laquelle il lui avait demandé de se débarrasser de ses vieux habits. Il allait falloir qu'elle s'y habitue, se dit-elle en serrant les dents. Elle avait épousé un homme fort respectable, bien connu de tous. Quand elle jeta un coup d'œil au miroir, elle resta bouche bée. Elle se reconnaissait à peine !

— Vous n'êtes pas mal non plus, vous savez, répondit-elle en le voyant de loin. Nous pouvons partir quand vous le voulez, je suis prête.

— Eh bien, allons-y, alors, dit-il. Je me suis occupé du feu, et le traîneau est prêt. Il est dehors devant la porte et n'attend plus que nous. J'ai également prévu quelques couvertures supplémentaires. Ce n'est vraiment pas le moment d'attraper froid.

Willa s'arrêta net. Décidément, elle ne se sentait pas à la hauteur. Elle avait beau faire de son mieux, elle avait toujours le sentiment d'échouer lamentablement. Que se passerait-il si elle continuait à le décevoir ? Cette idée lui était tout simplement insupportable ; elle lui devait tant ! Elle promena ses doigts sur le tissu délicat de sa robe pour s'assurer qu'il ne s'agissait pas d'un rêve. Cette robe bien coupée était vraiment à elle ! Cela lui semblait incroyable.

— La tempête s'est éloignée, déclara-t-elle en sortant de la chambre. Mon manteau devrait largement suffire à me tenir au chaud.

— Le blizzard a cessé, en effet, mais un petit vent très froid l'a remplacé, dit Austin.

Alors qu'elle allait protester et lui demander de cesser de la materner, elle resta un instant interdite en le voyant. Comme il était beau dans sa chemise en flanelle bleue et son pantalon en denim ! Oubliant ce qu'elle s'apprêtait à dire, elle se rendit dans la cuisine pour voir ce qu'elle allait pouvoir emporter pour contribuer au repas auquel ils étaient conviés.

— Ce n'est pas la peine d'emporter quoi que ce soit. Je parie qu'il y aura trois fois trop à manger, déclara Austin, comme s'il avait lu dans ses pensées.

— Peut-être bien, mais je ne tiens vraiment pas à arriver les mains vides, répliqua-t-elle en enveloppant des galettes de maïs dans un torchon avant de mettre le tout dans un petit panier.

Elle aurait tellement aimé avoir le temps de préparer quelque chose d'un peu plus élaboré avant de partir ! Un mille-feuille nappé de sucre glace, par exemple. C'était une de ses spécialités.

— Je suis certain qu'Evelyn et mes belles-sœurs vont beaucoup apprécier, dit-il en lui posant la main sur l'épaule.

Un frisson la parcourut. Austin se tenait si près d'elle !

— Nous ferions bien d'y aller, maintenant, marmonna-t-il, manifestement troublé lui aussi.

Dès qu'il ouvrit la porte, Willa sentit le froid mordant lui piquer les joues. Austin passa devant elle pour la protéger du vent et l'aider à descendre les marches du perron.

— Faites bien attention, l'avertit-il en la tenant fermement par le bras. J'ai déneigé les marches ce matin, mais il reste encore de la glace par endroits.

— C'est très gentil à vous de me prévenir, répondit-elle assez vivement. Mais je ne suis pas en sucre, vous savez…

Elle bouillait littéralement. Mais pour qui la prenait-il, à la fin ? Elle n'était pas une petite chose fragile, tout de même !

— Je sais que vous avez à cœur d'être un bon mari, dévoué et serviable, ajouta-t-elle aussitôt en se radoucissant un peu. Et j'apprécie vraiment beaucoup tout ce que vous faites pour moi. Mais permettez-moi d'insister malgré tout sur ce point. Je suis parfaitement capable de me débrouiller toute seule !

— Mais c'est mon devoir de vous protéger ! objecta Austin, choqué.

Consciente qu'elle risquait de le peiner une nouvelle fois, Willa sentit sa détermination faiblir quelque peu. Elle l'avait déjà blessé dans son amour-propre la veille en décidant de jouer la carte de l'honnêteté — et bien plus qu'elle ne l'avait imaginé. Peut-être pourrait-elle envisager de faire quelques concessions, après tout. Ce ne serait pas si terrible. Elle allait le laisser jouer au chevalier servant et accepter son aide pour descendre les marches et s'installer dans le traîneau. S'il n'y avait que cela pour lui faire plaisir… Même si elle était tout à fait capable de le faire par elle-même !

Finalement, elle ne regretta pas d'avoir accepté le bras d'Austin. Il paraissait tellement heureux de pouvoir l'aider ! Il arborait à présent un visage serein, et toute tension semblait avoir disparu. Comme par magie…

Dès qu'elle fut assise dans le traîneau, Austin lui enveloppa les épaules d'une épaisse couverture et lui en posa une autre sur les genoux avec un large sourire satisfait.

Tout compte fait, songea Willa en poussant un soupir,

Austin avait raison. Le vent était glacial et, malgré les couvertures, elle était déjà frigorifiée. Cet homme était vraiment un cas à part ! Il se donnait même la peine de poser une couverture sur le dos de son cheval pour le protéger du froid !

Elle l'observa à la dérobée alors qu'il vérifiait une dernière fois que tout était bien en ordre avant de partir. Il portait un manteau noir très ajusté qui lui donnait beaucoup d'allure, des gants d'un beau cuir sombre, ainsi qu'un jean et des bottes apparemment toutes neuves. Il s'était également enfoncé un Stetson sur la tête. La petite touche finale du parfait gentleman, se dit-elle, en proie à un trouble grandissant. Austin était vraiment un très bel homme…

— Vous êtes prête ? lança-t-il en prenant place à côté d'elle et en saisissant les rênes.

Calvin se mit aussitôt en marche sur le chemin enneigé qui menait à la route en contrebas.

— Je ne voudrais pas être à votre place, vous savez, dit Austin sur le ton de la plaisanterie. Je parie qu'ils vont tous vous sauter dessus dès que nous serons arrivés ! Ma famille est tellement impatiente de faire votre connaissance ! Je vous promets de toujours rester à vos côtés et de ne vous laisser seule à aucun moment.

— Que voulez-vous dire exactement par là ? demanda Willa en le dévisageant. J'ai déjà fait la connaissance de votre sœur, et elle s'est montrée extrêmement gentille envers moi.

— Je ne vais pas vous en dire plus, répondit-il d'un air amusé. Je préfère vous laisser le découvrir par vous-même.

Chapitre 9

Lorsque, au détour d'un virage, Willa aperçut enfin la maison du père d'Austin, elle en resta bouche bée. Nichée au beau milieu d'un champ de neige immaculé et bordée d'une forêt majestueuse, cette demeure imposante semblait tout droit sortie d'un conte de fées ! Et les nombreuses fenêtres éclairées ajoutaient une touche féerique à l'ensemble.

Avant même que Willa, émerveillée, n'ait eu le temps de reprendre ses esprits, la porte d'entrée s'ouvrit en grand.

— Austin ! s'écria un homme aux cheveux blonds qui dévala les marches du perron tout en enfilant un épais manteau gris.

— Charlie ! répondit Austin.

— Vous voilà enfin ! Comme je suis content ! Je voulais être le premier à voir Willa. Je n'en reviens toujours pas ! Tu t'es enfin marié !

— Ça ne m'étonne pas de toi, Charlie, dit Austin en riant. C'est Evelyn qui t'a demandé de venir nous accueillir, n'est-ce pas ?

Il tourna alors la tête vers la maison, et Willa suivit son regard. Quel comité d'accueil ! Cinq ou six personnes s'étaient amassées à la porte d'entrée et tendaient le cou pour l'apercevoir. Certaines lui faisaient de petits signes de la main, d'autres lui adressaient de larges sourires…

Elle sentit ses joues s'empourprer. Elle n'avait guère

l'habitude d'être l'objet de toutes les attentions et aurait voulu pouvoir disparaître dans un trou de souris. Elle se mit à prier pour que son estomac tienne le coup ; ce n'était vraiment pas le moment d'être prise de nausées ! Comment allaient-ils la trouver ? Même endimanchée dans ses beaux habits tout neufs, elle n'en demeurait pas moins Willa, pauvre bâtarde, veuve et enceinte ! Que se passerait-il si la famille d'Austin voyait clair en elle ? Et s'ils ne l'aimaient pas ? Comment Austin prendrait-il la chose ?

— Charlie, je te présente Willa, dit Austin sur un ton un peu cérémonieux.

Il descendit du traîneau et tendit les rênes à son beau-frère, qui insistait pour s'occuper de l'attelage. Willa tressaillit. Elle avait oublié à quel point Austin pouvait être impressionnant. Et, avec le soleil qui venait juste de percer les nuages derrière lui, il semblait presque irréel, comme un beau magicien capable de répandre le bien. Il arborait un sourire magnifique.

— C'est gentil de proposer de conduire Calvin à l'écurie, ajouta-t-il en adressant un clin d'œil à Charlie. Tu te souviens de la manière dont il faut arranger sa paille ?

— Oui ! s'esclaffa aussitôt Charlie. Je crois que c'est le cheval le plus gâté que la terre ait jamais porté !

Un peu rassurée par l'échange auquel elle venait d'assister, Willa se détendit un peu. Charlie semblait très aimable et facile à vivre.

— Je suis très heureux de faire votre connaissance, Willa, dit-il alors en lui adressant un petit signe de tête avant d'emmener Calvin à l'écurie.

C'était le moment de vérité, songea-t-elle en jetant un regard furtif en direction de la porte d'entrée.

Fidèle à ses principes, Austin lui prit la main et l'aida à descendre du traîneau. Pendant quelques instants, elle perdit tous ses repères. Elle ne sut plus où elle était et eut l'impression de flotter, comme si le sol avait perdu toute consistance sous ses pieds. Son cœur avait cessé de battre, et les bruits alentour lui parvenaient très étouffés. Elle n'avait plus conscience de rien, sauf de la main d'Austin qui pressait doucement la sienne alors qu'il la regardait de ses beaux yeux bleus. Une sorte de connexion s'était établie entre eux ; c'était vraiment une sensation très étrange, comme si la distance qui les séparait jusqu'alors avait été brusquement abolie.

Puis elle sentit son cœur se remettre à battre au moment où ses pieds s'enfoncèrent dans la neige. Ce qui l'entourait lui apparut alors plus clairement. Elle aperçut de vastes champs de neige, la forêt de sapins, et les marches du perron qu'elle allait devoir gravir. Elle cilla, encore interdite. Elle ne comprenait pas ce qui venait de se passer, mais elle avait l'impression bizarre d'être clouée au sol.

— Mais qu'attendez-vous pour entrer ? Vous allez geler sur place ! cria un homme d'un certain âge. Austin, viens donc nous présenter ton épouse. Tu sais bien que nous mourons d'impatience de faire sa connaissance !

— D'accord ! Mais seulement si vous me promettez tous de bien vous conduire avec Willa ! répondit joyeusement Austin.

— Qu'est-ce que c'est encore que ces histoires ? bougonna le père d'Austin. Je ne te promets rien du tout !

Willa avait la tête qui tournait et les jambes en coton. Elle commençait à s'inquiéter. Jamais elle ne pourrait atteindre la maison ! Austin lui offrit son bras et la soutint du mieux qu'il put. Il avait manifestement perçu son trouble.

— Ne craignez rien, ils vont vous adorer, lui murmura-t-il au creux de l'oreille d'une voix chaude et réconfortante.

Puis il lui effleura le front du bout des lèvres.

— Ils vont peut-être vous paraître d'une curiosité insatiable et vous sembler un peu envahissants, mais vous allez vite vous y faire, ajouta-t-il en lui adressant un sourire entendu. Surtout, ne vous inquiétez pas, je ne vais pas vous lâcher une seule seconde, le temps pour vous de prendre vos marques.

La tête toujours plongée dans un épais brouillard, elle eut du mal à comprendre les paroles rassurantes d'Austin. En désespoir de cause, elle s'accrocha à son bras comme à une bouée de sauvetage.

Enfin, ils arrivèrent sur le perron.

— Cela fait si longtemps que nous attendions ce moment ! dit le père d'Austin, le visage rayonnant de bonheur. Pour être tout à fait honnête, nous avions tous fini par nous dire qu'Austin ne se marierait jamais ! Nous avions si peur qu'aucune femme ne veuille de lui !

— Eh bien, nous nous sommes manifestement tous inquiétés pour rien ! intervint alors Evelyn.

Willa reconnut vaguement la voix de la sœur d'Austin mais elle ne parvenait toujours pas à reprendre ses esprits. Austin accaparait toutes ses pensées. Elle l'entendit taper du pied sur le sol pour faire tomber la neige de ses bottes et se concentra sur la pression rassurante de sa main sur la sienne. Bizarrement, dès qu'elle levait les yeux sur lui, le reste du monde semblait s'évanouir et son cœur cessait de battre. Elle n'avait jamais rien ressenti de semblable.

— C'est un jour que nous ne risquons pas d'oublier !

Elle détacha alors son regard d'Austin. La jeune femme aux beaux yeux verts qui venait de parler devait avoir dans les vingt-cinq ans et portait une magnifique robe en taffetas.

— Austin enfin marié ! N'est-ce pas merveilleux ? s'exclama quelqu'un d'autre.

Willa se sentait tout intimidée en présence de tous ces inconnus qui n'avaient d'yeux que pour elle. Elle n'avait guère l'habitude des réunions de famille... et ne se souvenait même pas de la dernière fois où elle s'était retrouvée en société ! Elle voulut dire bonjour, mais aucun son ne sortit de sa bouche.

— Nous sommes très heureux de vous accueillir parmi nous ! ajouta une autre jeune femme qui l'entraîna aussitôt à l'intérieur de la maison.

Willa retenait son souffle. Tous ces visages étrangers l'impressionnaient beaucoup mais, songea-t-elle pour se donner du courage, il s'agissait de la famille d'Austin après tout. Elle repéra deux hommes d'une vingtaine d'années qui, selon toute vraisemblance, devaient être les frères d'Austin. Larges d'épaules, de grande taille, ils arboraient le même sourire bienveillant. Quant aux deux jeunes femmes qui se trouvaient à leurs côtés, elles devaient être leurs épouses.

Tout le monde lui souriait, remarqua-t-elle avec un certain soulagement. Elle entendait également des éclats de rire en provenance d'une pièce voisine ; probablement les neveux d'Austin qui étaient en train de jouer.

Consciente de tous les regards braqués sur elle, elle se redressa et prit une profonde inspiration. Il fallait absolument qu'elle réussisse à dire quelque chose, ne serait-ce que pour faire bonne impression. Elle ne devait surtout pas décevoir Austin devant toute sa famille ! Elle lui devait cela, d'autant plus qu'il y paraissait très attaché.

— Je suis également très heureuse de faire votre connaissance, articula-t-elle enfin difficilement. Et merci pour votre accueil très chaleureux. J'ai apporté un petit quelque chose pour le dessert, ajouta-t-elle.

— Mmm… Ça sent bon ! s'exclama Evelyn en la débarrassant de son panier de galettes de maïs.

Willa reprit son souffle. Elle commençait à se sentir un peu plus à l'aise.

— Austin, lâche donc un peu Willa ! reprit Evelyn. Nous aussi, nous voulons profiter de sa présence !

Surpris, Austin hésita sur la conduite à adopter.

— Willa, ajouta Evelyn en lui adressant un large sourire, venez donc dans la cuisine avec nous. Nous y serons plus tranquilles pour discuter !

— Oh oui, venez avec nous ! Il nous reste encore quelques petites choses à préparer, renchérit la femme qui l'avait fait entrer dans la maison.

— Nous étions tellement impatients de vous rencontrer ! expliqua la jeune femme aux yeux verts pétillants. Nous ne pensons qu'à ça depuis qu'Austin nous a prévenus que vous aviez accepté sa proposition de mariage ! Oh ! Mais je manque à tous mes devoirs ! lança-t-elle soudain. Je suis Berry.

Ne sachant que faire, Willa ne bougea pas.

— Venez donc avec nous, Willa, insista Berry. Nous allons vous préparer une tasse de thé pour vous aider à vous réchauffer. Austin, laisse donc un peu ta femme tranquille !

— Je lui ai promis de ne pas la laisser toute seule, répliqua Austin en adressant un clin d'œil entendu à sa belle-sœur.

C'était manifestement un homme de parole, songea Willa, qui sentit Austin lui serrer la main un peu plus fermement encore.

— Tu as pris une sacrée bonne décision, mon fils ! s'exclama alors M. Dermot en refermant la porte d'entrée.

Willa l'observa discrètement. De grande taille lui aussi, le père d'Austin avait les cheveux poivre et sel et affichait un sourire radieux. Le même que son fils, du reste.

— Je suis ravi de vous rencontrer, Willa, dit-il en lui serrant la main. Bienvenue chez moi.

— Bienvenue dans la famille ! déclara l'un des deux frères.

— Et merci à vous d'avoir épousé notre grand frère, Willa, dit le plus jeune des deux. Nous commencions à nous demander si une femme finirait par trouver le courage de se marier avec lui.

— Je suis plus courageuse que j'en ai l'air, répliqua Willa sans réfléchir, grisée par la bonne humeur générale.

Austin lui lâcha alors la main pour l'aider à se débarrasser de son manteau.

— Je dois avouer que j'ai été agréablement surprise à ma descente du train, expliqua-t-elle avec un regard amusé. Il n'est pas mal du tout, finalement !

Les deux frères éclatèrent aussitôt d'un rire franc et sonore. Willa entendit également Evelyn et ses belles-sœurs pouffer joyeusement. On pouvait dire qu'elle avait réussi son entrée ! Austin se trouvait derrière elle mais, même si elle ne pouvait voir l'expression de son visage, elle savait qu'il avait une mine réjouie…

— Elle est bien bonne, celle-là ! s'exclama Brant.

— Nous aimons déjà beaucoup ta femme, Austin ! ajouta Derek en hochant la tête.

M. Dermot les regarda à tour de rôle, visiblement ravi du tour que prenaient les choses.

— J'ai vraiment eu de la chance que Willa réponde à ma lettre, dit Austin en posant la main sur l'épaule de Willa.

Il se rendit compte qu'elle tremblait. Pas étonnant, songea-t-il en la massant doucement. Elle avait passé les deux dernières années dans une ferme reculée avec pour seule compagnie un mari qui buvait et la maltraitait… Elle se débrouillait pourtant très bien. Sa famille l'adorait déjà !

Lui n'en avait jamais douté. Comment ne pas tomber sous son charme ? Willa était la beauté personnifiée, avec ses magnifiques cheveux bruns bouclés qui encadraient parfaitement son visage de porcelaine. C'était la grâce incarnée et l'innocence même. Mais ce qui lui plaisait plus que tout, c'était sa gentillesse…

— Non, c'est moi qui ai eu de la chance, répliqua Willa, comme si elle venait de lire dans ses pensées.

A cet instant, comme si elles s'étaient donné le mot, Evelyn, Berry et Delia vinrent l'entourer pour l'emmener vers la cuisine. Elle chercha aussitôt le regard d'Austin et lui adressa un bref sourire pour lui signifier que tout allait parfaitement bien. Finalement, cela ne lui ferait pas de mal de se retrouver en compagnie d'autres femmes.

— Ne t'inquiète pas, Austin, dit Evelyn en passant un bras protecteur autour des épaules de Willa. Nous allons bien nous occuper d'elle.

— J'y compte bien, répondit Austin en poussant un soupir.

Et il laissa partir Willa puisque, apparemment, c'était ce qu'elle voulait. Son cœur se mit à cogner furieusement dans sa poitrine tandis qu'il la regardait s'éloigner. Il fit une petite grimace. Ce n'était pas le moment de tomber amoureux d'elle, songea-t-il tristement. Il devait absolument garder à la mémoire ce qu'elle lui avait confié la veille. Jamais elle ne pourrait l'aimer…

— J'étais loin de me douter qu'on pouvait rencontrer d'aussi jolies femmes en répondant à une petite annonce, murmura Brant en secouant la tête.

Il semblait de pas en croire ses yeux, pensa Austin, amusé.

— Willa est vraiment magnifique, ajouta Brant. D'où vient-elle ?

— Ce n'est pas ce qui compte, intervint Derek. Que fait une aussi jolie femme avec toi, Austin ? Voilà la question que nous nous posons tous ! Je n'en reviens toujours pas. Tu l'as vraiment épousée ? C'est à peine croyable !

— Je comprends ce que tu veux dire, marmonna Austin en repensant à sa rencontre avec Willa sur le quai de la gare.

Jamais il n'oublierait la toute première image qu'il avait eue d'elle. Son visage en forme de cœur. Ses lèvres serrées en forme de bouton de rose. L'inquiétude qui semblait émaner de tout son être. Et sa fragilité... Le vent aurait presque pu l'emporter tant elle semblait frêle !

— Je ne m'attendais pas du tout à épouser une femme aussi formidable, confessa-t-il alors. Mais je l'ai bien méritée, après tout !

— Elle me paraît bien jeune, en tout cas, fit M. Dermot. Je m'attendais à une femme plus âgée. Pour tout dire, j'avais imaginé qu'elle était veuve.

M. Dermot leur fit signe de le suivre dans la bibliothèque. Austin se laissa tomber dans un fauteuil et tendit les mains vers le feu qui brûlait dans la cheminée pour se réchauffer un peu. Une légère odeur de cigare flottait dans la pièce.

— Tu sais, papa, tu n'as pas tout à fait tort, dit-il. Je suis le second mari de Willa. Elle est très jeune et déjà veuve.

Et ce n'était vraiment pas le problème, songea-t-il soudain, en proie à un terrible accès de mélancolie qu'il s'efforça de repousser. Il ne pouvait tout de même pas confier ses soucis à sa famille ! Comment aurait-il pu leur avouer que Willa n'était pas exactement ce qu'il avait espéré ? Qu'elle ne voulait rien d'autre qu'un mariage de convenance ? Du reste, qu'y auraient-ils compris ? Ses deux frères étaient heureux en ménage. Quant à son père, il avait vécu une merveilleuse histoire d'amour avec une femme qu'il avait rencontrée lui aussi par le biais d'une petite annonce...

— Papa ! lança soudain un petit garçon qui venait d'apparaître dans l'encadrement de la porte.

— Papa ! fit un autre petit garçon.

Austin tourna la tête. C'étaient les fils de Brant. Arthur, trois ans, et Stewart, quatre ans.

— Faut absolument que tu viennes voir ! cria Stewart d'une voix exaltée. Notre train a eu un terrible accident ! On dirait un vrai !

— D'accord, les garçons ! Je viens avec vous ! répondit

Brant en passant tendrement la main dans les cheveux de ses fils.

— Oncle Austin, faut absolument que tu viennes aussi ! ajouta Stewart en sautillant sur place.

— Allez, oncle Austin, viens voir ! dit à son tour Arthur en le tirant par la main.

— Je ne peux pas vous refuser ça, dit Austin en riant. Vous savez bien que j'adore les trains !

Il eut un pincement au cœur. Il aurait donné cher pour avoir des enfants, lui aussi, mais ce n'était pas possible... Willa voulait un mariage de convenance, rien de plus. C'était bien différent de ce qu'il avait imaginé en répondant à son annonce. Il rêvait d'une grande famille ; il rêvait de bonheur, d'amour et d'éclats de rire ! Il secoua la tête tristement. Il avait beau tourner et retourner le problème dans tous les sens, il ne voyait pas comment la faire changer d'avis.

— Le repas est servi ! annonça soudain Berry en passant la tête par la porte entrebâillée de la bibliothèque.

— Austin, j'aime vraiment beaucoup Willa, ajouta-t-elle. Et, question cuisine, on peut dire qu'elle s'y connaît !

— Tout à fait d'accord avec toi !

Austin chassa alors ses idées noires et se ressaisit. Finalement, peu importait ce que le futur leur réservait. Il s'occuperait d'elle, comme il lui en avait fait la promesse. Rien ne pourrait rompre le profond attachement qui le liait déjà à elle.

Il suivit ses neveux dans le petit salon pour inspecter le formidable télescopage de deux trains qu'ils avaient provoqué sur leur circuit et commenta l'événement comme il se devait, même s'il n'avait pas vraiment la tête à cela. Willa l'obsédait. Il savait bien que les émotions qu'elle suscitait en lui allaient bien au-delà de la notion de devoir ou d'engagement. Il soupira. Ce n'était ni le lieu ni le moment d'analyser ses sentiments.

*
* *

— Vous vous souvenez de la fois où j'étais resté coincé tout en haut d'un arbre ? demanda Brant en faisant un clin d'œil à Austin. J'avais seulement quatre ans.

Soucieux de ménager son effet, il prit le temps de saucer son assiette avec un petit morceau de galette de maïs avant de poursuivre :

— Un tas d'enfants s'étaient amusés à grimper dans l'arbre. Ils étaient tous beaucoup plus grands que moi et, apparemment, ils ne s'étaient pas rendu compte que je les avais suivis.

— Moi, j'avais tout vu ! dit soudain Derek en repoussant son assiette devant lui. Je m'en souviens comme si c'était hier ! J'étais cloué au sol, terrifié à l'idée que tu puisses tomber. J'étais trop petit pour pouvoir faire quoi que ce soit, mais j'avais bien compris qu'il ne fallait pas courir chercher maman à la maison. Nous lui avions tous désobéi et nous devions essayer de nous débrouiller tout seuls.

— Toi, terrifié ? s'esclaffa Austin en reposant bruyamment sa tasse de café. C'est la meilleure, celle-là ! Tu pleurais comme un bébé ! Ça énervait tout le monde, d'ailleurs.

— Mais, protesta aussitôt Derek, j'étais un bébé à l'époque !

— Mon pauvre bébé ! gloussa Delia en lui tapotant la joue. Et moi qui pensais que tu étais un dur à cuire !

— Mais j'étais un dur à cuire ! s'indigna Derek. Pour un garçon de deux ans…

— Pour sûr ! lança alors M. Dermot en riant. Tu étais un vrai dur à cuire !

— Un dur à cuire qui sanglotait en reniflant bruyamment ! ajouta Evelyn en pouffant de rire.

Willa les regardait les uns après les autres tout en buvant son thé à petites gorgées. Surprise par l'hilarité générale que Brant avait provoquée en racontant son histoire, elle ne perdait pas une miette de la conversation. Elle, elle avait grandi dans une maison sans rires, où personne ne lui adressait jamais la parole, si ce n'était pour lui faire des reproches. Le contraste avec la famille d'Austin était saisissant. Une véritable joie de vivre semblait y régner...

— Faut pas pleurer, oncle Derek ! s'exclama soudain Stewart, l'air préoccupé.

— Ce jour-là, on peut dire qu'Austin nous a sauvé la mise, reprit Brant. Nos parents n'en ont jamais rien su.

— Tu ne crois pas que tu exagères un peu ? fit Austin en haussant les épaules. J'ai juste grimpé à l'arbre pour t'aider à redescendre.

— J'enviais tellement ta force, murmura Brant. Moi, j'étais mort de peur. C'était tout juste si j'arrivais encore à respirer. J'avais tellement la frousse que maman regarde par la fenêtre et s'aperçoive que je lui avais désobéi ! J'étais cramponné à ma branche et je n'osais même pas te regarder. Le vent soufflait fort et me balançait d'avant en arrière comme une vulgaire feuille morte...

— Je crois bien que j'aurais eu une attaque si je t'avais vu, dit M. Dermot en levant les yeux au ciel. Mais qu'est-ce qu'un gamin d'à peine quatre ans pouvait bien faire à dix mètres du sol ? J'aimerais vraiment savoir ce qui pouvait se passer dans vos petites têtes !

— Oh ! pas grand-chose, tu sais ! répliqua Brant, les yeux brillant de malice.

— Encore une chose qui n'a pas beaucoup changé ! le taquina Derek.

— Je me souviens que je sentais la transpiration me couler dans le dos tellement j'avais peur que maman nous surprenne, reprit soudain Austin en posant sa serviette à côté de son assiette.

Il vida sa tasse de café avant de poursuivre :

— Je savais bien qu'en cas de problème je serais tenu

pour responsable. Maman m'aurait certainement reproché de ne pas vous avoir correctement surveillés.

— Quand tu m'as dit de tenir bon, dit alors Brant, j'avais les mains toutes moites et j'ai commencé à glisser. Ensuite, je me suis carrément mis à dégringoler de l'arbre.

— Jamais je n'oublierai cette scène, admit Austin avec un large sourire. Derek, en bas, qui braillait tout ce qu'il pouvait, et toi qui t'étais mis à pleurer aussi.

— C'est pas vrai, je ne pleurais pas ! protesta Brant. Je poussais juste des petits cris. J'avais tellement peur de me rompre les os !

— Comme tu voudras…, concéda Austin. En tout cas, moi, j'avais l'impression de t'entendre pleurer. Et je craignais tant que maman ne t'entende elle aussi que je suis monté aussi vite que j'ai pu. Je n'étais plus qu'à quelques mètres de toi quand la branche à laquelle tu t'étais accroché a commencé à ployer. Puis, soudain, dans un énorme craquement qui résonne encore dans ma tête, elle s'est cassée…

— Je ne sais pas bien pourquoi, expliqua Brant, mais je me suis cramponné à cette branche comme si ma vie en dépendait.

— J'avoue que j'ai eu très peur qu'il ne me tombe dessus et m'entraîne dans sa chute, dit Austin en se tournant soudain vers Willa.

Willa n'en croyait pas ses yeux. Jamais encore elle n'avait vu Austin aussi heureux. Le rire lui allait si bien ! Son visage ne portait plus la moindre trace de tristesse ou de déception.

— Finalement, j'ai eu une chance inouïe, reconnut Brant en secouant la tête. J'avais déjà fait une chute de plusieurs mètres quand quelque chose a brutalement stoppé ma descente. Je n'en revenais pas. Je me suis mis à pleurer, et…

— Il faudrait savoir, Brant ! Je croyais que tu ne pleurais pas ! l'interrompit Derek pour le taquiner.

— J'ai levé la tête, poursuivit Brant en ignorant la remarque, et j'ai vu que j'étais toujours accroché à la branche qui venait de se casser. J'avais bien fait de m'y cramponner, en fin de compte ! Cette branche m'a sauvé la vie en se coinçant dans une fourche. Ensuite, Austin n'a mis que quelques secondes à venir me dégager. Je n'avais toujours pas lâché la branche qui avait permis de freiner ma descente.

— Il a fallu lui enlever les doigts de ce bout de bois, un à un ! expliqua Austin en riant de bon cœur. Il ne voulait plus le lâcher !

— Voilà ce que c'est d'avoir des garçons ! s'exclama M. Dermot en secouant la tête. Rien que des problèmes ! Ça va bientôt être ton tour, Brant. Attends un peu que tes fils grandissent et tu pourras toi aussi te faire des cheveux blancs !

— Ne crois pas ça, répliqua Brant en riant aux éclats. Berry et moi, nous ne les lâchons pas d'une semelle. Et puis ce n'est pas à un vieux singe qu'on apprend à faire la grimace ! Je ne me laisserai pas faire !

Au même instant, un bébé se mit à hurler dans la pièce d'à côté.

— Je ferais bien d'aller voir ce qu'il veut ! dit Delia en se levant précipitamment de table. Encore un qui va donner du fil à retordre à ses parents si je comprends bien, ajouta-t-elle avant de sortir de la salle à manger.

Tout le monde se mit alors à faire des pronostics sur les probabilités que le bébé d'Evelyn et de Charlie soit également un garçon, ce qui ferait de lui le quatrième petit-fils de la famille.

Perdue dans ses pensées, Willa buvait toujours son thé

en regardant Austin du coin de l'œil. Comme il semblait détendu ! Elle le trouvait si beau…

— Allez, les garçons, il est grand temps de nous retirer entre hommes dans la bibliothèque, annonça soudain M. Dermot en se levant. Vous n'avez pas oublié ce qui s'est passé la dernière fois ?

— J'ai bien cru que vous ne bougeriez jamais, expliqua Evelyn, voilà pourquoi je vous ai chassés ! Si vous ne vous mettez pas dans nos jambes pendant que nous débarrassons, nous vous remercierons peut-être en vous proposant une part de tarte à la myrtille pour le dessert.

— Nous avons bien dit « peut-être », ajouta Berry avec un sourire espiègle alors qu'elle commençait à ramasser les assiettes.

— Au secours ! s'exclama Brant. Les femmes ont pris le pouvoir !

— Mais elles l'ont toujours eu, mon bon monsieur ! rétorqua Berry en émettant un petit gloussement.

Willa eut à peine le temps d'esquisser un mouvement pour se lever afin d'aider ses belles-sœurs à débarrasser la table qu'Austin était déjà derrière elle pour lui reculer sa chaise. Elle sentit son souffle chaud sur sa nuque et, troublée par sa proximité physique, elle se mit à frissonner. Une grande faiblesse s'empara d'elle. Elle savait bien qu'il ne s'agissait pas de ses nausées habituelles. Alors que lui arrivait-il ? C'était à n'y rien comprendre.

— Comment vous sentez-vous ? lui demanda-t-il à voix basse.

— Beaucoup mieux, merci, répondit-elle dans un souffle.

Sa bonne humeur était peut-être communicative, se dit-elle, un peu amusée. Elle se sentait tellement plus légère depuis qu'elle l'avait vu converser gaiement en famille ! Et puis ce n'était pas un ivrogne comme Jed. Peut-être devrait-elle arrêter de toujours s'attendre au pire…

— Je vais aller rejoindre les autres, dit-il alors en lui pressant doucement l'épaule.

Willa tressaillit. Cette petite marque d'affection de la part d'Austin la troublait beaucoup. Elle le regarda quitter la pièce et poussa un petit soupir de satisfaction. C'était vraiment un homme d'une extrême bonté ; elle avait eu beaucoup de chance, en définitive.

— Je vais vous faire goûter une nouvelle marque de whisky.

En entendant M. Dermot dans la pièce voisine, elle se figea.

— C'est un label de qualité, ajouta-t-il fièrement. Je l'ai mise de côté spécialement pour vous, mes garçons.

— Alors ouvre donc cette bouteille ! lança Brant.

— Et sors les cigares ! ajouta Derek.

— Quel joyeux programme ! s'exclama alors Austin d'une voix enthousiaste.

Du whisky ! Willa sentit son cœur s'arrêter de battre. Dire qu'elle venait juste de s'extasier sur les qualités morales de son mari ! Une vague de terreur l'envahit.

— Willa, vous êtes sûre que vous vous sentez bien ? lui demanda Evelyn d'une voix inquiète en reposant la pile d'assiettes sales qu'elle comptait apporter en cuisine. Vous voulez aller vous allonger un peu ?

— Non, merci. Je vais bien, marmonna Willa.

Elle serra les dents. En un rien de temps, tous ses espoirs s'étaient évanouis… Austin buvait donc lui aussi ! Elle savait à quoi s'attendre, désormais.

Bien déterminée à ne pas se laisser aller, elle releva le menton et se dirigea vers la cuisine, les mains pleines de vaisselle sale. L'heure de vérité était arrivée, songea-t-elle tristement. Austin allait enfin se montrer sous son véritable jour.

Chapitre 10

En entrant dans la cuisine, Willa demeura interdite quelques instants. Une véritable tornade semblait avoir dévasté les lieux. Des piles de plats, de bols, d'assiettes, de casseroles et autres poêles s'amoncelaient sur les différents plans de travail et sur la table, et elle ne savait pas exactement par quoi commencer. Dès qu'elle repéra les bassines réservées à la vaisselle, elle s'empara de l'une d'elles afin de la remplir d'eau chaude.

— Non, laissez ça, ma chère Willa, je vous en prie, dit Berry en lui prenant gentiment la bassine des mains. Dans votre état, il faut éviter de porter quelque chose d'aussi lourd. Laissez-moi faire, je n'attends pas de bébé, moi. Du moins, pas que je sache !

— Mais je suis sûre que tu t'y emploies activement, lança Delia, qui venait de les rejoindre, son bébé dans les bras.

Le nourrisson ouvrit de grands yeux bleus, promena autour de lui un regard curieux, puis s'enfonça le poing dans la bouche en laissant échapper un petit cri plaintif.

— La prochaine fois, j'espère que j'aurai une fille, déclara Berry tout en remplissant la bassine d'eau. Et vous, Willa ?

— Moi ? fit Willa en fusillant Evelyn du regard.

Elle prit une profonde inspiration. Elle était bien trop bouleversée pour avoir envie de penser à son bébé maintenant. Le fait d'imaginer Austin une bouteille de whisky à la main la rendait malade.

— Comment l'avez-vous su ? demanda-t-elle en posant la main sur son ventre.

— Je n'ai rien dit, Willa, je vous en donne ma parole, assura Evelyn en enveloppant dans un torchon propre les biscuits qui restaient du repas.

— C'est à cause du thé au gingembre, expliqua Berry. Ça m'a tout de suite mis la puce à l'oreille.

— Même chose pour moi, admit Delia en s'asseyant confortablement sur une chaise à l'écart pour allaiter son bébé.

— Vous en êtes à quel stade ? s'enquit Berry.

— Presque trois mois, répondit Willa dans un murmure, les yeux fixés sur Delia, qui souriait tendrement à son bébé et lui caressait affectueusement la tête d'une main tout en l'allaitant.

Willa était troublée. Comment Delia faisait-elle pour sembler aussi à l'aise avec son fils ?

— Déjà trois mois ! s'étonna Berry. Je parie que personne ne se doute de quoi que ce soit. Vous êtes si mince ! Evidemment, nous savons toutes qu'Austin n'est pas le père de cet enfant, ajouta-t-elle d'un ton neutre en posant la bassine pleine d'eau sur le plan de travail.

— C'est exact… Nous nous sommes rencontrés pour la première fois le jour de notre mariage, reconnut Willa en rougissant jusqu'aux oreilles.

Elle s'interrompit, terriblement honteuse de sa situation, tout à coup. Elle aurait voulu expliquer qu'elle était veuve et que, contrairement à ce que les apparences pouvaient laisser supposer, elle n'avait rien d'une fille facile. Mais aucun son ne sortait plus de sa bouche.

Elle soupira. Sa réputation pouvait attendre encore un peu ; il y avait plus urgent. Une image la hantait : Austin, un verre de whisky à la main. Boirait-il raisonnablement ou s'enivrerait-il jusqu'à rouler sous la table ?

Elle tendit l'oreille vers la bibliothèque en espérant ne pas discerner les éclats de voix caractéristiques des conversations d'ivrognes. Tout ce qu'elle entendait, c'étaient les cris joyeux des enfants qui jouaient dans le salon.

— Je suis… je suis veuve, balbutia-t-elle enfin en guise d'explication.

— Nous sommes au courant, dit Berry en lui adressant un petit sourire. Mais peu importe qui est le père, vous savez. Nous ne sommes pas là pour vous juger, expliqua-t-elle en râpant du savon au-dessus de la bassine.

— Dès qu'Austin nous a annoncé qu'il allait se marier, il nous a informés que vous étiez veuve, ajouta Delia. Mais, franchement, nous n'en savions guère plus.

— Lui non plus, à vrai dire, avoua Willa dans un souffle. Je n'ai pas été très bavarde. Lorsque j'ai accepté sa proposition de mariage, je m'en suis tenue au strict minimum.

Elle frissonna à l'évocation de ce douloureux souvenir. Comme il lui en avait coûté d'écrire cette lettre ! Sa main tremblait si fort qu'elle avait même dû s'y reprendre à deux fois. Elle s'était ensuite rendue au bureau de poste pour envoyer sa lettre et y était restée un bon moment pour s'abriter du vent et de la neige, en proie à des sentiments contradictoires. Elle appréhendait beaucoup la nouvelle vie qui l'attendait, mais éprouvait également un vif soulagement à l'idée de retrouver un véritable foyer et de quitter la grange qui lui servait d'abri de fortune. Jamais elle n'aurait pu imaginer se retrouver, moins de deux semaines plus tard, dans l'immense cuisine d'une très belle demeure, entourée de jeunes femmes plus gentilles les unes que les autres. Des femmes qui faisaient à présent partie de sa famille.

— Qu'est-ce que vous préférez, Willa ? demanda soudain Evelyn. Un garçon ou une fille ?

— J'avoue que je n'y ai pas encore pensé, admit-elle.

Willa sentit ses jambes se dérober sous elle. Le bébé… Son bébé ! Jusqu'alors, elle avait fait tout ce qui était en son pouvoir pour ne pas y penser ; elle avait bien trop peur de ne pas se montrer à la hauteur. Qu'y connaissait-elle, après tout ? Jed avait été renié par sa propre famille. Quant à elle… Pouvait-on vraiment qualifier de famille l'environnement hostile dans lequel elle avait vécu toute sa vie ? Incapable de mettre en mots ses émotions, elle haussa les épaules. De toute façon, elle avait d'autres préoccupations. Austin était en train de se soûler au whisky avec ses frères et son père pendant qu'elle faisait la vaisselle avec ses belles-sœurs ! Comment se comporterait-il envers elle, une fois ivre ?

— Je vous préviens, si c'est une fille, vous allez devenir la coqueluche de cette maison ! s'exclama Evelyn en rinçant les verres à l'eau claire.

— Beau-papa rêve d'avoir une petite-fille ! dit Berry d'une voix amusée. Il me fait rire… Lorsque je suis tombée enceinte de Stewart, il répétait sans cesse qu'il voulait un petit-fils.

— Et moi, reprit Delia en riant de bon cœur, quand j'attendais Kyle, beau-papa croisait les doigts pour que ce soit une fille. Mais, à sa naissance, il était évidemment le plus heureux des grands-pères. Il disait que l'essentiel, c'était d'avoir un bébé en bonne santé. Dire que je lui ai promis une petite-fille à ma grossesse suivante !

— C'est au tour de Willa de le faire rêver ! déclara Berry en plaisantant. En tout cas, nous sommes très heureux de vous avoir parmi nous. Austin a bien mérité d'être heureux lui aussi. Je suis sûre qu'il fera un très bon mari, ajouta-t-elle en plongeant une poignée de couverts en argent dans l'eau de rinçage.

— Il est déjà un bon mari, murmura Willa, le cœur rempli de reconnaissance à la pensée de tout ce qu'il avait fait pour elle. Pour être tout à fait honnête avec vous, reprit-elle quelques instants plus tard, je n'en ai pas cru mes yeux, lorsque j'ai rencontré Austin à ma descente du train.

— Je pense que la réciproque est vraie, dit Evelyn en rangeant dans le tiroir à couverts les fourchettes que Willa venait d'essuyer.

Cette dernière sentit aussitôt ses joues s'empourprer.

— Austin a l'air si heureux à vos côtés ! reprit Evelyn. Vous êtes la meilleure chose qui pouvait lui arriver !

— Je suis mal placée pour en juger, bredouilla Willa en repensant au mal qu'elle avait fait à son mari la veille au soir.

Mais, songea-t-elle tout à coup, ne lui aurait-elle pas fait plus de mal encore si elle n'avait pas joué franc jeu avec lui ? Elle ne pouvait tout de même pas le laisser se bercer d'illusions !

— Vous êtes un véritable cadeau du ciel, renchérit alors Delia. Ça faisait si longtemps qu'Austin voulait se marier ! Il faut dire que les femmes en âge de se marier se font rares, par ici. Moose Town est une si petite ville, et loin de tout, en plus !

— Austin a eu une petite amie, intervint Berry. A l'époque, ils étaient encore tous les deux sur les bancs de l'école, et les choses étaient plutôt sérieuses entre eux. Je crois qu'il pensait même l'épouser.

— Mais elle a quitté la ville juste après l'obtention de son diplôme, précisa Evelyn. Elle voulait partir travailler à New York. Elle craignait de vivre une vie trop étriquée si elle épousait Austin et restait dans le Montana.

— Elle lui a brisé le cœur, conclut Berry avec une mimique désolée. Austin a mis longtemps à se remettre de cette histoire et, quand il a enfin sorti la tête de l'eau, tous ses amis d'école étaient déjà mariés ou en passe de le faire. Chacun avait trouvé chaussure à son pied, en quelque sorte. Il s'est retrouvé seul, sans avoir eu le temps de comprendre ce qui lui était arrivé.

— Plus aucune occasion ne s'est présentée par la suite, ajouta Delia en secouant la tête. Combien de fois avons-nous croisé les doigts en voyant une jeune femme arriver en ville ? Mais c'était chaque fois la même chose... Elles ont toutes fini par en épouser un autre !

— Vous vous souvenez du jour où Savannah Knowles est arrivée en ville ? demanda alors Evelyn. Enfin, elle s'appelle Savannah Brooks, aujourd'hui... Tous les hommes célibataires des environs se sont empressés de lui faire la cour ! Il faut dire qu'elle était drôlement belle. J'ai vraiment eu de la peine pour Austin quand elle en a finalement choisi un autre !

— Même chose avec Clara Woodrow et toutes les maîtresses d'école qui sont ensuite venues s'installer en ville, poursuivit Berry. C'était si déprimant de le voir mettre son plus beau costume pour essayer de gagner le cœur de ces femmes et de s'apercevoir qu'en définitive il se faisait chaque fois doubler par quelqu'un d'autre...

— Ça faisait huit ans qu'Austin cherchait une femme ! conclut Delia. Huit longues années... C'était terrible pour lui de voir le temps passer sans réussir à conquérir le cœur de quiconque. Ses jeunes frères ont même fini par se marier avant lui et par fonder une famille.

— Mais pourquoi aucune femme ne voulait-elle de lui ? demanda Willa tout en essuyant soigneusement les couteaux.

Elle prit une profonde inspiration. Mieux valait s'attendre au pire. Plus que tout, elle tenait à connaître la vérité. Quelqu'un allait enfin lui expliquer ce qu'elle avait pressenti depuis le début ! A l'instant même où le facteur lui avait apporté la première lettre qu'Austin lui avait envoyée, elle avait su que quelque chose clochait.

— Alors ça, c'est un mystère ! s'esclaffa Evelyn. C'est pourtant un bel homme. Il gagne plutôt bien sa vie et il est d'une bonté peu commune ! Ça ne s'est tout simplement pas fait.

— Il n'y a pas forcément d'explication rationnelle à apporter, soupira Berry. Austin n'a jamais réussi à faire tourner la tête d'une femme, c'est tout. Vous savez bien comment ça se passe ! Un homme vous regarde, et tout à coup votre cœur se met à battre la chamade, et vous savez instantanément que c'est lui. Ça y est, vous avez enfin rencontré l'homme de votre vie !

— Je vois très bien de quoi tu veux parler ! s'exclama Delia. C'est un sentiment d'une puissance redoutable. Lorsque j'ai rencontré Derek, rien n'avait plus d'importance. Je n'avais d'yeux que pour lui, et personne n'aurait pu le concurrencer !

— Austin a dû se résoudre à attendre son tour, murmura Berry.

Terriblement mal à l'aise, Willa baissa la tête. Elle ne comprenait rien à tout ce charabia. Qu'est-ce que c'était que ces histoires de cœurs qui s'emballent sans raison ? Delia et les autres ne pouvaient tout de même pas croire à ces balivernes ! Et, même si elles avaient pu s'offrir le luxe de choisir l'homme qu'elles avaient épousé, elles ne croyaient quand même pas à ces histoires à dormir debout ?

— En tout cas, Austin a le béguin pour vous, ça ne fait aucun doute, déclara Berry. Il suffit de voir comment il vous regarde…

— Toi aussi, tu as remarqué ses petits regards enamourés ! dit Delia, attendrie.

— Il tient vraiment beaucoup à vous, Willa, affirma également Evelyn. Il a attendu si longtemps ! On peut dire qu'il a bien mérité de rencontrer une femme aussi gentille que vous.

— Je ne sais pas si je suis aussi gentille que vous le dites…, répliqua Willa en haussant les épaules.

Comme elle aurait aimé voir le monde sous le même jour que ces femmes ! songea-t-elle, furieuse contre elle-même. Quoi qu'elles en disent, elle savait bien qu'elle ne serait jamais l'épouse dont Austin avait rêvé.

— Mais, reprit-elle, c'est vrai que je fais tout mon possible pour être la meilleure épouse qui soit.

— Nous en avons bien conscience, dit Berry. Austin, lui, ne saura peut-être pas comment vous remercier.

— Ce n'est qu'un homme, après tout, ironisa Delia.

— Sachez que nous vous apprécions beaucoup, Willa, ajouta Evelyn.

Embarrassée par tous ces compliments, Willa hocha timidement la tête.

— Delia, demanda alors Evelyn, est-ce que Kyle a fini par s'endormir ?

— Oui ! Dieu merci… Je vais aller le poser dans son berceau et proposer aux hommes de prendre le dessert. Je suis sûre qu'ils ne refuseront pas un petit morceau de tarte.

— Pour sûr ! s'exclama Berry. Les hommes de la famille Dermot raffolent tous des petites douceurs. Je vais vous faire une petite confidence, dit-elle en se tournant vers Willa. Si jamais Austin est de mauvaise humeur, proposez-lui aussitôt des biscuits ou une pâtisserie. Vous m'en direz des nouvelles, je vous promets que ça marche à tous les coups !

— Ça tombe bien, j'adore faire des desserts ! répliqua Willa, sans bien savoir pourquoi tout le monde se mettait à rire.

Elles devaient sans doute penser qu'elle venait de faire une plaisanterie, songea-t-elle. Elle sourit elle aussi pour ne pas perdre la face.

— Vous voyez, vous êtes parfaite pour Austin ! s'exclama

Evelyn, le visage rayonnant de bonheur. Je l'ai su dès que je vous ai vue !

— Je suis certaine que vous allez le rendre très heureux, ajouta Delia en prenant garde de ne pas réveiller son bébé blotti contre elle.

— Et nous vous en sommes toutes très reconnaissantes, affirma Berry.

— Vraiment ? fit Willa.

— Oh oui ! Nous aimons tant Austin ! lança Berry en lui prenant la main.

Willa écarquilla les yeux, stupéfaite. Le geste affectueux que Berry venait d'avoir envers elle était si nouveau pour elle ! Une vive émotion la submergea tout à coup.

— Vous entendez, les filles ? Les hommes ont l'air de bien s'amuser ! dit Delia, qui sortait de la cuisine sur la pointe des pieds.

— Tu as raison, fit Evelyn en tendant l'oreille. Et ça fait plaisir à entendre ! Venez, Willa, nous allons leur apporter le dessert que nous leur avons promis tout à l'heure.

Willa perçut alors au loin des éclats de voix atténués par l'épaisseur des murs de la maison. Rien que d'y penser, elle en était malade. Il fallait absolument chasser les terribles souvenirs qui menaçaient de remonter à la surface.

Une scène en particulier lui revint malgré tout à la mémoire. Jed et ses copains étaient en train de boire dans la cour. Il faisait une chaleur étouffante, et un vent brûlant faisait tourbillonner des nuages de poussière dans les champs de blé complètement desséchés. Faute d'avoir été moissonnée à temps, la récolte était fichue… Jed s'était soudain levé en vacillant et lui avait ordonné d'aller chercher une autre bouteille de whisky dans la cuisine en lui assenant au passage un bon coup de poing dans la figure.

Le lendemain matin, il avait évidemment eu une terrible gueule de bois et lui avait donné une volée de coups de ceinturon parce que, se plaignait-il, il n'y avait plus la moindre goutte d'alcool à la maison !

Elle avait dû parcourir à pied, sous un soleil torride, les trois kilomètres qui les séparaient de la ville. Pendant un petit moment, elle avait alors songé à s'enfuir, mais elle y avait vite renoncé et s'était résignée à son sort. Elle savait bien que Jed l'aurait pourchassée jusqu'au bout de la terre. Jamais il ne l'aurait laissée partir.

— Je suis sûre que le mois de mai va être particulièrement doux, dit Delia en revenant dans la cuisine. Ça se passe toujours de la même manière. Au moment où tout le monde pense que l'hiver ne s'arrêtera jamais, le printemps finit par arriver d'un seul coup. C'est bien connu, les plus beaux printemps sont toujours ceux qui suivent un hiver particulièrement rigoureux.

— Tu es vraiment une incorrigible optimiste, s'esclaffa Berry. Moi, j'ai bien l'impression que cet hiver n'en finira jamais !

— L'hiver finira bien un jour, répliqua Evelyn. Moi aussi, je rêve d'un mois de mai bien chaud. J'aimerais tant faire un pique-nique ! Je sens déjà le soleil venir me caresser le visage, dit-elle en prenant une pile d'assiettes à dessert dans le vaisselier en chêne sculpté.

Tandis que Delia déposait sur chaque assiette un beau morceau de tarte à la myrtille, Willa se rongeait les sangs. Quel spectacle désolant allait-elle découvrir dans la bibliothèque ? Austin serait-il en train de brailler comme un âne ? Serait-il méchant ? Cruel même ? Elle peinait pourtant à l'imaginer en ivrogne.

— Voilà, c'est prêt, annonça Delia. Venez, les filles, il est grand temps d'emporter toutes ces assiettes dans la bibliothèque !

Willa dut prendre sur elle pour la suivre. Elle était comme tétanisée, chaque muscle de son corps tendu à l'extrême. Elle s'efforça de mettre un pied devant l'autre, en priant pour ne pas laisser tomber les assiettes qu'elle tenait de ses mains tremblantes.

Malgré tout, elle ne put s'empêcher de sourire en passant devant le salon. Les cris joyeux des enfants devant le gigantesque carambolage qu'ils venaient de provoquer lui mirent un peu de baume au cœur.

Elle reconnut ensuite l'odeur caractéristique du cigare en train de se consumer et se raidit de nouveau. Elle n'allait plus tarder à pénétrer dans le territoire des hommes et elle devait se préparer au pire… Une fois entrée dans la bibliothèque, incapable de lever la tête et d'affronter la scène qu'elle redoutait tant, elle concentra son regard sur l'ourlet de la robe de Delia.

Austin était tout près. Willa sentait son regard posé sur elle, presque comme une caresse, mais elle continua néanmoins à fixer le sol. Elle ne tenait pas vraiment à voir son mari un verre d'alcool à la main, les joues rougies et les yeux brillants. Raide comme un piquet, elle prit une profonde inspiration pour maîtriser le tremblement de ses mains et proposa une part de tarte à la myrtille à M. Dermot.

— Mmm… Cette tarte est un pur délice, dit-il après en avoir mangé une bouchée. Tu t'es surpassée, Delia, c'est un vrai régal !

— J'ai utilisé les dernières myrtilles séchées qu'il me restait, expliqua-t-elle. J'attends vraiment l'été avec impatience !

Willa sentit son esprit commencer à s'égarer. La voix de Delia lui parvenait comme de très loin.

— Willa, il faudra venir cueillir les baies sauvages avec nous, proposa Delia avec enthousiasme. Nous vous montrerons les meilleurs coins ! Et nous vous apporterons bientôt des boutures. Comme ça, vous aussi vous aurez du cassis, des fraises et des framboises. En général, après la cueillette, nous faisons les confitures toutes ensemble. C'est très amusant, vous verrez.

— Bonne idée, articula Willa d'une voix faible.

Elle avait parlé sans réfléchir ; elle se demandait même si elle n'avait pas rêvé. Austin occupait chacune de ses pensées. Il était si proche qu'elle aurait pu le toucher.

— Je vais me répéter, mais cette tarte est vraiment délicieuse. Vous nous gâtez plus que de raison, les filles, dit M. Dermot.

— Vous avez peut-être raison, le taquina Delia.

Willa devait à présent donner une part de tarte à Austin. L'odeur de whisky lui donnait des haut-le-cœur, et elle frissonna malgré elle.

— Ça va ? lui demanda Austin à voix basse. J'espère que les filles ont été gentilles avec vous.

Elle se figea. Austin parlait d'une voix posée et ne semblait absolument pas ivre.

— Elles ont été charmantes ! répondit-elle aussitôt.

Bien que tentée de lever les yeux vers lui, elle tint bon. La tête baissée, elle lui tendit son assiette à dessert.

Cependant, au moment où elle reculait d'un pas, Austin lui saisit le poignet et l'attira contre lui. Elle se raidit, consciente qu'elle était prise au piège. Et elle savait pertinemment qu'il ne servirait à rien de lutter.

Austin se leva ensuite de son fauteuil, et Willa eut l'impression que son cœur s'arrêtait de battre. Il la fit doucement se tourner vers lui.

— Willa, vous êtes sûre que tout va bien ? répéta-t-il en lui caressant doucement la mâchoire du bout du pouce et en lui levant le menton pour l'obliger à le regarder.

Elle plongea alors les yeux dans les siens et poussa un profond soupir de soulagement. Austin semblait égal à lui-même ! Il la regardait avec gentillesse et paraissait même très préoccupé par son état.

Elle remarqua alors qu'il avait à peine touché à son verre. Apparemment, il n'était pas du genre à boire son whisky d'une seule traite. Rassérénée par cette découverte, elle balaya la bibliothèque du regard. Les verres des autres hommes étaient également aux trois quarts pleins, et les cigares posés dans les cendriers se consumaient lentement...

La scène était si différente de celle qu'elle avait imaginée ! Elle sentit ses muscles se détendre peu à peu et eut presque envie de danser !

Austin n'avait décidément rien en commun avec Jed qui, lui, se soûlait avec de l'alcool bon marché et passait son temps à se battre avec ses copains qui, au final, ne valaient pas mieux que lui.

— C'est encore ces méchantes nausées, hein ? dit-il en lui effleurant doucement la joue.

— Non. Je crois que j'ai besoin de boire un petit peu de thé, c'est tout.

Willa exultait intérieurement. Comme elle lui était reconnaissante ! Elle s'était vraiment trompée sur toute la ligne ! Elle ne le méritait vraiment pas...

Austin n'était pas du genre à boire pour s'enivrer. Elle s'en voulait terriblement, à présent. Elle aurait dû le savoir !

— Je vais également manger une part de cette délicieuse tarte, ajouta-t-elle dans un souffle.

— Délicieuse comme elle est, je suis sûr qu'elle peut tout guérir, affirma Austin en lui passant le bras autour des épaules pour l'attirer contre lui.

Elle lui adressa un petit sourire.

— Willa, n'hésitez pas à me prévenir si vous voulez rentrer à la maison, lui murmura-t-il tendrement à l'oreille. Vous avez peut-être besoin d'aller vous reposer un peu. Vous pouvez évidemment aller vous allonger dans l'une des chambres là-haut si vous en avez envie, mais si vous préférez rentrer je comprendrai.

— Je ne veux surtout pas vous enlever à votre famille, répondit-elle en lui posant instinctivement la main sur la poitrine.

Comme il fronçait les sourcils, elle ajouta :

— J'aimerais vraiment rester, je vous assure.

— Vraiment ?

Elle hocha la tête sans hésiter. Mais que lui arrivait-il ? se demanda-t-elle brusquement, alarmée. Elle se sentait si bien, tout contre lui. Elle était même à deux doigts de se laisser aller à la tentation de se blottir dans ses bras. Une telle gentillesse émanait du regard d'Austin ! Il lui parlait d'une voix si douce… On aurait dit un conte de fées. Si elle avait été une autre femme, si elle avait eu davantage confiance en elle, peut-être que…

Comme il lui semblait désormais facile de succomber au mirage de l'amour romantique ! songea-t-elle en soupirant. Mais elle n'allait tout de même pas s'accrocher à une histoire chimérique, elle avait passé l'âge !

Elle sentit une douce chaleur l'envahir. C'était un tel soulagement de savoir qu'Austin n'était pas homme à se soûler ! Et elle était si contente d'avoir fait bonne impression à la famille Dermot dès sa première visite. Elle craignait tant de décevoir Austin !

— Je suis si heureuse ! ajouta-t-elle. Berry m'a promis de m'apprendre à faire un point de tricot que je n'ai jamais réussi à faire seule. N'est-ce pas formidable ?

Son cœur battait à présent très fort, et elle laissa sa main posée sur le torse d'Austin. Elle n'aurait su dire pourquoi, mais ce moment avait quelque chose de spécial, d'intime presque…

Austin n'était plus un inconnu, désormais.

C'était même un homme qu'elle avait très envie d'apprendre à connaître.

Chapitre 11

— Tu t'es vraiment bien débrouillé, mon garçon ! C'est une très jolie femme que tu as épousée là, dit M. Dermot à Austin en lui donnant une petite tape sur l'épaule.

Ce dernier ne put réprimer un sourire. Une telle fierté se lisait sur le visage de son père ! Et pas même le vent glacial qui s'engouffrait par les portes de la grange n'aurait pu y changer quoi que ce soit.

— Tu sais, papa, j'ai simplement eu de la chance, répondit-il en haussant légèrement les épaules.

Austin tourna alors la tête vers les fenêtres illuminées de la maison et poussa un petit soupir. Son père était loin du compte… Que penserait-il de ce mariage s'il connaissait la vérité ? Mieux valait lui épargner une désillusion, songea-t-il en saisissant les rênes de Calvin. Il devait absolument faire bonne figure devant sa famille et garder ses déceptions pour lui.

— Evidemment que tu as eu de la chance, mon gros balourd ! le taquina Brant tout en attelant son cheval. D'ailleurs, j'avoue que je ne comprends pas comment une femme aussi ravissante s'est retrouvée à devoir passer une annonce pour dégoter un mari !

— C'est qu'elle devait être vraiment désespérée, répliqua Derek. En tout cas, maintenant qu'Austin est un homme marié, il pourra se joindre à nous lorsque nous nous plaindrons de notre triste sort !

— Ouais ! pouffa Brant. Toi aussi tu as la corde au cou, désormais, Austin ! Eh bien, quand on parle du loup…, ajouta-t-il, goguenard, en entendant sa femme et ses enfants l'appeler.

— Hé ! Je t'ai entendu, tu sais, Brant ! s'exclama Berry d'une voix faussement indignée. Si tu tiens à manger chaud ce soir, je te conseille d'employer un autre langage en ma présence !

— Dis, papa, tu veux bien nous laisser tenir les rênes ? demanda Stewart avec un regard implorant.

— Allez, papa, dis oui ! le supplia Arthur.

— Ça dépend, les garçons, dit Brant. Est-ce que vous avez pensé à ramasser tous les jouets qui traînaient par terre pour aider un peu votre grand-père ? ajouta-t-il en les soulevant de terre tous les deux.

— Oui, je te le jure ! s'écria Stewart en lui passant les bras autour du cou.

— Il ment pas, on a tout rangé ! s'exclama Arthur d'une voix pleine d'excitation.

— C'est vrai, Brant. On peut dire qu'ils ont fait du beau travail, déclara Berry tout en posant sur le sol un panier qui contenait des restes du repas.

Brant installa d'abord ses fils sur la banquette du traîneau puis tendit la main à Berry pour l'aider à monter.

Austin ne put s'empêcher de les envier… L'amour qui brillait dans leurs yeux faisait plaisir à voir. Il soupira. Il devait cesser de vouloir à tout prix ce qu'il n'avait pas. A quoi cela pouvait-il bien lui servir de se projeter dans une existence qu'il ne mènerait jamais ?

— Willa ! s'exclama-t-il soudain, surpris.

Elle marchait un peu à l'écart des autres et lui paraissait bien seule. Il serra les dents. Pourquoi ne pourrait-il pas avoir lui aussi sa petite famille ? Il regarda alors d'un air navré ses neveux surexcités à l'idée de conduire le traîneau et Kyle, qui gazouillait dans son couffin.

A son grand étonnement, Willa se dirigea droit vers lui. Pour une fois, aucune tristesse n'émanait d'elle. Bien au contraire, même. Dès qu'elle l'eut rejoint, elle planta ses grands yeux bleus dans les siens ; ils semblaient littéralement étinceler de bonheur. Ses lèvres, quant à elles, paraissaient légèrement retroussées, comme si elle avait passé son après-midi à sourire !

Austin lui tendit la main pour l'aider à monter dans le traîneau et se sentit tout à coup délesté d'un grand poids. La distance qui les avait séparés jusqu'alors semblait s'être considérablement réduite !

— Vous avez passé du bon temps avec vos frères ? demanda-t-elle. On vous entendait rire jusque dans le salon !

Un large sourire aux lèvres, Austin acquiesça. Il se pencha ensuite vers elle pour lui couvrir les épaules d'une épaisse couverture. Après la douce chaleur qui régnait dans la maison, la température glaciale risquait de rendre le voyage de retour très éprouvant.

— Votre tricot a bien avancé ?

— Merveilleusement bien, répondit Willa d'une voix très enthousiaste. Finalement, je suis bien contente d'avoir gardé mes aiguilles à tricoter et de ne pas les avoir vendues quand j'avais faim…

Bouleversé par ce qu'elle venait de dire, Austin ne trouva rien à répondre.

— J'ai vraiment hâte de commencer un nouveau modèle, reprit-elle.

— N'hésitez pas à aller chercher ce dont vous avez besoin au magasin général, la prochaine fois que vous irez en ville, dit-il aussitôt.

— Pourquoi pas, répondit alors Willa d'un ton neutre, comme si elle n'était pas vraiment convaincue.

Austin se mordit la lèvre inférieure. Combien de temps faudrait-il à Willa pour cesser de se retrancher derrière son armure ? Il aurait tant voulu se pencher sur elle et embrasser sa ravissante bouche en forme de bouton de rose ! Ou poser une main rassurante sur son épaule... Mais il ne pourrait pas effacer les terribles meurtrissures qui lui avaient été infligées. En revanche, il pouvait lui offrir les fournitures dont elle avait besoin pour tricoter. Encore fallait-il qu'elle accepte !

— S'il ne faisait pas un tel froid, je vous emmènerais dès demain prendre votre première leçon de conduite avec la jeune jument.

— Ce mauvais temps ne va pas durer éternellement, répliqua-t-elle en souriant.

Austin se figea, décontenancé par le ton qu'elle venait d'employer. Etait-ce réellement de l'espoir qu'il avait entendu dans sa voix ?

— Vous avez raison, convint-il d'une voix enjouée. Les températures vont bientôt se radoucir. Je vais me procurer une petite voiture que vous pourrez facilement atteler.

Willa ne répondit pas, mais le sourire qu'elle lui adressa lui alla droit au cœur. Enfin un véritable sourire ! songea-t-il, réjoui. Son visage rayonnant la rendait plus belle encore.

— A la prochaine ! lança Brant tout à coup en tirant sur les rênes de son cheval.

Tout le monde les salua chaleureusement alors qu'ils se mettaient en route. Quelle belle image ! songea Austin. Brant avait installé ses fils sur ses genoux et les entourait de ses bras. Les garçons tenaient fièrement le bout des rênes et semblaient écouter très attentivement les instructions de leur père. Quant à Berry, elle les couvait tous les trois tendrement du regard.

Mais lui aussi aurait un enfant sur les genoux, dans quelque temps ! se dit-il avec un regain d'espoir. L'enfant de Willa. Enfin, c'était aussi le sien, à présent. Et si c'était une fille, eh bien… Il secoua la tête. A vrai dire, il n'y connaissait pas grand-chose en petites filles. Il se promit de faire de son mieux pour en apprendre davantage. Cet enfant les rapprocherait peut-être, après tout, songea-t-il en prenant place sur la banquette au côté de son épouse.

— A bientôt ! cria-t-il en se mettant en route. Passe une bonne soirée, papa, ajouta-t-il en faisant un petit signe de la main à son père.

— Toi aussi, fiston, répondit M. Dermot. Au revoir, Willa !

— Au revoir, dit-elle à son tour.

Austin la regarda à la dérobée. Sa femme avait décidément une voix d'une douceur extrême. Il suffisait qu'elle ouvre la bouche pour qu'il sente son cœur chavirer. Alors que Calvin remontait au trot le chemin bordé d'arbres, Austin s'aperçut que sa vision s'était brouillée. Ce n'était pas à cause de la vitesse, ni du froid. Il était simplement sous le coup de l'émotion. Une émotion un peu confuse qu'il n'aurait su nommer…

Il ferma un instant les yeux. Il avait beau être enfin marié, ce n'était pas pour autant que l'amour avait frappé à sa porte. Il n'avait pas eu la même chance que son père… Cela dit, il ne pouvait s'en prendre qu'à lui-même, après tout. Il était conscient des risques qu'il prenait en épousant une femme rencontrée par petite annonce. Pourtant, il ne regrettait pas sa décision. Au moins, il avait une épouse à ses côtés, désormais, et il n'allait pas s'en plaindre ! La solitude lui avait tant pesé ces dernières années…

Et, même si Willa devait continuer à refuser de consommer leur mariage, il connaîtrait malgré tout les joies de la paternité. Ils allaient bientôt avoir un enfant à élever. Un fils auquel il faudrait enseigner par exemple tout ce qu'il connaissait sur les chevaux. Ou une petite fille à qui il faudrait… Il ne savait pas exactement ce qu'il faudrait lui apprendre, mais cela ne l'inquiétait pas outre mesure pour l'instant. Il faisait confiance à son instinct.

— Vous avez une famille formidable, déclara soudain Willa en se tournant vers lui.

Quelle bonne idée il avait eue d'accepter l'invitation de son père ! songea-t-il en voyant la joie qui illuminait encore le visage de son épouse. Se trouver en compagnie d'autres femmes et bavarder avec elles lui avait manifestement fait le plus grand bien.

— J'ai vraiment passé un bon moment, ajouta-t-elle. Je les aime tous beaucoup.

— Eux aussi vous aiment beaucoup, vous savez, répondit-il en lui adressant un petit clin d'œil.

Il ne put alors résister à l'envie de se rapprocher un peu plus d'elle. Comme elle sentait bon ! Une délicate odeur de rose lui chatouilla les narines, et il s'en enivra, ravi de constater qu'elle ne le repoussait pas.

— Apparemment, vous vous entendez très bien avec vos nouvelles belles-sœurs.

— Je n'aurais pas pu rêver mieux ! s'exclama Willa. Nous avons parlé de toutes sortes de choses. De couture, de tricot, d'enfants…

Elle s'interrompit, l'air désolé.

— Je… je vous présente mes excuses, balbutia-t-elle. Je n'aurais peut-être pas dû leur…

— Ne vous faites surtout pas de souci pour ça !

Il lui sourit. Rien ne devait venir entacher la toute nouvelle gaieté de son épouse.

— Je suis sûr que vous avez parlé tricot avec Berry, poursuivit-il. C'est une véritable experte dans ce domaine ! Regardez, c'est elle qui m'a tricoté cette écharpe.

— J'aurais dû m'en douter ! fit Willa. Elle est vraiment magnifique !

Elle tendit alors la main vers lui pour saisir son écharpe et la voir de plus près. Mais, lorsqu'elle se rendit compte de ce qu'elle était en train de faire, elle recula brusquement, le souffle court.

— Ça ne m'ennuie pas du tout, vous savez. Faites-vous plaisir, dit-il en tirant sur un pan de l'écharpe qu'il avait glissée sous son manteau.

Willa parut hésiter un instant puis acquiesça.

— Berry me l'a offerte à Noël, précisa-t-il.

— J'avoue que je n'y avais pas vraiment prêté attention jusqu'ici, avoua-t-elle, un peu gênée. Berry vous a gâté : c'est vraiment une très jolie écharpe, ajouta-t-elle sans la lâcher pour autant.

Terriblement oppressé tout à coup, Austin prit une profonde inspiration, hésitant sur la conduite à tenir. Il avait tellement envie de la prendre dans ses bras ! Cependant, s'il le faisait, il risquait fort de l'effrayer et de mettre à mal le petit rapprochement qu'il avait pu observer entre eux. Mieux valait ne pas presser les choses, songea-t-il, le cœur serré.

Incapable de se concentrer sur la route, il lâcha un peu les rênes. Calvin connaissait le chemin aussi bien que lui et saurait bien se débrouiller pour les ramener à la maison… Il tenait tant à profiter de la présence de Willa à son côté !

— Berry a vraiment beaucoup de talent, conclut-elle en s'adossant de nouveau à la banquette.

Déçu de voir que Willa s'était déjà éloignée de lui, Austin remit son écharpe en place.

— Je ne saurai jamais aussi bien tricoter qu'elle, ajouta Willa, mais j'aimerais vraiment progresser. Ça fait si longtemps que je veux apprendre à faire des torsades ! Berry a promis de m'aider.

— Vous allez sûrement devoir tricoter un tas de vêtements pour le bébé, fit Austin.

— J'avoue que je n'ai pas encore vraiment réfléchi à la question. Mais il est vrai que j'ai davantage pris conscience de ce qui m'attend en voyant le bébé de Delia, dit-elle d'une voix incertaine en le cherchant du regard.

— Je comprends. Je ne vois pas comment vous auriez pu penser à tout ça dans la situation dramatique dans laquelle vous vous trouviez.

Austin tendit alors la main pour remettre en place la couverture sur les épaules de Willa. Celle-ci avait dû glisser lorsqu'elle s'était penchée vers lui pour admirer son écharpe. Il ne tenait pas à ce qu'elle prenne froid.

— Vous êtes en sécurité, désormais, ajouta-t-il. Et je vous promets de faire tout ce qui est en mon pouvoir pour assurer votre confort.

— Vous n'imaginez pas à quel point ça me touche, Austin, dit-elle en posant la main sur son avant-bras.

— Et moi, ça me rend heureux…

Jamais il ne l'aurait cru capable d'un geste aussi affectueux envers lui, songea-t-il, la gorge nouée. Cependant, il avait conscience qu'il ne devait pas s'emballer pour autant et qu'il devait refréner ses émotions.

— Et puis vous êtes mon épouse, maintenant, ajouta-t-il encore pour se justifier.

— Vous êtes vraiment un homme d'une grande bonté, déclara Willa d'un ton solennel.

Austin lui adressa un large sourire. Il se sentait si léger, tout à coup… Elle ne semblait plus le craindre !

Alors qu'il ajustait une nouvelle fois la couverture sur ses épaules, il en profita pour humer au passage son délicieux parfum de rose. Il avait beau freiner des quatre fers, il lui était désormais impossible de ne pas se laisser emporter par le tourbillon de ses sentiments…

— Je ferai de mon mieux, je vous en fais le serment, lui promit-il enfin en reprenant les rênes à deux mains.

Il aurait voulu rester contre elle, mais Willa avait été très claire sur ce sujet. Elle ne voulait pas de ce genre de relation.

— J'ai eu une de ces peurs quand je vous ai vu avec un verre de whisky à la main tout à l'heure ! lui confia-t-elle brusquement dans un murmure.

Austin tressaillit. Le vent sifflait si fort qu'il se demanda s'il n'avait pas rêvé. Willa n'avait toujours pas ôté la main de son avant-bras, et ce contact le rassura.

— C'était ma plus grande inquiétude, reprit-elle, je peux bien vous l'avouer, maintenant que je suis bien certaine que vous n'êtes pas un ivrogne… Je craignais tant d'avoir épousé une nouvelle fois un homme incapable de se contrôler !

— Mon père sort parfois une bonne bouteille le dimanche, mais nous nous contentons de tremper nos lèvres dans nos verres. Nous ne sommes pas du genre à nous soûler.

— C'est ce que j'ai remarqué, répliqua-t-elle en esquissant un sourire.

Austin se réjouit de la bonne humeur de Willa. Il n'avait pas d'autre but que de la voir sourire, à vrai dire. Il se contenterait de faire le bonheur de sa femme…

— Dites-moi, Austin, vous avez vraiment attendu huit ans avant de vous marier ?

— Je vois que ma sœur et mes belles-sœurs n'ont pas perdu de temps ! s'exclama-t-il en riant.

Il remarqua alors que Willa s'était mise à trembler. La pauvre grelottait de froid… Ils étaient pourtant bien couverts, mais ce n'était manifestement pas suffisant. Les températures chutaient rapidement, en fin de journée. D'ailleurs, lui aussi commençait à frissonner.

— Je ne sais pas ce qu'elles ont pu vous raconter à mon

sujet, reprit-il, mais elles ont dit vrai en ce qui concerne mes huit longues années de solitude.

— Je vois…, fit-elle en claquant des dents.

Quelque chose semblait la tracasser, constata-t-il. Elle paraissait totalement absorbée par ses pensées, à présent…

— J'ai compris pourquoi vous m'avez choisie…, murmura-t-elle quelques minutes plus tard.

— Vraiment ?

Austin tendit l'oreille pour ne pas manquer une seule parole. Il ne voyait pas comment elle aurait pu connaître ses motivations profondes, mais il était curieux d'entendre ce qu'elle allait lui dire.

— C'est à cause du bébé, lança-t-elle.

Willa était à présent parcourue de violents tremblements qu'elle ne parvenait visiblement plus à maîtriser. Elle paraissait si fragile qu'il ne put s'empêcher de se rapprocher d'elle — très lentement, pour ne pas l'effrayer. Comme elle ne reculait pas pour se réfugier à l'autre bout de la banquette, il finit par lui passer un bras autour des épaules pour l'attirer contre lui. Surprise, elle se raidit un peu à son contact mais se laissa faire.

— C'est pour vous réchauffer, dit-il. C'est mieux, comme ça ?

— Oui, répondit-elle en cessant de claquer des dents.

Elle plongea alors son regard dans le sien, comme si elle hésitait à poursuivre.

— Si vous m'avez choisie, reprit-elle, c'est parce que vous voulez absolument fonder une famille. Soyez sans crainte, Austin, vous en aurez une à l'automne.

— Vous n'avez pas tort, marmonna-t-il, terriblement surpris par sa perspicacité.

Il n'en croyait pas ses oreilles. Comment Willa avait-elle fait pour le percer à jour aussi rapidement ? Oui, c'était vrai, il désirait fonder une famille depuis toujours. Mais il voulait plus encore vivre une belle histoire d'amour avec son épouse. Et, sur ce point, il savait désormais qu'il ne devait rien attendre…

Willa laissa échapper un petit soupir de soulagement en apercevant leur maison à l'horizon. La nuit commençait à tomber, et les premières étoiles scintillaient déjà dans le ciel.

— Nous sommes enfin arrivés ! Je vais tout de suite aller rallumer le feu dans la cheminée et dans la cuisinière pour réchauffer la maison. Ensuite, j'emmènerai Calvin à la grange, annonça Austin en tirant légèrement sur les rênes pour faire ralentir le cheval.

— Pas question ! répliqua aussitôt Willa. Il fait un vent glacial. Vous n'allez tout de même pas laisser Calvin attendre dans un froid pareil ! Je vais vous accompagner jusqu'à la grange. Nous rentrerons ensemble à pied. C'est juste à côté. Et puis j'aimerais beaucoup voir la jument dont vous m'avez parlé.

— Comme vous voudrez, dit Austin en donnant un petit coup sur les rênes.

Calvin se remit aussitôt en route vers la grange.

— Je suis sûr que vous allez l'adorer, reprit-il. Vous savez comment vous voulez l'appeler ?

— Pas encore, mais j'y réfléchis.

Willa s'aperçut alors qu'elle commençait à se réchauffer au contact d'Austin. Son mari était une vraie bouillotte ! se dit-elle, amusée.

Quand Austin descendit du traîneau pour ouvrir en grand les portes de la grange, Willa sentit immédiatement un grand froid envahir son corps. Elle se recroquevilla sur son siège en priant pour qu'il revienne vite. Dès qu'ils furent entrés dans la grange, elle entendit une vache mugir doucement.

— Je sais, Rosie, je sais. Je suis désolé pour mon retard, ma fille. J'aurais dû tirer ton lait depuis un bon moment déjà, cria Austin tout en adressant un sourire penaud à Willa.

Celle-ci haussa les sourcils d'un air interrogateur.

— Rosie est une vache absolument charmante, mais elle a son petit caractère ! dit Austin en plaisantant.

Willa se tourna vers le fond de la grange et aperçut une tête avec deux oreilles marron et deux grands yeux couleur chocolat au-dessus de la porte de la petite étable. Une adorable petite vache, songea-t-elle en esquissant un sourire.

Rosie se mit alors à protester doucement.

— Vous voyez ? fit Austin en pouffant de rire.

Comme une rafale de vent glacial venait de s'engouffrer dans la grange, il se précipita vers les portes pour les fermer et craqua ensuite une allumette afin d'allumer la lanterne posée par terre.

Sans bien savoir pourquoi, Willa repensa alors à tout ce que ses belles-sœurs lui avaient raconté au sujet d'Austin pendant qu'elles tricotaient ou cousaient dans le salon. Des anecdotes sur son enfance, et sa quête désespérée d'une femme qui veuille bien l'épouser…

— Rosie a l'air très gentille, dit-elle. Je peux la traire, si vous voulez. C'était toujours moi qui me chargeais de la traite, quand je vivais avec Jed.

— Il fait bien trop froid, répliqua Austin assez sèchement. Et, ici, c'est une tâche dévolue aux hommes, ajouta-t-il en lui tendant la main pour l'aider à descendre du traîneau.

Willa ressentit une nouvelle fois d'étranges sensations de picotements sur la nuque. Décidément, elle n'y comprenait plus rien. Pourquoi son corps faisait-il des siennes chaque fois qu'Austin la touchait ?

— A moins que ce ne soit votre activité préférée entre toutes, précisa-t-il en lui adressant un petit sourire narquois.

— Je n'irais pas jusque-là, admit-elle en riant doucement, mais je dois avouer que j'ai un petit faible pour les vaches !

Elle n'aurait su dire pourquoi, mais une impression de vide l'envahit lorsqu'il lui lâcha la main.

— Je n'en avais pourtant jamais côtoyé durant mon enfance, expliqua-t-elle. Je me souviens même que j'étais dans un état de terreur indescriptible le jour où Jed m'a forcée à entrer dans l'étable pour m'apprendre à traire. C'était une vache énorme, très impressionnante, mais, en réalité, elle était douce comme un agneau... Lorsque la banque est venue la prendre, j'ai pleuré toute la journée. Elle était ma seule amie.

— Je suis désolé, maugréa Austin, la mine sombre.

Willa se mordit la lèvre inférieure. Il valait peut-être mieux éviter d'évoquer la vie qu'elle avait menée auprès de Jed... Chaque fois qu'elle le faisait, Austin semblait si nerveux ! Elle ferait bien de ne pas l'oublier, à l'avenir.

— Tout ce que je voulais dire, reprit-elle, c'est que Rosie me plaît déjà beaucoup.

— Loin de moi l'idée de gâcher la naissance d'une belle amitié ! s'esclaffa Austin. J'aimerais juste que vous me laissiez m'en occuper quand il fait un temps exécrable comme aujourd'hui, poursuivit-il en s'accroupissant auprès de Calvin pour le dételer.

— D'accord.

Elle étouffa un petit soupir ; elle devait veiller à garder ses réflexions pour elle-même. Le bon sens aurait pourtant voulu qu'elle tire le lait de Rosie pendant qu'il prenait soin de son cheval, mais elle ne tenait surtout pas à le contredire. Elle tenait à se comporter en bonne épouse, et une bonne épouse ne discutait pas les décisions de son mari. Jamais. Inutile de lui donner l'occasion de se mettre en colère... Et puis, s'il avait tellement envie de traire Rosie, qu'il le fasse !

En prenant conscience du fait qu'il n'était pas si facile

de renoncer à ses convictions, elle serra les dents. Quoi qu'il en soit, elle devait apprendre à ronger son frein ; elle avait suffisamment déçu Austin comme ça !

Elle se dirigea vers la porte de l'étable ; elle pouvait au moins aller voir Rosie. De toute façon, il lui était impossible de résister à ses grands yeux suppliants. Alors qu'elle tendait la main par-dessus la porte pour lui caresser la tête, Rosie sortit sa grande langue rose et attrapa l'extrémité de la ceinture de son manteau tout neuf.

— Oh ! Non ! s'exclama Willa, prise de court.

Trop tard… Rosie avait déjà enfourné une bonne dizaine de centimètres de ceinture.

— Allez, Rosie, lâche ça ! Tu es une gentille fille, n'est-ce pas ? Tu ne veux quand même pas me retenir prisonnière ?

Conquise par l'air intéressé de Rosie, Willa se mit à lui prodiguer de petites caresses sur le museau tout en tâchant de récupérer sa ceinture. Ravie par l'intérêt qu'on lui accordait, la vache tendit le cou, comme pour en quémander davantage.

Willa ferma les yeux un instant. Quelle bonne journée elle avait passée ! Elle n'en avait jamais connu de telles avec Jed… Avec lui, les jours s'écoulaient les uns après les autres, monotones, tous semblables. Elle travaillait du matin au soir sans qu'aucune joie ne vienne égayer son quotidien. Elle secoua la tête. Il ne fallait pas laisser ces vieux souvenirs venir souiller son tout nouveau bonheur.

Soudain, elle crut voir quelque chose bouger dans le box adjacent. Il faisait si sombre dans la grange qu'il était bien difficile de distinguer quoi que ce soit mais, en plissant les yeux, elle finit par apercevoir une petite jument noire, visiblement apeurée. Elle avait une drôle de petite tache blanche sur le front, en forme d'étoile. Comme elle semblait garder ses distances, Willa tendit la main pour la caresser. Elle remarqua alors que la jument était agitée de petits tremblements.

— Vous êtes sûr qu'elle va bien ? s'inquiéta-t-elle en voyant la jument courir se réfugier dans un coin.

— Elle ne nous fait pas encore confiance, répondit Austin, qui était en train de fermer la porte du box de Calvin.

Aussitôt, elle sentit des fourmillements lui parcourir la nuque.

— Elle est jolie, hein ? reprit Austin en la rejoignant.

— Oh oui ! Je la trouve adorable.

Willa se mit alors sur la pointe des pieds pour essayer d'établir un contact avec la jument. Elle aurait tant aimé pouvoir la toucher et devenir son amie !

Intriguée par l'excitation qu'elle sentait monter en elle, elle se crispa. Elle devait absolument se ressaisir. Cette jument n'était pas encore à elle ! Tant de choses pouvaient se produire… Pour commencer, Austin pourrait très bien changer d'avis. Et puis la jument semblait si craintive qu'elle ne pourrait peut-être jamais tirer un attelage… Austin se lasserait peut-être alors et l'échangerait contre une belle somme d'argent. Elle soupira. Elle le savait bien, pourtant, elle en avait suffisamment fait l'expérience ! Les bonnes choses ne duraient jamais. Mieux valait donc ne pas compter dessus. Malgré tout, cette fois, c'était plus fort qu'elle. Elle ne pouvait s'empêcher d'espérer.

Austin se trouvait à présent à son côté. Dès qu'il vit ce que Rosie avait dans la bouche, il essaya de tirer doucement sur la ceinture pour la récupérer.

— Allez, lâche ça, ma belle, dit-il en caressant le cou de Rosie.

Willa frissonna. Elle trouvait la voix grave d'Austin extrêmement séduisante… Oubliant le froid qui la faisait encore grelotter quelques minutes plus tôt, elle observa la façon dont il se comportait avec Rosie. Beaucoup de douceur et de gentillesse, voilà ce qu'elle voyait encore une fois.

— Ça suffit maintenant, Rosie, reprit-il sans élever la voix. Voici ce que je te propose. Je vais aller rallumer le feu dans la cheminée pour réchauffer un peu la maison et, dès que c'est fait, je reviens te voir pour te tirer ton bon lait. Tu sais ce que ça veut dire, ma belle ? Tu vas bientôt te régaler. Des tonnes de bon foin, rien que pour toi. Tu comprends ?

Rosie laissa échapper un petit soupir et recracha aussitôt la ceinture.

Attendrie par la scène, Willa porta la main à sa poitrine. Austin ne ressemblait décidément à aucun autre homme !

Chapitre 12

Alors qu'il cherchait la clé de la porte d'entrée dans sa poche de pantalon, Austin remarqua que Willa s'était remise à claquer des dents tellement elle avait froid. A présent, il s'en voulait d'être rentré si tard. Si elle tombait malade par sa faute, il ne se le pardonnerait pas.

Bon sang ! maugréa-t-il intérieurement en entrant. Il faisait un froid de canard dans toute la maison, et Willa allait forcément devoir attendre un peu avant de pouvoir se réchauffer.

— Asseyez-vous donc sur le canapé, lui suggéra-t-il. Et, surtout, restez bien couverte jusqu'à ce qu'il fasse meilleur dans la pièce.

Il n'avait nulle envie de s'éloigner d'elle, mais il fallait bien qu'il aille tisonner les braises pour faire repartir le feu dans la cheminée ! Il aurait voulu la prendre dans ses bras et la frictionner vigoureusement pour faire cesser ses tremblements.

Agenouillé devant l'âtre, il sentait sa présence derrière lui. Il entendait sa respiration légère et le bruit que faisaient ses vêtements lorsqu'elle croisait puis décroisait les jambes. Il entendait aussi ses dents claquer bruyamment. Dire qu'on était fin avril ! songea-t-il en secouant la tête.

Il posa un peu de mousse sur les braises et attendit quelques instants. De petites flammes finirent par s'allumer et éclairer un peu le salon. Incapable de résister plus longtemps, il tourna la tête en direction de Willa pour voir comment elle allait.

Recroquevillée sur elle-même, elle se frottait les mains l'une contre l'autre. Elle était complètement gelée… Il aurait dû prévoir bien plus de couvertures dans le traîneau, pensa-t-il. Même si elle n'était plus tout à fait aussi maigre qu'à son arrivée, et si son visage semblait moins émacié, elle était toujours aussi frêle et son état de santé le préoccupait encore beaucoup.

Il ajouta quelques brindilles sur les braises, puis de petites branches, et repensa à la journée qui venait de s'écouler. Il avait éprouvé une telle fierté en présentant Willa à sa famille ! Rien n'aurait pu le rendre plus heureux. Partager un repas avec les siens, avec Willa à son côté, c'était la définition même du bonheur… A bien y réfléchir, il y avait encore mieux. Il n'oublierait pas de sitôt l'instant où Willa s'était blottie contre lui dans le traîneau. Son corps lui avait semblé si doux ! Il sentait encore la délicate odeur de rose qui émanait d'elle. Cela le faisait complètement chavirer. C'était bel et bien du désir qu'il éprouvait pour elle.

Malheureusement, elle, elle ne le désirait pas. Et il y avait de fortes chances que cette situation perdure.

La gorge nouée, Austin ferma les yeux. Il s'était bien gardé de divulguer ce secret à sa famille. A quoi bon ? Personne ne pouvait rien changer à la situation.

— Il devrait bientôt faire meilleur, dit-il en se levant. Je vais porter dans la cuisine les restes que Berry nous a donnés pour le repas de ce soir. Il fait encore bien froid, je vous demande donc de rester près du feu encore un moment. Ne faites surtout pas réchauffer le repas avant que je ne sois revenu de l'étable.

— Mais pourquoi ? répliqua-t-elle aussitôt. Je vais très bien, vous savez.

Il remarqua qu'elle paraissait désemparée. L'avait-il vexée une nouvelle fois ?

— Je peux parfaitement m'occuper du repas de ce soir, objecta-t-elle. Ça ne me demande aucun effort.

— Je le sais bien, admit-il, mais je me fais du souci pour votre santé.

Il s'interrompit. Ne comprenait-elle donc pas à quel point il tenait à elle ? Ne voyait-elle pas qu'il mourait d'envie de l'embrasser sur le front ? Ne sentait-elle pas qu'il voulait ne faire qu'un avec elle ?

— Vous devez absolument faire attention à vous, poursuivit-il. Il faut penser au bébé !

— Austin, je comprends très bien ce que vous voulez dire et je vous remercie de votre sollicitude. Mais je ne peux quand même pas rester les bras croisés ! Ça n'est tout simplement pas dans ma nature.

Touché par l'élan de sincérité dont elle faisait preuve à son égard, il lui adressa un petit sourire timide.

— Pour tout vous dire, j'espère avoir fini de préparer le dîner à votre retour de la grange, ajouta-t-elle. Je suis sûre que vous mourez de faim.

— Mais ça n'a aucune importance !

Elle pouvait se montrer terriblement obstinée dès qu'il s'agissait de tâches domestiques, constata-t-il une fois de plus. Ne pouvait-elle admettre qu'il s'inquiétait pour sa santé ? Mû par un instinct de protection, il lui prit tendrement le menton d'une main et tressaillit légèrement en sentant le sang se mettre à courir plus vite dans ses veines. La peau de Willa était plus douce que du satin. En comparaison, la sienne semblait si rugueuse… Il devait absolument se reprendre et contrôler ses ardeurs. Willa ne lui avait-elle pas clairement expliqué qu'elle refusait tout témoignage d'affection ?

Seigneur ! Comment allait-il faire pour vivre aux côtés d'une épouse qui ne voulait pas de lui ?

« Je n'ai pas d'amour en moi. Et je sais bien que je n'en aurai jamais. » Les mots que Willa avait prononcés en sa présence le hantaient jour et nuit. Comment était-il censé réagir ? Que pouvait bien valoir un mariage sans amour ? Il n'avait toujours pas trouvé la réponse à ces questions mais, la bonne nouvelle du jour, c'était qu'elle n'essayait pas de se dégager.

Elle le regardait droit dans les yeux tout en mordillant nerveusement sa lèvre inférieure. Elle ne grelottait plus et semblait avoir repris des couleurs. Comme il se sentait bien près d'elle ! se dit-il, le cœur serré. Il n'avait qu'une envie : s'occuper d'elle et la rendre heureuse.

— Le dîner peut bien attendre quelques minutes, murmura-t-il. Vous ne vous êtes pas reposée de la journée !

Il s'interrompit un instant, soucieux de ne pas laisser ses émotions transparaître, puis reprit :

— Ma sœur m'a suffisamment fait la leçon, vous savez ! Elle m'a fait promettre de prendre bien soin de vous. Et, maintenant que mes belles-sœurs vous ont également rencontrée, je sens qu'elles vont m'observer à la loupe ! Il ne faut pas que je relâche mes efforts, sinon je vais toutes les avoir sur le dos.

— J'ai bien vu que vous trembliez dans vos bottes dès qu'elles s'adressaient à vous, ironisa Willa.

— C'est que je suis facilement intimidé par les femmes, répondit-il, pour le plaisir de faire un bon mot.

— Je vois… Eh bien, c'est à moi de vous dire ce qu'il faut faire, alors, conclut-elle d'une voix enjouée.

Austin était aux anges. Elle affichait à présent un large sourire. C'était le premier véritable sourire qu'elle lui adressait, et ses yeux pétillaient comme jamais.

Il ne pouvait plus détacher son regard de la bouche de

Willa. Ses commissures de lèvres retroussées l'attiraient comme un aimant. Saurait-il résister à la terrible envie de l'embrasser qui le tenaillait ? se demanda-t-il en vacillant légèrement. Que ressentirait-il en lui déposant un baiser sur la bouche ? Ses lèvres étaient-elles aussi douces qu'il l'imaginait ?

Tout un éventail de sentiments plus forts les uns que les autres se bousculèrent alors en lui. Mais qu'allait-il bien pouvoir en faire ? s'inquiéta-t-il soudain en songeant à ce que Willa lui avait dit. Il ne pouvait pourtant pas faire comme s'il ne ressentait rien pour elle ! Du reste, il avait beau essayer, ses sentiments finissaient toujours par reparaître. De toute évidence, son cœur refusait d'accepter les faits. Leur mariage n'était que de pure convenance, mais cela ne lui convenait pas.

— Austin ?

La voix de Willa finit par lui parvenir, de très loin. Apparemment, cela faisait déjà un moment qu'elle lui avait demandé quelque chose.

— Vous pouvez répéter votre question, s'il vous plaît ? dit-il d'un ton léger. Je me laisse très facilement distraire. Je ne suis qu'un homme, après tout.

Il songea alors qu'il ne pouvait s'empêcher de plaisanter avec elle car l'humour semblait réussir à apaiser ses inquiétudes, au moins momentanément.

— Je disais juste que Rosie devait se demander où vous étiez passé, répéta Willa.

— Rosie ? Ah oui, il faut que j'y retourne…

Malgré son affirmation, il ne bougea pas d'un pouce, comme s'il avait été cloué sur place.

— Vous avez raison, dit-il enfin. Elle doit commencer à s'impatienter. C'est une sacrée gourmande !

— Je suis sûre que ce n'est pas ça qu'elle attend de vous, répliqua Willa en souriant.

Austin croisa alors son regard et, l'espace d'une toute petite seconde, il crut voir une lueur d'affection briller dans ses yeux. Mais l'impression avait été si fugace qu'il finit par se demander s'il n'avait pas tout imaginé.

Le cœur gonflé d'espoir, il s'écarta d'elle pour se diriger vers la porte d'entrée et ressentit aussitôt un immense vide. Il n'avait nulle envie de la quitter. Bien au contraire…

Il s'était vraiment mis dans un sacré pétrin, se dit-il tout à coup. Incapable de sortir sans lui jeter un dernier regard, il se retourna et esquissa un sourire. Quelle merveilleuse femme il avait épousée, tout de même !

Willa réprima un soupir. Elle se sentait complètement épuisée. Comme elle détestait ce poids écrasant sur ses épaules ! Le simple fait de poser sur la table les restes qu'elle avait réchauffés lui demandait un effort surhumain, mais il était hors de question qu'Austin s'en aperçoive. Donc, elle devait tenir bon. Ce n'était pas facile, car il ne la quittait pas des yeux une seconde.

— Asseyez-vous donc, Willa. Vous dormez debout. Je vais m'occuper du reste.

— J'ai presque fini, répliqua-t-elle.

— Venez vous asseoir, je vous en prie, insista-t-il en tirant sa chaise devant elle pour l'inviter à y prendre place.

Comme elle semblait hésiter, il ajouta :

— Ça me ferait vraiment plaisir.

— Je…

Il valait mieux éviter d'argumenter une nouvelle fois avec lui, songea-t-elle. Et puis l'insistance dont il faisait preuve avait quelque chose d'attendrissant. Elle voyait bien qu'il s'inquiétait vraiment beaucoup pour elle, et ce dévouement lui allait droit au cœur. Oh ! bien sûr, elle n'était pas idiote au point de croire qu'il le faisait pour elle ! Elle savait qu'il s'inquiétait surtout pour l'enfant qu'elle portait, mais c'était tout de même très agréable.

— Merci beaucoup, Austin, dit-elle finalement.

— C'est tout naturel, vous savez. Pour tout vous dire, je m'en veux de ne pas avoir insisté davantage pour que vous vous reposiez un peu. Vous en avez visiblement bien besoin.

— Ne vous faites surtout pas de reproches ! J'ai moi-même du mal à comprendre ce qui m'arrive, tout à coup. La fatigue commence à vraiment se faire sentir.

— C'est bien normal. Je ne sais plus si je vous ai dit que le médecin passera vous voir demain après-midi. Je lui ai demandé de venir vous ausculter pour s'assurer que tout se passe au mieux.

— Un médecin ?

Elle n'en croyait pas ses oreilles.

— Mais ça coûte très cher ! protesta-t-elle.

— Ce n'est pas le problème, répliqua Austin. Le Dr Wetherbee est passé me voir hier pour faire poser un nouveau fer à son cheval, et j'en ai profité pour lui demander de passer chez nous. Il m'a répondu qu'il serait ravi de faire votre connaissance. Il est très gentil, vous verrez. Je suis sûr que vous allez bien l'aimer.

— Je vous suis vraiment très reconnaissante, Austin. Ça me rassurera beaucoup de savoir que tout va bien.

Willa n'en revenait pas. Son bébé avait beaucoup de chance, finalement. Il allait être suivi par un médecin ! Quel luxe incroyable !

— Eh bien, voilà une affaire réglée, alors, dit Austin en l'aidant à s'asseoir.

Willa ressentit aussitôt de petits picotements sur la peau. Mais que lui arrivait-il encore ? Etait-ce le fruit de son imagination ou son corps s'était-il réchauffé tout à coup ? Peut-être était-ce à cause du thé ou du plat qui sortait à peine du four… Elle ne réagissait pourtant pas ainsi, d'habitude ! Et pourquoi avait-elle le souffle court, en plus ?

Elle ne put s'empêcher d'observer Austin alors qu'il apportait à table un plat rempli de petits pains chauds. Comme il était beau ! Comme il était bien bâti ! Cela lui sautait aux yeux, à présent.

— Après un dimanche passé en famille, la maison semble toujours beaucoup trop silencieuse, déclara Austin, qui venait juste de faire grincer les pieds de sa chaise sur le plancher de la cuisine.

— C'est vrai, convint-elle dans un souffle. On ne s'entendait presque plus, par moments, mais c'était tout de même une très agréable journée.

— J'avoue que je ne sais pas ce que je deviendrais sans eux. Enfant, vous avez dû vous sentir terriblement seule, non ? demanda Austin en lui faisant signe de lui passer son assiette pour qu'il puisse la servir.

Quel homme attentionné il faisait, songea Willa en constatant qu'il la servait toujours la première. Comment allait-elle pouvoir faire pour lui revaloir toutes ces gentillesses ?

— Il m'arrivait de me sentir un peu seule, en effet, mais je n'ai jamais rien connu d'autre, vous savez, expliqua-t-elle.

Tout cela lui semblait si loin, désormais. La petite cabane faite de bric et de broc dans laquelle elle avait vécu avec sa mère et sa grand-mère avait-elle seulement existé ?

— Vous avez l'air de très bien vous entendre avec vos frères et votre sœur, reprit-elle quelques instants plus tard. Vous semblez vraiment très proches. Je me demande à quoi ressemblait votre enfance, à tous les quatre.

— Vous tenez vraiment à le savoir ? demanda-t-il sur le ton de la plaisanterie. Nous n'étions pas des anges, je peux vous l'assurer. Nous faisions beaucoup de bruit, et il nous arrivait même de nous conduire de manière franchement détestable... Dans une grande famille, on n'a jamais une minute à soi ! dit-il en remplissant son assiette à ras bord.

— Oh ! je ne vous crois pas, Austin ! La lueur qui brillait tout à l'heure dans vos yeux ne m'a pas échappé. Ça ne devait pas être aussi terrible.

— Vous avez raison, concéda-t-il. On peut dire qu'on formait une sacrée équipe, avec mes deux frères ! J'ai bien cru que nous allions finir par rendre notre mère complètement folle. Elle passait son temps à nous crier dessus et nous, nous l'écoutions à peine.

— Vous n'étiez jamais honteux de la faire crier ?

— Parfois, confessa Austin en riant. Mais on trouvait toujours de bonnes raisons de se disputer. Il suffisait que Brant me tire la langue pour que, en moins d'une seconde, on se retrouve tous les trois à se battre comme des chiffonniers. On était capables de tout renverser sur notre passage... Une fois, je me souviens qu'on a cassé une lampe et que ça nous a valu une bonne correction.

— Vous étiez l'aîné, pourtant. Vous auriez dû montrer l'exemple.

— C'est exactement ce que me répétait ma mère à longueur de temps ! Mes jeunes frères ne suivaient jamais mes conseils, et j'avais beau expliquer à ma mère que ce n'était pas ma faute s'ils ne m'écoutaient pas, elle me considérait toujours comme responsable de tout.

— Alors que vous n'étiez qu'un pauvre spectateur innocent, dit Willa d'un ton moqueur.

— J'essayais juste de m'occuper de mes affaires ! Vous n'allez peut-être pas me croire, mais Evelyn était de loin la pire de nous quatre. Elle a très vite compris que nos parents la voyaient comme un modèle de perfection. Leur petite fille n'aurait pas fait de mal à une mouche ! C'était un ange, comparée à nous. Nous qui passions notre temps à nous battre, à nous rouler dans la boue et à grimper aux arbres !

— Je crois bien que j'aurais pensé la même chose, répliqua Willa avec un sourire ironique.

Elle ne pouvait détacher son regard des fossettes qui s'étaient creusées dans les joues d'Austin. Elle les trouvait si séduisantes !

— Papa n'a jamais voulu nous croire. Encore aujourd'hui, d'ailleurs…, dit-il en coupant en deux un petit pain rond.

Willa lui fit signe de continuer.

— Pourtant, on peut dire qu'Evelyn savait y faire pour nous mettre dans le pétrin ! Il lui arrivait de se faufiler discrètement dans le salon pour y renverser la petite table en s'arrangeant pour faire croire que nous nous étions bagarrés. Maman n'avait qu'à jeter un coup d'œil dans la pièce pour nous envoyer dans nos chambres jusqu'au lendemain matin. Evelyn ne se gênait pas pour enfoncer le clou, d'ailleurs. Elle jurait ses grands dieux qu'elle avait essayé de nous arrêter, mais que nous n'avions pas voulu l'écouter ! C'était une vraie chipie.

— Je prends quand même parti pour Evelyn, dit Willa en riant de bon cœur. Vous aviez bien quelque chose à vous reprocher, non ?

— Très certainement. Je me souviens qu'on jouait souvent au ballon dans la maison, par exemple. Evidemment, c'était strictement interdit… Un jour qu'on se battait pour savoir qui aurait la balle, j'ai bousculé Derek, et ce nigaud est tombé à la renverse directement sur le cactus de maman. Elle y tenait beaucoup car il avait appartenu à sa mère, qui venait tout juste de mourir. Je vous laisse imaginer le tableau. J'entends encore Derek hurler comme un fou. Il n'avait guère plus de huit ans, et le pauvre était couvert de piquants !

— Je suis sûre que vous venez de tout inventer ! s'exclama-t-elle.

Comme c'était bon de la voir rire aux éclats ! songea Austin.

— Dites-moi la vérité, Austin. Ce n'est pas ainsi que les choses se sont passées, n'est-ce pas ?

— Si, si, je vous l'assure. Papa nous a passé un de ces savons ! Tout le monde braillait à qui mieux mieux. Evidemment, le cactus n'a jamais refleuri et n'a jamais retrouvé son aspect initial. Ma mère nous a interdit de nous en approcher sous peine de recevoir un coup de fouet. Et je peux vous garantir qu'elle ne rigolait pas.

— Quelque chose me dit que cette histoire n'est pas tout à fait terminée.

— Vous avez vu juste, Willa. C'est là qu'Evelyn entre en scène…

Austin avait indéniablement des talents de conteur, songea Willa en s'apercevant qu'elle s'était naturellement penchée vers lui, curieuse d'entendre l'histoire jusqu'au bout. Et il n'était plus un inconnu dont elle devait se méfier. Elle commençait même à bien le connaître…

— Un jour, reprit-il, ma mère a trouvé le pot du cactus par terre, en mille morceaux. Elle est aussitôt venue nous chercher dans le jardin en nous tirant les oreilles. Elle exigeait de connaître le nom du coupable, sans quoi nous serions tous punis. Evidemment, comme nous ne savions pas ce qui s'était passé, nous avons crié notre innocence. Quelle terrible erreur !

— C'était Evelyn ?

— Bien sûr que c'était elle ! Elle se tenait juste derrière notre mère et nous tirait la langue d'un air triomphant. Elle nous avait bien eus ! Nous sommes immédiatement montés dans nos chambres et avons été une nouvelle fois privés de repas.

— Vous l'aviez peut-être mérité quand même… Je suis

sûre que vous faisiez un tas de bêtises derrière le dos de votre mère.

— C'est bien possible, concéda Austin, mais Evelyn ne comptait pas s'arrêter en si bon chemin. Je crois que le succès avait fini par lui monter à la tête. Elle passait son temps à casser des objets en faisant croire que nous étions les responsables. Maman ne s'est jamais posé la moindre question, même quand j'ai essayé de lui faire entrevoir la vérité. Son petit ange n'aurait jamais fait une chose pareille !

— Maintenant que je connais toute l'histoire, je crois que j'aime encore plus votre sœur ! s'exclama Willa en remuant son thé, qu'elle venait de sucrer.

— Voyez-vous ça ! lança Austin, feignant de s'offusquer.

— Vous avez vécu une enfance merveilleuse, renchérit-elle. Enfin, si on oublie l'incident du cactus, bien sûr !

— Merveilleuse ? s'étonna Austin. C'est peut-être un peu exagéré ! Même si je dois reconnaître que nous avons eu beaucoup de chance, au final.

Il poussa alors son assiette vide sur le côté et but sa dernière gorgée de café.

— Comment vous sentez-vous, Willa ? Je vous trouve encore bien pâle. Je crois que vous devriez aller vous reposer. La journée a été longue…

— Ça va aller, dit-elle d'une voix rassurante. Mais je ne vais effectivement plus tarder à aller me coucher.

Bien déterminée à ne pas révéler l'état d'épuisement dans lequel elle se trouvait, elle but une petite gorgée de thé. Ses bras lui semblaient si lourds ! Elle se sentait si faible ! Lever sa tasse lui demandait un effort considérable, mais elle ne voulait pas qu'Austin s'en rende compte.

— Vous êtes sûre que ça va, Willa ? J'ai l'impression que vous êtes à deux doigts de tomber de votre chaise, dit-il néanmoins en se levant précipitamment de table.

Willa sursauta. Avant qu'elle n'ait eu le temps de réagir,

il s'était approché d'elle. Doucement, il lui ôta la tasse des mains, la posa sur la table et l'aida à se lever. Leurs corps se frôlèrent. Elle n'aurait su dire pourquoi, mais l'odeur très masculine qui se dégageait de lui la réconforta aussitôt. Ses mains chaudes lui redonnèrent également un peu de force.

— Je vais vous accompagner jusqu'à notre chambre, Willa. Et j'espère que vous n'allez pas vous mettre à élever un concert de protestations. Vous avez de toute évidence besoin d'une bonne nuit de sommeil.

— Vous n'y pensez pas ! dit-elle d'une toute petite voix. Il y a encore toute la vaisselle à faire, et je dois aussi passer un bon coup de balai dans la cuisine. Je n'ai même pas eu le temps de le faire ce matin.

— Eh bien, ça attendra demain, répliqua Austin en l'entraînant vers la porte de la cuisine.

Willa comprit que, cette fois, il était inutile de discuter. Et qu'aurait-elle pu faire pour l'en empêcher, de toute façon ? Elle se sentait si faible…

— Vous savez, Willa, lorsque j'étais puni, enfant, je n'étais pas forcément consigné dans ma chambre, lui murmura Austin à l'oreille. Lorsque ma mère me surprenait en train de faire des bêtises, il lui arrivait de m'envoyer directement dans la cuisine.

— Qu'est-ce que vous essayez de me dire ? soupira Willa. Que vous avez passé votre enfance à faire la vaisselle après chaque repas ?

— Peut-être pas tous les jours, mais j'avoue que ça m'est arrivé plus d'une fois.

Comme il était séduisant, avec ses petites fossettes sur les joues lorsqu'il souriait ! songea Willa, les yeux rivés sur lui. Elle devait absolument se reprendre, sans quoi son cœur allait finir par s'emballer pour de bon. Tout de même, quelle chance extraordinaire elle avait eue d'épouser un homme pareil ! Elle se promit alors de tout mettre en œuvre pour ne plus jamais le décevoir.

Elle aurait voulu le remercier pour toutes les petites attentions qu'il avait pour elle, mais aucun mot ne sortit de sa bouche. Elle lui était pourtant tellement reconnaissante ! Elle se laissa faire.

Une fois dans la chambre, Austin alluma une petite lampe et lui fit signe de s'asseoir au bord du lit. Il retourna ensuite rapidement dans la cuisine lui chercher la tasse de thé qu'elle avait à peine bue et qu'il posa sur la table de chevet. Puis, sans prévenir, il ressortit de la chambre et ferma la porte derrière lui, la laissant seule. Elle ferma les yeux. Austin était vraiment un homme admirable. Et, aussi incroyable que cela puisse paraître, elle se sentait en parfaite sécurité avec lui !

Incapable de comprendre un traître mot de ce qu'il lisait, Austin referma son livre après y avoir glissé un marque-page. Il était grand temps d'aller se coucher, se dit-il en s'efforçant de réprimer de profonds bâillements. Une nouvelle tempête venait de se lever. Il entendait le vent siffler dehors, et un courant d'air le fit frissonner.

Alors qu'il couvrait le feu pour la nuit, il songea à la soirée qu'il venait de passer. Même si Willa s'était couchée très tôt, il ne s'était pas vraiment senti seul. Il s'était sans nul doute passé quelque chose au cours du dîner. C'était comme s'ils avaient enfin réussi à briser la glace entre eux. Il était si heureux de voir qu'elle ne se tenait plus constamment sur ses gardes ! Peut-être le laisserait-elle bientôt découvrir qui elle était vraiment.

Un jour, il en était désormais persuadé, elle ne se contenterait plus de ce petit sourire timide et oserait le laisser s'épanouir. Comme il était impatient de l'entendre éclater de rire ! Quand la verrait-il enfin abandonner ce voile de tristesse qui assombrissait la plupart du temps son si joli visage ? Mû par un fol espoir, il se dirigea à grands pas vers la porte de la chambre à coucher. Ce n'était pas possible autrement ! songea-t-il. Un jour, elle finirait par éprouver un peu d'affection pour lui.

Soucieux de ne pas la réveiller, il ouvrit doucement la porte. Une fois dans la chambre, il attendit quelques instants que ses yeux s'habituent à l'obscurité. Il était si pressé de la voir !

Willa était allongée sur le côté, sa tête reposant sur ses mains jointes, et sa belle chevelure brune étalée sur l'oreiller. Elle était si menue qu'il la distinguait à peine sous les épaisses couvertures. Il poussa un petit soupir. L'extrême maigreur de sa femme l'inquiétait beaucoup… Oui, c'était bien cela. Il était inquiet, rien de plus.

Ce n'étaient certainement pas les prémices de l'amour !

Dérouté par les sentiments confus qui s'étaient emparés de lui, il prit le plaid posé sur la commode et le posa délicatement sur les épaules de Willa. C'était sa mère qui l'avait tricoté, bien des années plus tôt, se rappela-t-il avec un brin de nostalgie. Sa mère, qui aurait probablement adoré la femme qu'il s'était choisie.

Soudain, Willa poussa un petit soupir de contentement dans son sommeil. Austin la regarda alors avec un élan de tendresse qu'il ne soupçonnait même pas en lui. Elle dormait paisiblement. Profondément. Elle était vraiment d'une beauté époustouflante. Il aimait absolument tout, chez elle. Son profil délicat. La forme parfaite de son nez. Quant à sa bouche si bien dessinée… Il rêvait tellement de l'embrasser !

Il secoua la tête. Il pensait bien trop souvent aux doux baisers qu'il aurait pu lui donner ! Il pouvait déjà s'estimer heureux qu'elle le laisse lui tenir la main, désormais.

Quand accepterait-il enfin la réalité ? Willa ne la lui avait pas cachée. Elle ne l'avait épousé que par pur désespoir, et il n'entrait nullement dans ses intentions de l'aimer. Il ne pouvait s'en prendre qu'à lui-même, car il avait eu parfaitement conscience des risques qu'il prenait en envoyant un billet de train à une inconnue qui acceptait de se marier avec lui sans même l'avoir jamais rencontré.

Quoi qu'il en soit, il n'allait pas se plaindre. Willa était une femme vraiment extraordinaire. Son père ne s'était pas privé de lui en faire la remarque dès qu'il en avait eu l'occasion.

Austin finit par détacher les yeux de sa femme et s'humecta les lèvres, indécis. Avant toute chose, se dit-il, il fallait garder en tête qu'un mari avait des devoirs envers sa femme. Il ne devait pas oublier non plus qu'il avait attendu huit longues années avant de rencontrer son épouse ! Il n'avait pas le droit d'être déçu. Il devait immédiatement cesser de se répéter en boucle que Willa ne croyait pas en l'amour.

Il s'assit sur une chaise pour enlever plus facilement ses bottes et regarda les couvertures se lever et s'abaisser au rythme de la respiration de Willa. Comme elle lui paraissait vulnérable !

Emu aux larmes, il se leva et alla remonter une nouvelle fois les couvertures sur elle. Une nouvelle vague de tendresse le submergea. Willa ne pouvait peut-être pas l'aimer, pas encore, mais quelque chose les avait rapprochés au cours du dîner, cela ne faisait aucun doute. Alors, il n'était pas exclu qu'il puisse y avoir peut-être un jour quelque chose de plus entre eux…

Et, même si ce n'était pas l'amour inconditionnel dont il avait tant rêvé, même s'il ne connaîtrait probablement jamais un bonheur sans nuages semblable à celui qu'avaient connu ses parents, ce serait toujours mieux que la terrible solitude dont il avait souffert pendant si longtemps.

Chapitre 13

Surprise par les drôles de bruits qu'elle crut entendre dehors, Willa lâcha son dé à coudre et leva vivement la tête. La tempête faisait toujours rage. Cependant, il y avait quelque chose de différent. Oui, mais quoi ? se demanda-t-elle en fronçant les sourcils. Elle tendit l'oreille. La neige avait laissé place à une pluie battante. Voilà ce qui tambourinait si étrangement sur le toit glacé et les carreaux de la maison !

Elle ferma les yeux un instant. La pluie, enfin... Abandonnant sa couture sur la table, elle se leva et alla à la fenêtre pour s'assurer qu'elle n'avait pas rêvé. Le changement tant attendu était-il enfin là ? Comme la région devait être belle aux premiers jours du printemps !

Soudain, la pendule sonna quatre coups. Déjà ? s'étonna-t-elle en se dirigeant vers la cuisine. Dans sa précipitation, elle faillit déraper sur le plancher fraîchement ciré. Une fois remise de ses émotions, elle souleva le couvercle du faitout et se mit à remuer doucement la soupe au bœuf et aux haricots qui mijotait sur le feu. Comme cela sentait bon ! se dit-elle en humant la bonne odeur qui s'était répandue dans la cuisine. Cette soupe, c'était la spécialité de l'hôtel où elle avait travaillé, à l'époque où sa mère était toujours de ce monde. Avant son mariage malheureux avec Jed... C'était de loin le plat qu'elle réussissait le mieux.

— Pourvu qu'il plaise à Austin ! dit-elle à mi-voix tout en ajoutant une petite pincée de persil séché dans le faitout.

Elle remit ensuite le couvercle en place et s'étira.

Après tout ce qu'elle avait fait depuis le départ d'Austin, elle se sentait un peu fourbue mais heureuse, avec le sentiment de la tâche accomplie. Elle avait d'abord ciré et lustré tous les meubles de la maison, puis elle s'était attaquée aux vitres, qui brillaient à présent comme des miroirs. Son seul regret était d'avoir manqué de temps. Elle aurait tant voulu pouvoir accrocher de jolis rideaux aux fenêtres ! Mais elle avait simplement commencé à couper le tissu aux dimensions voulues. Après manger, elle s'y remettrait sérieusement. Les ourlets ne devraient lui poser aucune difficulté. A cette pensée, un large sourire vint éclairer son visage.

C'était l'heure d'aller s'occuper des animaux, à présent, songea-t-elle en ôtant ses chaussures toutes neuves pour enfiler sa vieille paire de souliers. Puis elle mit son vieux manteau rapiécé et se protégea la tête de son fichu. Vu la température extérieure, mieux valait bien se couvrir.

Dès qu'elle sortit de la maison, une pluie glaciale vint lui fouetter le visage. Elle remonta aussitôt le col de son manteau et courba le dos pour affronter les rafales de vent qui la faisaient vaciller. Les branches des arbres ployaient sous le poids de la neige qui était tombée toute la journée sans discontinuer. Allait-elle fondre rapidement, avec le retour de la pluie ? se demanda-t-elle en scrutant avec espoir l'horizon sans distinguer grand-chose car le ciel était bien trop bas.

La porte de la grange était si lourde et le vent si violent qu'elle ne réussit à l'entrouvrir qu'au prix d'énormes efforts. Tant bien que mal, elle se faufila à l'intérieur en remarquant au passage que son ventre s'était un peu arrondi.

Sa grossesse n'était encore qu'à peine perceptible,

songea-t-elle avec une certaine émotion, mais elle, elle voyait bien son corps se transformer.

Elle se passa la main sur le ventre en soupirant. Le petit renflement qu'elle sentait sous sa paume rendait les choses plus réelles. Elle allait avoir un enfant ! Elle repensa alors aux neveux d'Austin — qui étaient également ses neveux, à présent ! — et, pour la première fois, elle se mit à penser au petit être qu'elle portait en elle. Son bébé… Elle aussi pourrait bientôt le serrer dans ses bras et plonger son regard dans ses grands yeux étonnés. Tout comme Delia le faisait avec Kyle. Puis, en grandissant, il irait jouer avec les autres enfants de la famille, ses cousins.

Submergée par une vague d'émotions contradictoires, elle s'adossa un instant à la porte de la grange, qui vibrait sous les assauts répétés du vent. Son regard s'embua. Serait-elle un jour elle aussi une mère aimante et dévouée comme Delia ? Où trouverait-elle toute la patience et toute la tendresse que Berry manifestait à l'égard de ses fils ?

Un petit mugissement la tira soudain de ses rêveries. Elle leva la tête et vit Rosie, qui l'observait, les oreilles dressées. Elle semblait danser sur place. Rosie était certainement très heureuse d'avoir de la compagnie, pensa Willa, amusée.

— Comment ça va, les filles ? demanda-t-elle en regardant également dans la direction de la jument, qui était déjà partie se réfugier dans son coin.

Rosie répondit par un joyeux meuglement.

— Et toi, comment vas-tu, petite jument ? répéta Willa. N'aie pas peur de moi ! Je sais ce que tu ressens… On est un peu pareilles toutes les deux, en fait. Austin m'a expliqué que tu n'avais pas eu la vie facile.

La jument s'immobilisa et la regarda de ses grands yeux apeurés. Pauvre petite ! songea Willa en prenant le tabouret à trois pieds et le petit seau accroché au mur.

— Meuh !

— Oui, oui, Rosie, je viens. Ne t'inquiète pas, je ne vais pas oublier de te donner à manger. Je peux compter sur toi pour m'y faire penser, hein ?

Willa n'aurait su dire pourquoi, mais elle était d'humeur très joyeuse et avait l'impression d'être légère comme une plume. Etait-ce parce que le printemps montrait enfin le bout de son nez ? Elle ne se souvenait pas de la dernière fois où cela lui était arrivé, mais elle sentait s'insinuer en elle un sentiment qu'elle avait refoulé au plus profond de son être… Comment s'appelait-il au juste ? N'était-ce pas l'espoir ?

Alors qu'elle soulevait le couvercle du tonneau contenant le grain pour les animaux, un bruit derrière elle la fit sursauter.

— Laissez-moi donc vous aider…

C'était Austin ! Des gouttes de pluie dégoulinaient du bord de son chapeau et tombaient sur ses épaules. Willa sentit aussitôt son pouls s'accélérer, et une sensation de douce chaleur la gagna.

— Vous êtes rentré très tôt, dit-elle d'une voix blanche qu'elle ne reconnut pas.

— J'avais très envie de vous donner votre première leçon de conduite avant la nuit, mais il s'est mis à pleuvoir à mi-chemin. C'est le déluge, dehors, vous savez !

Il saisit alors une petite pelle accrochée au mur et la lui tendit.

— Ce sera pour une autre fois, murmura-t-elle en constatant la déception que ce contretemps semblait lui causer.

— Vous avez raison, répliqua-t-il en esquissant un sourire. Ce n'est que partie remise. Vous voulez que je donne à manger aux animaux ?

— Comment ? Oh ! non ! s'exclama-t-elle.

Willa venait de se rendre compte qu'elle avait toujours

une main sur le tonneau et qu'elle avait saisi machinalement la petite pelle qui servait à prendre le grain. Déconcentrée par l'arrivée inopinée d'Austin, elle en avait complètement oublié ce qu'elle s'apprêtait à faire ! Mais comment faisait-il pour capter ainsi son attention ? Cet homme était un vrai mystère… Les yeux toujours fixés sur lui, elle se mit à pelleter du grain pour les animaux.

— Ils ne risquent pas de mourir de faim, ironisa-t-il en jetant un coup d'œil amusé au seau.

— J'essaie d'apprivoiser la jument. Je voudrais que nous devenions amies.

— Bonne idée ! La nourriture est toujours un bon moyen d'obtenir des faveurs.

Ils éclatèrent aussitôt de rire en entendant Rosie pousser un mugissement fort à propos.

Willa se mordit la joue. Elle avait beau essayer de se concentrer, elle avait conscience qu'elle faisait n'importe quoi. Elle n'avait d'yeux que pour Austin. C'était vraiment très déconcertant. Mais que lui arrivait-il ? C'était certainement l'expression de sa reconnaissance pour tout ce qu'il avait fait pour elle. Oui, c'était forcément cela. Qu'est-ce que cela aurait pu être d'autre, sinon ?

Comme il ne disait rien, elle finit par s'arrêter de pelleter. Il devait y en avoir assez, maintenant. Elle s'éloigna un peu, le seau de grain à la main. Elle respirait si difficilement en présence d'Austin ! Comme s'il accaparait tout l'oxygène autour de lui…

— J'ai une surprise pour vous ! dit-il tout à coup d'une voix joyeuse. J'ai repensé à notre conversation au sujet du tricot et je suis passé au magasin général en sortant du travail pour acheter de la laine pour le bébé. Comme je ne savais pas quoi prendre, Mme Pole m'a conseillé.

— Vous avez fait ça ? s'exclama Willa, bouche bée.

— Je n'ai pas pu résister ! J'aurais peut-être dû vous

laisser choisir, mais je n'avais pas envie d'attendre une journée de plus. Si j'y avais pensé plus tôt, j'aurais pu vous demander au petit déjeuner ce que vous préfériez. Mais ne vous inquiétez pas ! Si ce que j'ai pris ne vous plaît pas, vous pourrez sans problème aller le rapporter à Mme Pole. Elle se fera une joie de procéder à un échange. J'ai pensé que vous mouriez sûrement d'envie de commencer à tricoter quelque chose. Le temps passe si vite !

Pourquoi s'était-il senti obligé de lui donner de si longues explications ? se demanda-t-il soudain, légèrement troublé. Et pourquoi faisait-il comme si de rien n'était alors qu'il était littéralement subjugué et ne pensait qu'à elle du matin au soir !

— Merci beaucoup, Austin. Je suis si impatiente de me mettre au tricot !

Austin ne se sentait plus de joie. Willa semblait soudain tellement heureuse ! Il ne l'avait jamais vue aussi rayonnante.

— Berry, Delia et Evelyn m'ont promis de m'apporter des modèles de vêtements de bébé, ajouta-t-elle avec un enthousiasme communicatif.

— Excellente initiative !

Comme Calvin commençait à piaffer d'impatience, Austin entreprit de le dételer. Il procédait avec des gestes lents et calculés, car il savait pertinemment que Willa l'observait... Et cela le remplissait de fierté ! Pourtant, il aurait aimé pouvoir en faire bien davantage pour elle. Parviendrait-il, avec ce projet de tricot, à la détourner de son obsession pour les tâches domestiques ?

— Il y a tant à faire avant la naissance du bébé ! soupira alors Willa. Je commence seulement à m'en rendre compte...

Il réprima un sourire. Perdue dans ses pensées, Willa n'avait rien remarqué... Rosie avait profité de son inattention momentanée pour passer la tête par-dessus la porte de l'étable et plonger son museau directement dans le seau de grain. Et elle était en train d'engloutir tout ce qu'il contenait !

— Ne vous tracassez pas, Willa. Vous aurez largement le temps de tout faire…

Austin ne la lâchait pas du regard. Comme elle lui avait manqué pendant sa longue journée de travail !

— C'est ce que je pensais, répliqua-t-elle d'une voix inquiète. Mais, quand Evelyn m'a énuméré tout ce qu'elle a déjà fait pour son bébé, les bras m'en sont tombés. Vous vous rendez compte, Austin ? Je n'ai absolument rien de prêt ! Pas même une couverture ! Le mois d'octobre n'est pas si loin, il va vraiment falloir que je m'y mette… Je tiens à être une bonne mère pour mon enfant et à lui offrir ce dont il a besoin.

— Je vous promets qu'il — ou elle — aura tout ce qu'il faut, dit Austin en caressant Calvin entre les oreilles. Vous n'êtes pas seule, Willa, ne l'oubliez pas.

— Je le sais bien, Austin. Et je ne pourrai jamais assez vous remercier. Vous n'avez pas idée à quel point j'apprécie tout ce que vous faites pour moi, murmura-t-elle en le regardant droit dans les yeux.

Très ému, Austin déglutit avec quelque difficulté. Une envie irrépressible d'aller lui planter un baiser fougueux sur la bouche le tenaillait. Voilà qu'il recommençait à vouloir l'embrasser ! songea-t-il en secouant la tête. Mais cela devenait une véritable obsession !

S'apercevant tout à coup que Rosie continuait à se goinfrer, il se pencha en avant pour pousser le seau. Il remarqua alors que la petite jument les regardait du coin de l'œil, mais sans oser s'approcher pour autant.

— N'oubliez pas que je suis votre mari. Je ne fais que mon devoir, vous savez, dit-il d'un ton volontairement désinvolte tout en versant une bonne quantité de grain dans l'auge de la jument.

Elle avait faim, de toute évidence, mais elle gardait malgré tout ses distances et lui jetait des regards inquiets. Willa, elle n'en était plus là, au moins, pensa-t-il, ravi. Elle le laissait facilement s'approcher d'elle, désormais, et ne courait pas se réfugier à l'autre bout de la pièce en le voyant arriver.

— Si vous ne me trouviez pas à la hauteur, vous pourriez demander l'annulation de notre mariage et chercher un meilleur mari, marmonna Austin. Et ça, je crois que je ne le supporterais pas.

— Je ne vois vraiment pas pourquoi je ferais une chose pareille ! Cela dit, il est vrai que je n'ai pas encore eu l'occasion de rencontrer d'autres hommes depuis mon arrivée à Moose Town, dit Willa pour plaisanter. Berry m'a appris que votre cas n'était pas unique et qu'un assez grand nombre d'hommes ont bien du mal à trouver une épouse.

— C'est tout à fait vrai, admit Austin. Mais ces hommes ne possèdent probablement pas la moitié de mes qualités ! ajouta-t-il en lui adressant un clin d'œil malicieux.

— Si ça se trouve, ils ne méritent même pas qu'on les regarde ! renchérit-elle.

— Vous croyez ? souffla-t-il, feignant de s'étonner.

— C'est fort possible, oui !

— C'est une bonne chose que vous m'ayez épousé, alors !

Comme il était drôle ! songea Willa en éclatant de rire.

— Oui, je suppose, ajouta-t-elle.

— C'est donc une affaire réglée, conclut-il sur le ton de la plaisanterie.

Il devait à présent accrocher le seau au mur mais, étrangement, il se sentait comme cloué sur place. Willa l'attirait comme un aimant. Comment aurait-il pu se détacher de son sourire radieux ? Comment aurait-il pu ne pas rester là à s'enivrer de son parfum délicat ? Une vague de tendresse le submergea une nouvelle fois.

— Regardez ce que je vous ai rapporté, dit-il soudain en prenant sous le siège de la voiture un paquet rempli de pelotes de laine.

— J'aime beaucoup, dit-elle en caressant la laine du bout des doigts.

— Mme Pole m'a assuré que vous préféreriez probablement une couleur neutre. Une couleur qui aille aussi bien à un garçon qu'à une fille.

— J'aime beaucoup le jaune. C'est une très belle couleur. C'est à la fois gai et doux.

— Oui, c'est… très doux, balbutia-t-il, le regard une nouvelle fois fixé sur la bouche de Willa.

Il faisait son possible pour rester concentré sur la laine, mais il avait beau lutter de toutes ses forces, tout ce qu'il voyait, c'étaient ses lèvres roses légèrement entrouvertes.

— Je crois que je vais commencer par tricoter des petits chaussons, dit-elle d'une voix songeuse.

— Très bonne idée.

— Encore merci, Austin. C'est vraiment très gentil à vous d'avoir acheté cette laine pour mon bébé.

— Je crains de ne pas pouvoir faire grand-chose d'autre avant sa naissance. En revanche, je sais parfaitement bercer les bébés. Il faut dire que j'ai eu l'occasion de m'entraîner avec mes trois neveux !

— Formidable ! s'exclama Willa en lui posant la main sur la poitrine sans réfléchir.

Le cœur battant à tout rompre, il recouvrit aussitôt sa main de la sienne. Avait-elle seulement idée de ce qu'il ressentait pour elle ? se demanda-t-il. C'était bien difficile à dire…

— Vous êtes si généreux avec moi, reprit-elle. Je vis maintenant dans une belle maison, je dispose d'une nourriture abondante à chaque repas et j'ai même droit à un suivi médical pendant ma grossesse ! Au fait, le médecin est passé me voir en début d'après-midi. Tout s'est très bien passé. Il faut simplement que je grossisse un peu…

Elle lui adressa alors un grand sourire. Désarmé, Austin se sentit fondre.

— Ce bébé va avoir une chance inouïe, dit-elle, les yeux baissés sur son petit ventre. Grâce à vous, il — ou elle — aura des vêtements chauds, de quoi manger, et surtout une vraie famille ! Cet enfant aura des tantes, des oncles, un grand-père, des cousins. Et vous…

Austin frissonna. Willa le regardait avec une telle admiration ! On aurait dit qu'il venait de lui décrocher la lune ! Mieux valait peut-être essayer d'éclaircir un peu les choses…

— Vous savez, je vous taquinais, tout à l'heure. Je ne vaux sûrement pas mieux que les autres hommes de la ville. Je ne suis pas sûr d'être celui que vous croyez.

— Moi, je n'ai aucun doute là-dessus, répliqua Willa en se hissant sur la pointe des pieds pour lui déposer un tendre baiser sur la joue.

Austin crut défaillir et cligna les yeux en se demandant s'il n'avait pas rêvé. Mais elle s'éloignait déjà… Soudain, il prit peur, car il n'y avait plus moyen de faire marche arrière. Il l'aimait ! Il l'aimait de tout son cœur, et rien ni personne ne pourrait y changer quoi que ce soit.

Il laissa échapper un soupir. Bon sang ! Il n'avait pas choisi la facilité, encore une fois. Il avait fallu qu'il tombe amoureux d'une femme qui, elle, ne l'aimerait jamais ! Comment tout cela allait-il finir ?

Encore tout étonnée de l'audace dont elle venait de faire preuve, Willa se dirigea vers Rosie pour commencer à la traire. Elle positionna le seau en métal sous les mamelles de la vache et prit rapidement place sur le petit tabouret de bois. Le front appuyé contre le flanc chaud de Rosie, elle se mit à tirer doucement sur ses pis.

D'où elle se trouvait, elle ne voyait pas Austin, mais elle entendait tout ce qu'il faisait. Il était en train de s'occuper des chevaux. Ses bottes résonnaient sur le sol à chacun de ses mouvements, et elle percevait vaguement les petits mots tendres qu'il murmurait à Calvin et à la petite jument.

Alors qu'elle tirait la dernière goutte de lait, elle l'entendit refermer la porte du box de Calvin.

— J'arrive trop tard, on dirait, déclara-t-il en faisant une petite grimace. Je pensais prendre la relève, mais on peut dire que vous battez tous les records de vitesse ! Laissez-moi quand même porter le seau ; il faut bien que je me rende utile.

— Euh…, fit-elle, bouche bée.

Mais pourquoi restait-elle ainsi la bouche ouverte ? se demanda-t-elle, stupéfaite. Et pourquoi se sentait-elle faiblir dès qu'il s'adressait à elle ? Décontenancée, elle releva lentement la tête. Elle vit d'abord ses longues jambes, puis son torse musclé, et enfin ses larges épaules. Mon Dieu ! songea-t-elle, le cœur battant. Jamais elle n'avait vu un homme aussi bien bâti ! Eblouie par l'impression de force qui se dégageait de lui, elle se sentait irrésistiblement attirée… Une terrible envie d'aller promener ses doigts sur les muscles de son torse la prit par surprise.

Non mais, elle perdait complètement la tête ! se dit-elle alors qu'elle se relevait en prenant appui sur le flanc de Rosie pour ne pas risquer de perdre l'équilibre. Et pourquoi se sentait-elle tout étourdie, aussi ? Peut-être était-elle restée trop longtemps penchée en avant. C'était certainement la raison la plus plausible car elle sentait également ses jambes flageoler.

— Tu es une bonne fille, chuchota Austin à l'oreille de

Rosie. Tu as de quoi boire et tu as très bien mangé. Tu es parée pour la nuit, ma foi !

Rosie se mit alors à mugir doucement, en couvant Austin de ses grands yeux couleur chocolat. Elle semblait lui vouer une véritable adoration, constata Willa avec amusement. Et ce n'était pas elle qui allait l'en blâmer ! Austin était un homme admirable, et…

Elle remarqua tout à coup qu'il la regardait droit dans les yeux et se sentit fondre. Il lui donnait l'impression d'être l'unique femme sur terre !

— Pff… Ça ne s'arrêtera donc jamais ? dit-il à mi-voix. Vous entendez cette pluie, Willa ?

Nul besoin de tendre l'oreille. On entendait distinctement la pluie tambouriner sur le toit de la grange. Cela faisait même un raffut de tous les diables ! Et la neige devait commencer à fondre, car l'eau paraissait glouglouter de toutes parts. Une véritable sérénade, se dit-elle en sortant du box de Rosie.

Elle vit alors que la jument ne la quittait pas des yeux et qu'elle semblait prête à bondir au moindre danger.

— Bonne nuit, ma belle, lui murmura-t-elle en s'arrêtant devant sa porte.

Austin lui avait emboîté le pas, et elle ne put s'empêcher de tressaillir. Il était si proche d'elle ! Sa large poitrine la touchait presque… Des perles de transpiration se mirent à lui dégouliner dans le dos ; sa tête lui semblait peser plus d'une tonne.

Elle prit une profonde inspiration et se cramponna à la porte du box. Elle se sentait si faible, tout à coup. Probablement aurait-elle dû se reposer davantage en début d'après-midi. Comme Austin se rapprochait encore un peu, elle se raidit, incapable de prononcer le moindre mot. Elle ne sentait plus que les battements de son cœur contre ses tempes…

— Bonne nuit, ma petite jument, dit alors Austin.

Quelle voix magnifique il avait ! pensa Willa. Une voix empreinte d'une gentillesse et d'une douceur peu communes.

Un tourbillon d'émotions la submergea mais, songea-t-elle tristement, elle ne laisserait pas Austin s'emparer de son cœur. Son cœur inerte et prématurément usé ne se remettrait jamais de ses blessures, elle ne le savait que trop bien…

La jument ne bougea pas d'un centimètre. Elle semblait se sentir en sécurité dans l'obscurité. Comme Willa comprenait ce qu'elle ressentait !

— Venez, Willa, reprit Austin. Rentrons à la maison. Je ne sais pas pour vous, mais moi je meurs de faim ! Si vous saviez comme je me suis régalé ce midi avec le repas que vous m'aviez préparé ! C'était si délicieux que j'ai passé le reste de la journée à penser au bon dîner qui allait peut-être m'attendre ce soir !

— Mais de quoi parlez-vous, Austin ? Ce n'était qu'un sandwich au rosbif !

Elle sentit un sourire lui monter naturellement aux lèvres. Austin s'y connaissait manifestement en flatteries !

— Ah non ! protesta-t-il en riant. Ce n'était pas un sandwich ordinaire ! Je ne sais pas comment vous vous y êtes prise pour qu'il soit aussi délicieux et… Mais peu importe, finalement, du moment que vous me préparez quelque chose d'aussi bon pour demain !

Il remit ensuite le tabouret de bois à sa place et posa le seau plein de lait frais à côté du paquet contenant les pelotes de laine qu'il avait achetées au magasin général.

— Sans oublier les petites galettes de maïs, les cookies et le morceau de tarte aux myrtilles qui restait du repas que nous avons pris chez mon père, ajouta-t-il. J'ai bien cru mourir de plaisir !

— Vous ne croyez pas que vous exagérez un peu ? s'exclama Willa tout en nouant son fichu sur sa tête.

— Mais pas du tout ! Pour tout vous dire, je n'ai pas arrêté de penser à vos biscuits si savoureux ! J'espérais même en avoir ce soir au dessert, après un bon ragoût ou un autre plat bien chaud qui me ferait oublier les rigueurs de l'hiver.

— Sait-on jamais ? répliqua Willa en prenant un air mystérieux. Il y aura peut-être même mieux au menu, ce soir…

— Vous me gâtez, Willa ! J'en ai déjà l'eau à la bouche. Votre cuisine me fait tellement saliver que j'ai dû passer pour un fou, tout à l'heure, quand je suis allé au magasin général. En voyant toute cette nourriture à portée de main, j'ai eu une envie irrépressible de me jeter dessus et, même si je suis parvenu à me contenir, j'ai bien vu que Mme Pole me regardait d'un drôle d'œil. Je crois qu'elle craignait que je perde le contrôle de moi-même à tout moment et que je finisse par me jeter comme un affamé sur ses réserves de nourriture !

— Eh bien, quelle histoire ! lança Willa en se dirigeant vers la porte de la grange.

Elle lui jeta un regard à la dérobée et le regretta aussitôt. Que lui arrivait-il encore ? Sa vue s'était brouillée, et de petits picotements lui parcouraient la peau.

C'était probablement les effets de l'immense gratitude qu'elle ressentait envers lui, se répéta-t-elle, bien en peine de trouver une autre explication à son trouble.

Jamais personne ne s'était occupé d'elle comme cela auparavant. Jamais personne ne lui avait témoigné une telle gentillesse. Alors, forcément, elle tenait beaucoup à lui.

— Je vous assure, insista Austin en ouvrant la porte de la grange. Lorsque je suis sorti du magasin, j'ai vu

Mme Pole s'essuyer le front de la main en poussant un profond soupir de soulagement.

Ils étaient à présent sortis de la grange et courbaient le dos pour affronter les terribles bourrasques qui s'abattaient sur eux.

— Mon estomac gargouillait si fort que j'ai bien failli provoquer un tremblement de terre, ajouta Austin en criant pour se faire entendre.

— Arrêtez de me raconter des histoires, Austin ! Je suis sûre que Mme Pole n'a absolument rien entendu !

— Je ne parierais rien là-dessus. Je vous jure qu'on n'entendait que ça.

— Dans ce cas, dit-elle très sérieusement, jamais je ne retournerai dans ce magasin ! Je serais bien trop mal à l'aise.

Au même moment, déséquilibrée par une rafale plus violente que les autres, elle dérapa sur une plaque de verglas et fit de grands gestes désespérés pour éviter de tomber à la renverse. Austin la rattrapa juste à temps.

— Tenez-vous fermement à moi, suggéra-t-il en lui passant un bras autour de la taille.

— On peut dire que j'ai eu chaud, dit-elle dans un souffle. Merci beaucoup, Austin.

Décidément, songea-t-elle, hors d'haleine, il était toujours là quand elle avait besoin de lui. Le sol était certes terriblement glissant, mais elle était surtout très mal chaussée pour l'occasion. Les semelles usées des vieilles chaussures qu'elle portait avaient cessé d'adhérer à quoi que ce soit depuis bien longtemps, et la centaine de mètres qui les séparait de la maison risquait de ne pas être de tout repos… Il ne lui restait donc plus qu'à s'accrocher à lui.

— Vos semelles sont trop lisses. Vous devriez essayer de glisser sur la glace, comme si vous aviez de véritables patins aux pieds, fit-il en riant sous cape.

Facile à dire, alors qu'elle manquait de tomber à chaque pas et que lui restait solide comme un roc.

— Ne vous inquiétez pas, Willa, reprit-il d'une voix rassurante, je vous tiens très fermement. Je ne vous laisserai pas tomber. Je ne vous laisserai jamais tomber…

Quel bon mari il faisait ! songea-t-elle, une nouvelle fois très reconnaissante de la gentillesse qu'il lui témoignait. C'était vraiment un homme sur qui elle pouvait compter.

— Voilà, c'est bien. Vous avez compris ce qu'il faut faire, dit-il soudain pour l'encourager.

Le vent soufflait si fort, à présent, qu'elle devinait plus qu'elle n'entendait ses paroles. Puis, d'un coup, de la grêle se mit à tomber si dru qu'ils durent se couvrir la tête de leurs mains.

Quelques instants plus tard, Willa sentit son pied déraper mais, au lieu de s'agripper à Austin, elle se dégagea et s'élança droit devant elle. Quelle merveilleuse sensation ! se dit-elle, grisée par l'impression de vitesse. L'espace de deux ou trois secondes, elle s'était sentie si libre ! Légère comme une plume…

— Je n'en reviens pas ! s'exclama-t-elle. Je ne m'en serais jamais cru capable ! Je savais bien que mes vieilles chaussures pouvaient encore servir à quelque chose.

— Vous avez bien fait de les garder, finalement, admit Austin. Elles sont parfaites pour patiner !

— Comme c'était amusant ! s'écria Willa en montant les marches du perron.

— Je suis ravi que ça vous ait plu, en tout cas. J'ai quand même l'impression que vous ne vous êtes pas souvent amusée, dans votre vie… Il faudrait penser un peu à rattraper le temps perdu ! suggéra Austin en la regardant tendrement.

Il lui était désormais impossible de détacher son regard de son épouse. Elle semblait si heureuse ! Le bonheur la faisait rayonner et intensifiait encore sa beauté naturelle. Il se sentait tout petit à côté d'elle ; il ne méritait pas une femme aussi belle !

— Comme vous paraissez différente, tout à coup ! lâcha-t-il. Je ne saurais pas vraiment l'expliquer, mais vous me faites penser à une belle journée de mai.

— Je vois très bien ce que vous voulez dire, lança-t-elle. Parce que je me sens effectivement pareille à une belle journée de mai. Mais ne vous en faites pas, Austin, ça ne va plus tarder.

Il lui adressa aussitôt un large sourire. Il suffisait de la regarder pour reprendre espoir…

— Je sais, Willa. Le printemps est déjà là, vous savez. La pluie en est le premier signe annonciateur, et…

— Je ne voulais pas parler du temps qu'il fait, l'interrompit-elle.

— Je sais… Je suis juste très mauvais en métaphores, articula-t-il avec difficulté.

Il se frotta doucement les yeux, le cerveau au ralenti. Il n'avait d'yeux que pour elle et se laissa submerger par l'amour débordant qu'il ressentait pour elle.

— Vous, mauvais en quelque chose ? Je n'ai pas encore eu l'occasion de voir ça, répliqua-t-elle avec une expression malicieuse.

Il s'approcha un peu, les yeux fixés sur sa bouche. Si elle se mettait à lui faire des compliments à présent, il ne répondait plus de rien…

— Je vois bien que vous êtes bon en tout ! ajouta-t-elle d'une voix forte.

— Je ne dirais pas cela, rétorqua-t-il avec un petit rire. Je ne suis pas très bon en broderie, par exemple. Mais…

Il se figea en voyant que Willa venait de comprendre pourquoi il ne détachait pas le regard de ses lèvres entrouvertes. Ses lèvres d'une douceur à se damner… Un baiser, rien qu'un baiser…, la supplia-t-il soudain intérieurement. Plus rien n'avait d'importance que ce baiser qui l'emmènerait sans nul doute au paradis.

Chapitre 14

En voyant Austin, les pupilles dilatées, s'approcher dangereusement de sa bouche, Willa frissonna. Pourtant, elle n'avait ni froid ni peur. Il paraissait dans un état second et fixait ses lèvres avec une telle intensité qu'il semblait en avoir oublié de respirer. Puis, soudain, elle se mit à paniquer. Comment devait-elle réagir ? Elle n'avait pas envie qu'il l'embrasse ! Elle n'était pas prête… Mais pouvait-elle décemment courir se réfugier dans la maison ?

Malgré la violence manifeste de son désir, Austin semblait hésiter et lui demandait du regard la permission de poser ses lèvres sur les siennes.

Interdite, elle ne bougea pas d'un pouce. Ce n'était vraiment pas un homme ordinaire. Il attendait son autorisation ; il n'allait pas la forcer ! Dans ces conditions, comment aurait-elle pu lui refuser quoi que ce soit ? Il la couvait d'un regard si passionné !

Prenant une profonde inspiration pour se donner du courage, elle ferma les yeux. Les quelques centimètres qui les séparaient encore se réduisaient comme peau de chagrin. Tout à coup, elle sentit son souffle se mêler au sien et eut aussitôt un étrange élan envers son mari…

L'instant d'après, Austin lui effleura la bouche tendrement. Comme il avait les lèvres douces ! s'étonna-t-elle. Aussi douces que la caresse d'une plume… A peine remise de cette agréable surprise, elle eut l'impression que sa bouche la picotait.

C'était donc cela un baiser ? songea-t-elle en clignant les yeux. Elle n'arrivait pas à y croire, médusée par la beauté d'un geste qu'elle avait tant redouté. Il fallait dire que les seuls baisers qu'elle avait reçus jusqu'alors lui avaient laissé un goût amer ! Submergée par toutes sortes d'émotions, elle peinait à retrouver son souffle. Et si…

Austin interrompit le flot de ses pensées en venant de nouveau poser ses lèvres sur les siennes. Mais, cette fois, il semblait vouloir faire durer le baiser…

Emportée sur des rivages inconnus, Willa se laissa faire. Plus rien d'autre n'existait. Ne subsistaient que leurs lèvres chaudes et douces les unes contre les autres. Ses pieds lui semblaient avoir quitté le sol, et le monde entier se mit à tournoyer autour d'elle. Sans réfléchir, elle s'accrocha aux revers du manteau d'Austin. Seul Austin restait immuable. Il lui caressait toujours les lèvres, doucement, lentement… Elle sentit ses genoux fléchir et son cœur cogner furieusement dans sa poitrine.

Lorsque leurs bouches finirent par se séparer, Willa se rendit compte qu'ils étaient tous les deux hors d'haleine, les yeux dans les yeux. Que voyait-il vraiment au fond d'elle ? se demanda-t-elle avec une certaine angoisse. La femme qui ne pourrait jamais l'aimer ? Ou celle qu'il voulait à tout prix voir, celle qui finirait par partager ses sentiments…

Dans un état de confusion totale, Willa s'aperçut soudain qu'elle entendait les battements de son cœur résonner dans ses oreilles. Les autres bruits avaient mystérieusement disparu. Plus de rafales de vent, plus de pluie battante. Peut-être était-ce le contrecoup ? songea-t-elle en comprenant soudain ce qu'elle venait de faire. Mais pourquoi avait-elle accepté ce baiser ? Austin allait maintenant en attendre bien davantage ! Paniquée à l'idée de ce que cela impliquait, elle porta machinalement les mains autour de sa gorge. L'image d'Austin en train de la plaquer contre le matelas, la retenant prisonnière sous lui, vint aussitôt la hanter. Elle imaginait sans peine la douleur et la honte qu'elle ressentirait pendant les longues minutes où il se servirait d'elle pour contenter son bon plaisir. Elle en avait des sueurs froides à l'avance.

Tout à coup, elle tressaillit en entendant vaguement son prénom, de très loin. Les battements de son cœur résonnaient toujours violemment dans ses oreilles, et elle dut faire un effort pour parvenir à recouvrer ses esprits.

— Willa… Willa, vous m'entendez ? demanda Austin en lui prenant doucement le menton dans la main.

Elle frissonna à son contact. Comme il était tendre avec elle ! Il la regardait avec une affection si profonde qu'elle prit peur. Ne comprenait-il pas qu'elle ne pouvait lui donner ce qu'il désirait tant ? Sans bien savoir pourquoi, elle s'aperçut que cela l'effrayait encore plus que de se retrouver écrasée sous son corps massif.

— Nous ferions mieux de rentrer, maintenant, nous allons finir par être trempés jusqu'aux os ! s'exclama joyeusement Austin en se penchant vers elle.

Elle retint son souffle. Leur baiser venait manifestement d'abattre les barrières qui les séparaient encore quelques instants plus tôt… Et elle se sentait si belle, dans son regard !

— Allez, venez, Willa. Je ne veux surtout pas que vous attrapiez froid ! répéta-t-il en lui adressant un sourire affectueux.

Quel merveilleux sourire ! songea-t-elle en fermant les yeux l'espace d'une seconde. Elle en oubliait le froid mordant, la pluie, et même la panique qui s'était emparée d'elle un peu plus tôt.

— Dans votre état, dit Austin en lui prenant la main, il vaut mieux être prudent…

— Oui, fit-elle, ne sachant pas vraiment que dire d'autre.

Lorsqu'ils furent rentrés, Willa poussa un profond soupir de soulagement. Ils allaient pouvoir passer à autre chose et essayer d'oublier ce moment d'égarement.

Pressée de mettre une certaine distance entre eux, elle se mit à déboutonner son manteau d'une main fébrile, mais Austin s'était déjà posté derrière elle pour l'aider à se déshabiller. Une telle chaleur se dégageait de son corps ! remarqua-t-elle aussitôt, légèrement haletante. Elle avait une conscience aiguë de chacun de ses mouvements, du poids de ses mains sur ses épaules et de son souffle, qui venait lui chatouiller la nuque.

Enfin débarrassée de son manteau, elle s'écarta rapidement d'Austin et se rendit dans la cuisine. Pourquoi était-elle à présent à bout de souffle ? Et pourquoi sa vision était-elle trouble ? Et ses lèvres, qui picotaient toujours... Comme si le baiser qu'il lui avait donné lui avait laissé une marque indélébile.

Quel étonnant baiser ! songea-t-elle en secouant la tête. Elle n'en avait jamais connu de tel... Austin n'avait pas l'haleine chargée de whisky et il ne l'avait pas brutalisée. Bien au contraire... Son baiser était encore plus doux que tout ce qu'elle avait pu lire dans les contes de fées.

— J'ai l'impression que vous avez été fort occupée, aujourd'hui, lui cria Austin depuis l'entrée, où il enlevait tranquillement ses bottes.

Comme Willa ne répondait rien, il poursuivit :

— Dites-moi si je me trompe, mais j'ai bien l'impression que vous avez passé la journée à astiquer la maison...

— Ça ne m'a pas pris si longtemps, vous savez. Il faut encore que je m'occupe des autres pièces.

Willa ne se retourna pas lorsqu'elle l'entendit entrer dans la cuisine. Elle voulait s'assurer que la soupe qu'elle avait prévue pour le dîner mijotait toujours. Elle souleva le couvercle du faitout, et un nuage de vapeur chargée d'épices odorantes s'en éleva aussitôt, embaumant la pièce. Mmm, songea-t-elle avec une certaine satisfaction, la soupe allait être délicieuse. Mais pourquoi la présence d'Austin la troublait-elle autant ? Il semblait remplir toute la cuisine. Elle percevait chacun de ses pas, le bruissement de ses vêtements, et même son souffle ténu !

Elle ne voulait pourtant pas d'une telle situation ! Elle, tout ce qu'elle voulait, c'était retrouver la merveilleuse distance qui les séparait encore quelques minutes plus tôt. Tandis qu'elle remuait doucement la soupe à l'aide d'une cuiller de bois, elle sentit la panique la gagner de nouveau. Elle devait à tout prix cesser de penser à lui. Et surtout oublier ce maudit baiser.

Si seulement elle parvenait à l'oublier !

— N'avons-nous pas déjà eu cette conversation ? demanda Austin d'un ton légèrement irrité, tout en ajoutant du bois dans le fourneau.

Extrêmement nerveuse tout à coup, Willa serra les dents. Austin se tenait trop près d'elle ! Il la perturbait terriblement… Jamais elle n'aurait dû lui permettre de l'embrasser ! Elle prit les deux bols qu'elle avait sortis un peu plus tôt d'une main tremblante et se mit à servir la soupe en priant pour ne pas tout renverser. Que lui arrivait-il encore ?

— Combien de fois faudra-t-il vous le répéter, Willa ? Vous ne devez pas travailler si dur !

Bien qu'elle ait très envie de lui dire le fond de sa pensée, Willa se mordit la lèvre et garda le silence. Pour qui se prenait-il, à la fin ? Il ne la possédait pas et n'avait pas à lui dire ce qu'elle avait à faire ! De douloureux souvenirs remontèrent soudain à la surface. Jed lui avait si souvent hurlé aux oreilles qu'elle était sa propriété et qu'elle devait faire ce qu'il lui ordonnait de faire si elle ne voulait pas le regretter amèrement…

Elle ne pouvait certes pas comparer Austin et Jed mais, au fond, n'était-ce pas la même chose ? Même s'il ne l'insultait pas et lui parlait très gentiment, n'essayait-il pas plus ou moins subtilement de lui faire comprendre que c'était lui le chef, que c'était lui qui décidait sous son toit ?

Décontenancée par la découverte qu'elle venait de faire, elle se mit à trembler de plus belle alors qu'elle posait sur la table les deux bols remplis à ras bord. C'était un miracle qu'elle n'en ait pas renversé la moitié par terre, songea-t-elle, la gorge nouée.

Comme elle était incapable de maîtriser ses gestes, les couteaux, les cuillers et les fourchettes qu'elle disposait sur la table s'entrechoquèrent en cliquetant. Le panier rempli de petits pains dorés atterrit également avec fracas sur la table. Elle sentit une terrible colère monter en elle ; une colère qu'elle n'avait pas forcément envie de faire taire.

— Hé ! doucement…, murmura Austin en venant se placer derrière elle.

Willa sentit tous les muscles de son corps se crisper. Il paraissait si calme et si serein ! Comme un seigneur dans son domaine… Lui n'avait pas à se soumettre et ne se préoccupait pas de savoir ce qu'elle désirait vraiment. En fin de compte, il faisait exactement comme bon lui semblait. Un jour, il avait envie de lui acheter de la laine pour pouvoir la regarder tricoter au coin du feu. Un autre, il s'amusait à la regarder patiner sur la glace. Et il ne se gênait pas pour l'embrasser lorsque cela lui chantait. Se prenait-il donc pour un prince directement sorti d'un conte de fées ? Il fallait bien que quelqu'un le rappelle à la réalité !

Elle fit alors claquer les assiettes sur la table. Volontairement.

— Willa ! s'exclama Austin, interloqué, tout en lui posant les mains sur les épaules.

Elle se raidit aussitôt à son contact. Qui lui avait permis de la toucher ? se dit-elle, agacée. Il pensait certainement avoir tous les droits. Lui avait-il demandé la permission ? Non. Il faisait tout ce qui lui chantait et s'amusait à la dominer de sa supériorité physique. Et elle, tout ce qu'elle pouvait faire, c'était espérer qu'il n'essaie pas une nouvelle fois de l'embrasser. Parce qu'elle ne le supporterait pas.

— Mais quelle mouche vous a piquée, Willa ? Vous avez l'air dans tous vos états !

— Ah oui ? rétorqua-t-elle aussitôt en se dégageant de son étreinte.

Elle jeta furieusement la boule à thé dans la théière.

— J'espère que vous aimez la soupe aux haricots, reprit-elle vivement. Parce que je ne vous ai pas demandé votre avis en décidant du menu de ce soir !

— Ça sent très bon, en tout cas, répondit doucement Austin avec un sourire béat.

Ignorant l'accès de mauvaise humeur de sa femme, il alla prendre la bouilloire sur le fourneau pour remplir la théière d'eau frémissante.

— Une soupe ? C'est vraiment l'idéal avec ce temps froid et humide ! Il n'y a rien de mieux pour se réchauffer. Merci beaucoup, Willa.

— Vous m'en voyez ravie, répliqua-t-elle du tac au tac.

Le beurrier lui glissa des mains et atterrit bruyamment sur la table.

Le plus drôle, songea tout à coup Austin, c'était qu'elle continuait à faire comme si de rien n'était. Les mâchoires serrées, elle continuait à le fusiller du regard. Mieux valait essayer de lui adresser un autre compliment. Elle en avait manifestement bien besoin !

— Ces petits pains sentent délicieusement bon eux aussi. Est-ce la recette qui vient de ma mère ?

— Evelyn me l'a donnée dimanche, répliqua-t-elle en le bousculant presque pour saisir la théière.

Elle semblait dans un état de fureur indescriptible…

Très intéressant, se dit Austin en se mordant l'intérieur de la joue pour réprimer un sourire moqueur. Qu'était-il arrivé à son épouse d'ordinaire si réservée et si docile ? C'était un aspect de sa personnalité qu'il n'aurait jamais soupçonné, et cela aiguisait particulièrement sa curiosité. Mais, pour l'heure, il était temps de lui faire un nouveau compliment…

— Je vous remercie du bon dîner que vous avez préparé, Willa. D'autant que j'adore la soupe !

— Vous n'avez pas à me remercier. Nous nous étions bien mis d'accord, non ? Si je suis ici, c'est bien pour vous faire la cuisine et m'occuper de votre maison ?

— C'est bien ça, concéda-t-il en tirant la chaise de Willa pour l'inviter à s'asseoir.

Elle lui lança aussitôt un regard méprisant, comme s'il venait de faire quelque chose d'extrêmement répréhensible. Austin poussa un petit soupir. Même folle de colère, sa femme était divinement belle…

— Dites-moi si je me trompe, mais je crois me souvenir que nous n'avions pas évoqué une seule fois l'éventualité que vous puissiez m'embrasser, dit Willa d'une voix dure tout en le regardant droit dans les yeux d'un air furibond.

— C'est vrai, répondit Austin, qui ne voyait pas comment il aurait pu nier une telle évidence.

Willa prit place sur sa chaise et jeta un coup d'œil appuyé à la main qu'il avait posée sur le dossier. Elle n'appréciait manifestement pas, songea-t-il, un peu déçu. Mais rien n'aurait pu venir écorner l'amour qu'il ressentait pour elle…

— D'accord, j'ai compris, ajouta-t-il pour essayer de détendre l'atmosphère. Il n'était pas mentionné dans votre petite annonce que votre mari pourrait vous embrasser.

— Ça n'a jamais fait partie de notre accord, et je vous saurai gré de ne pas l'oublier à l'avenir, dit-elle en essayant de contenir sa colère.

Elle déplia ensuite sa serviette de ses doigts fébriles et ajouta :

— Je ne vais quand même pas vous laisser faire tout ce qui vous passe par la tête !

— C'est entendu, répliqua-t-il doucement. J'ai bien reçu le message.

Il dut serrer les dents pour ne pas exploser de rire sous son nez.

— La prochaine fois que j'aurai envie de vous embrasser, je vous en ferai d'abord la demande, d'accord ? reprit-il une fois son sérieux retrouvé.

— Oui, ça m'arrangerait beaucoup, répondit-elle sans sourciller. Ce serait quand même la moindre des choses.

— Je vous l'accorde, dit-il posément.

Austin préféra mettre un terme à la conversation. Il y avait bien longtemps qu'il avait compris qu'il ne fallait jamais essayer de discuter avec une femme sous l'emprise de la colère !

Il s'installa confortablement à table, prêt à se régaler. La seule chose qui lui semblait encore plus délicieuse que le repas qu'il s'apprêtait à savourer, songea-t-il, c'était son épouse, malgré les regards furieux qu'elle continuait à lui lancer.

— J'ai la désagréable impression que vous ne me prenez pas du tout au sérieux, Austin. C'est bien un sourire que je vois sur votre visage ?

— Vous n'y êtes pas du tout, Willa. Je me délecte simplement à l'avance du bon repas qui m'attend.

Il prit sa cuiller à soupe alors qu'il n'avait qu'une envie : se pencher par-dessus la table et embrasser fougueusement sa femme !

— Je ne vous remercierai jamais assez pour tout ce que vous avez fait aujourd'hui, Willa. Cette soupe sent délicieusement bon !

— J'ai appris à préparer cette soupe à l'hôtel où je travaillais avant de me marier, précisa Willa d'un ton un peu radouci, mais le menton fièrement relevé.

Austin soupira. Allait-elle finir par se calmer ? se demanda-t-il en voyant qu'elle lui lançait toujours des regards acérés comme des poignards.

— C'était la spécialité de la maison, poursuivit-elle. Les gens faisaient parfois des kilomètres et des kilomètres rien que pour venir manger cette soupe. Tout le monde nous en réclamait, même ceux qui ne faisaient que passer.

— Je sais maintenant où vous avez appris à si bien cuisiner ! s'exclama-t-il en lui adressant un large sourire.

Il goûta une cuillerée de soupe et sentit aussitôt dans sa bouche une explosion de saveurs. Ses papilles s'en souviendraient longtemps ! Il n'avait jamais rien mangé d'aussi bon…

— Je ne trouve pas mes mots, Willa. Cette soupe est absolument exquise ! Je ne pouvais rêver meilleure cuisinière, vous savez. Je suis le plus heureux des hommes !

— N'essayez pas de m'amadouer avec vos belles paroles, rétorqua-t-elle en haussant les sourcils.

Elle mordit ensuite dans son pain à pleines dents.

— Je crois que je vous ai assez entendu pour aujourd'hui, reprit-elle d'une voix blanche.

— Je vois, fit-il en s'abstenant de faire le moindre commentaire sur la petite marque d'amusement qu'il avait cru repérer aux commissures des lèvres de sa femme.

— Je vous promets d'essayer de moins vous exaspérer, à l'avenir, ajouta-t-il un instant plus tard.

— J'apprécierais beaucoup, lança-t-elle.

— Je ferai de mon mieux. N'oubliez pas que les hommes

exaspèrent toujours un peu les femmes… Evelyn et mes belles-sœurs se sont chargées de me le rappeler juste avant votre arrivée.

Austin avala une nouvelle cuillerée de soupe et reprit :

— Je vais certainement avoir besoin d'un peu d'aide. N'hésitez pas à me prévenir lorsque vous me trouverez particulièrement agaçant.

— Comptez sur moi !

Willa s'interrompit, visiblement ennuyée.

— Autre chose encore, ajouta-t-elle en baissant les yeux. J'aimerais vraiment que vous cessiez de me dire ce que j'ai à faire.

— J'ai fait ça ? s'étonna-t-il en lui jetant un regard interloqué.

Il observa alors son visage d'une blancheur diaphane, que la lumière de la lampe venait caresser. Comme il aurait aimé en suivre le contour du bout des doigts ! Malgré tout ce que Willa venait de lui reprocher, il ne pouvait s'empêcher de repenser au tendre baiser qu'il lui avait donné. A cette évocation, une onde de chaleur le parcourut.

— Je ne comprends pas, renchérit-il. J'ai plutôt l'impression de vous avoir répété maintes et maintes fois de ne *pas* trop en faire…

— Je vous en prie, Austin. Vous savez très bien ce que j'ai voulu dire. Je n'ai pas l'intention de passer ma vie à me mettre en quatre pour vous faire plaisir.

— Je suis bien d'accord avec vous, Willa. Mais je ne vous l'ai jamais demandé !

— J'ai vécu la même situation avec mon premier mari… Regardez où ça nous a menés ! J'ai été si malheureuse ! Il n'y avait aucune limite, il me donnait des ordres à longueur de journée. Il est hors de question que ça recommence !

— Entendu, murmura-t-il.

Willa n'en croyait pas ses oreilles. Austin avait acquiescé

si facilement à sa demande ! Sans même un soupçon de colère dans la voix.

— Nous nous sommes mal compris, vous savez, expliqua-t-il tout à coup. Je ne vous ai jamais donné d'ordres ! Je m'inquiétais juste pour votre santé.

— Je vais très bien, le coupa-t-elle, plus sèchement qu'elle ne l'aurait voulu.

Willa sentait que sa colère commençait à s'étioler. Elle ne voyait pas comment elle pouvait rester insensible à l'affection qu'il lui témoignait en permanence. Et puis elle devait bien avouer qu'il était difficile de résister à l'impression de force qu'il dégageait…

— Et si nous nous contentions simplement de manger ? suggéra-t-elle tout à coup.

— Comme vous voudrez, répondit-il.

Willa aperçut alors une lueur d'amusement dans les yeux d'Austin et un sourire à peine perceptible sur ses lèvres. Ses lèvres… Comment allait-elle pouvoir les chasser de son esprit ? Ses lèvres si douces, comme dans un rêve… Comme dans les histoires qu'elle se racontait enfant dans la maison sans amour où il lui fallait sans cesse s'acquitter des tâches domestiques. Combien de fois avait-elle imaginé les doux baisers du prince charmant qui allait forcément venir l'arracher à son quotidien sordide ? Tout ça, ce n'étaient que des rêves de petite fille, en fin de compte…

Mais elle n'était plus une enfant, désormais, et elle savait que l'amour n'était qu'une illusion. Alors pourquoi ses vieux rêves revenaient-ils avec une telle force ? Pourquoi était-elle à présent animée d'un fol espoir ? Peut-être se mettait-elle à tout confondre… C'était de l'affection qu'elle ressentait pour Austin, pas de l'amour !

Elle reposa sa tasse de thé sur la table, bien déterminée à ne pas croiser le regard d'Austin. Cela valait mieux, car elle perdait parfois tous ses moyens, face à lui. Et ça la terrifiait. Tout comme le baiser qu'il lui avait donné…

Tout à coup, elle prit conscience de la violence des propos qu'elle venait de lui tenir et en resta abasourdie. Lui avait-elle vraiment parlé aussi abruptement ? se demanda-t-elle, les joues rouges de honte, en serrant si fort sa cuiller que ses jointures blanchirent. Mais qu'est-ce qui avait bien pu lui passer par la tête ? Elle s'était conduite comme une épouvantable mégère ! Comment avait-elle pu le réprimander aussi sévèrement ?

Le plus incroyable, dans cette histoire, songea-t-elle en mangeant sa soupe, c'était l'absence de réaction d'Austin. Il avait apparemment très bien pris toutes ses récriminations et ne l'avait pas interrompue une seule fois. Pas la moindre insulte n'avait fusé. Jamais elle ne se serait permis la même chose avec Jed… Il se serait aussitôt rué sur elle pour lui administrer une correction ! Mortifiée, elle observa son mari à la dérobée. Il mangeait tranquillement tout en buvant de temps à autre une gorgée de café. Il avait manifestement l'habitude de manger en silence…

Terriblement honteuse à présent, Willa baissa la tête sur son assiette. Austin avait attendu si longtemps avant de se marier ! Mais pourquoi l'avait-il choisie ? Elle allait forcément le décevoir. C'était même probablement déjà fait, avec tout ce qu'elle venait de lui envoyer à la figure ! Il était pourtant d'une gentillesse peu commune ; il méritait mieux qu'elle.

Une fois son repas terminé, Austin rongea son frein et ne proposa pas à sa femme de faire la vaisselle. Il ne voulait pas courir le risque de provoquer une nouvelle fois sa colère ! Evelyn, Delia et Berry avaient bien fait de le prévenir. Il allait devoir s'armer de patience pendant la grossesse de sa femme et éviter de la brusquer. Car, lui avaient-elles expliqué en riant, les femmes enceintes ont souvent tendance à avoir les nerfs à fleur de peau.

Dès que Willa se leva pour débarrasser la table, Austin sortit de la cuisine. Il ne voulait pas courir le risque de l'énerver ! A bien y repenser, jamais il n'aurait cru Willa capable d'un tel éclat.

Une fois la vaisselle terminée, Willa le rejoignit dans le salon et prit place sur le canapé avec sa couture. Il la regarda alors discrètement, caché derrière son livre. Quelle autre facette de sa personnalité lui restait-il encore à découvrir ? se demanda-t-il, le cœur battant. Comme elle semblait concentrée ! Elle maniait vraiment son aiguille avec une précision incroyable. Et le léger cliquetis que produisait son aiguille en entrant en contact avec le dé à coudre était des plus agréables…

Il tourna la page de son livre. Hamlet venait juste de voir apparaître le fantôme de son père sur les remparts, et… Incapable de se concentrer sur ce qu'il lisait, il interrompit sa lecture. Son regard était irrésistiblement attiré vers le canapé. Willa était si belle, avec ses merveilleuses boucles de cheveux qui tombaient en cascade autour de son visage. Et que dire de ses lèvres pincées tant elle s'appliquait !

Ses lèvres… Austin sentit une bouffée de désir monter en lui en pensant aux sensations qu'il avait éprouvées en l'embrassant. Ce baiser le hantait. Malheureusement, de toute évidence, Willa n'avait pas apprécié son initiative.

Mais elle n'avait pas dit non plus qu'il n'y en aurait pas d'autres…

L'horloge, qui se mit à sonner, le tira de ses rêveries. Au même moment, les bûches à demi consumées roulèrent avec fracas dans l'âtre de la cheminée. Austin se leva aussitôt pour les remettre en place. Il avait beau rejouer toute la scène dans sa tête, il ne se souvenait pas avoir entendu Willa lui interdire de l'embrasser, songea-t-il, réjoui. Elle lui avait simplement mis les points sur les *i* et lui avait expliqué ce qu'elle voulait et ce qu'elle ne voulait pas, voilà tout.

Il s'apprêtait à lui faire remarquer que c'était bientôt l'heure d'aller se coucher et qu'il allait couvrir le feu quand il se rendit compte de son erreur. Mieux valait reformuler sa phrase s'il ne voulait pas s'attirer une nouvelle fois les foudres de Willa ! Elle risquait de trouver sa remarque trop autoritaire…

— C'est bientôt l'heure d'aller se coucher, Willa, dit-il. J'allais couvrir le feu, mais vous avez peut-être envie de rester un peu plus longtemps…

— Non, je vous remercie, répondit-elle en levant la tête de sa couture. Vous pouvez couvrir le feu. Je ne vais pas tarder à aller me coucher.

— Comme vous voudrez.

Elle rassembla aussitôt son matériel de couture, le rangea dans une boîte et se leva. Austin entendit son pas léger derrière lui et se prit à espérer qu'elle viendrait l'embrasser sur la joue.

— Bonne nuit, murmura-t-elle en s'éloignant.

— Bonne nuit, répondit-il en serrant fortement la pelle qu'il tenait à la main pour recouvrir les braises de cendres.

Il entendit grincer la porte de leur chambre et poussa un petit soupir. Il aurait donné cher pour se trouver dans la même pièce qu'elle ! Il l'imagina en train de se déshabiller dans l'obscurité et d'enfiler précipitamment sa chemise de nuit. Une immense tendresse le submergea, venant effacer ses besoins, ses désirs et ses rêves. Plus rien n'avait d'importance que Willa. C'étaient ses besoins et ses désirs à elle qui importaient plus que tout.

Austin se dirigea ensuite vers la porte d'entrée pour s'assurer qu'elle était correctement fermée pour la nuit. Il était grand temps pour lui d'aller se coucher, songea-t-il en réprimant un bâillement. Alors qu'il avait déjà une main sur la poignée de la porte de la chambre, il hésita. Peut-être devrait-il lui accorder quelques secondes supplémentaires pour lui laisser le temps de se mettre au lit… Il n'avait pas oublié les remontrances qu'elle lui avait faites plus tôt dans la soirée !

Il frappa doucement à la porte, attendit quelques instants et, comme Willa ne se manifestait pas, il se faufila dans la chambre silencieuse. Une petite lampe éclairait encore faiblement la pièce. Willa formait une toute petite bosse sous les couvertures.

Willa… Un nouvel accès de tendresse le submergea quand il la vit. Elle s'était tournée vers le mur, et sa respiration légère semblait indiquer qu'elle s'était peut-être déjà endormie. Lui tournait-elle le dos consciemment ? se demanda-t-il en avançant sur la pointe des pieds.

Il se débarrassa promptement de ses vêtements en prenant garde de ne pas faire de bruit et les déposa avec soin sur une chaise. Il était hors de question que Willa les retrouve par terre au petit matin ; il ne tenait pas à provoquer une nouvelle fois sa colère…

Vêtu de ses sous-vêtements longs, il se dirigea à pas de loup vers le lit, éteignit la lampe et se coucha.

Willa dormait à poings fermés. C'était le moment ou jamais d'en profiter pour l'observer, se dit-il en se redressant aussitôt. Comme elle était belle, et comme elle sentait bon… Austin sentit sa poitrine se contracter douloureusement. Il ne savait pas ce que l'avenir leur réservait, mais un fol espoir s'était insinué en lui et ne le lâchait plus. Elle lui avait certes avoué qu'elle ne l'aimerait certainement jamais et qu'elle ne croyait pas en l'amour… Alors pourquoi l'avait-elle laissé l'embrasser ? D'autant que, sur le moment, elle lui avait semblé comblée… Peut-être avait-elle tout simplement besoin de temps !

Rasséréné, Austin posa la tête sur son oreiller. A peine eut-il fermé les yeux qu'il sentit Willa bouger dans son sommeil. Elle s'était tournée vers lui ! Il sentait même une mèche de ses cheveux lui effleurer le menton… Trop heureux de la savoir si proche de lui, il retint son souffle. Quand, un instant plus tard, elle se blottit instinctivement contre sa poitrine, il se demanda s'il n'était pas en train de rêver. Elle poussa alors un petit soupir de bien-être. N'y tenant plus, il la prit délicatement dans ses bras, et son cœur s'emplit aussitôt d'un immense bonheur.

Chapitre 15

Encore à moitié endormie, Willa entrouvrit lentement les yeux. Comme elle se sentait bien ainsi, les couvertures remontées jusqu'au menton ! Elle baignait dans une douce chaleur, et le lit était vraiment très confortable. Il faisait encore très sombre dans la chambre, mais le jour n'allait sûrement plus tarder à se lever.

Tout à coup, elle se crispa. Quelque chose clochait. Quelque chose n'était pas comme d'habitude… Pourquoi la chaleur corporelle d'Austin lui semblait-elle aussi présente ? Où se trouvait-elle donc ? Dans les bras d'Austin ! Mais comment était-ce possible ?

S'était-il rapproché d'elle dans son sommeil ou était-ce l'inverse ? Cette question la perturbait. Au moins dormait-il toujours, songea-t-elle en écoutant la respiration ample et régulière de son mari. Il ne se rendait compte de rien, et c'était là l'essentiel, finalement… Quoi qu'il en soit, elle ne pouvait pas nier qu'elle trouvait la position plutôt agréable ! Cependant, les bras d'Austin commençaient également à peser leur poids et l'entravaient dans ses mouvements.

Comme de terribles souvenirs s'apprêtaient à refaire surface, elle prit de profondes inspirations pour leur barrer le passage. Il ne fallait surtout pas qu'elle cède à la panique. Austin ne lui ferait aucun mal, elle en avait désormais la certitude.

Après la façon dont elle s'était comportée avec lui la veille, il n'y avait plus le moindre doute possible. Dieu qu'elle avait honte des propos qu'elle lui avait tenus ! Elle pourrait s'estimer heureuse s'il ne décidait pas de la remettre dans le premier train au saut du lit ! Après tout, ils n'avaient toujours pas consommé leur mariage, et il pouvait encore demander à l'annuler.

Mais où avait-elle la tête ? se demanda-t-elle tout à coup, furieuse contre elle-même. Jamais Austin ne lui ferait une chose pareille ! Il n'était pas du genre à se laisser facilement emporter, et peu importait qu'elle lui ait dit vertement sa façon de penser.

Rassurée sur le sort qui l'attendait, Willa souleva délicatement le bras droit d'Austin. Juste assez pour pouvoir se dégager de son étreinte. Elle eut aussitôt l'impression qu'un grand froid l'envahissait. Pourtant, elle était toujours bien pelotonnée sous les couvertures… Pourquoi avait-elle la chair de poule ? Sans compter qu'elle respirait à présent par saccades, comme si elle était hors d'haleine. Décidément, cet homme l'affectait bien plus qu'elle n'osait se l'avouer !

Se redressant lentement, elle s'assit sur le bord du lit en prenant soin de ne pas réveiller Austin. Un instant plus tard, la pièce se mit à tanguer autour d'elle. Alors qu'elle fermait les yeux pour reprendre ses esprits, son estomac se contracta à plusieurs reprises. Pourvu que ce soit passager ! se dit-elle. Elle avait besoin de réfléchir calmement. Après ce qui s'était passé la veille, elle devait absolument prendre une décision. Comment allait-elle désormais se comporter envers Austin ? Allait-elle réussir à oublier le tendre baiser qu'ils avaient échangé ?

Ce baiser l'avait plongée dans un monde de rêve, et elle ne comprenait toujours pas ce qui lui était arrivé. Elle avait tellement envie de se jeter à son cou et de l'embrasser ! Elle était même tentée de croire aux contes de fées qu'elle avait lus lorsqu'elle était petite fille… Pourquoi ne rencontrerait-elle pas elle aussi son prince charmant ? Ils s'aimeraient pour toujours et auraient beaucoup d'enfants. Pourquoi pas, après tout ? Le véritable amour existait peut-être vraiment, même pour une femme ordinaire comme elle.

Non mais, elle délirait ! songea-t-elle subitement en secouant légèrement la tête. S'apercevant que ses vertiges semblaient s'estomper et que son estomac s'était calmé, elle rouvrit les yeux. Dehors, des oiseaux s'étaient mis à gazouiller. Le soleil n'allait plus tarder à se lever, se dit-elle en jetant un coup d'œil par-dessus son épaule. Austin dormait toujours à poings fermés.

Sans qu'elle sache pourquoi, elle repensa tout à coup au lendemain de son mariage avec Jed. Comme elle était naïve, à l'époque ! Elle ne savait absolument rien des hommes et de leurs besoins. Elle se souvenait d'avoir repris connaissance dans le courant de la matinée, allongée par terre dans la cabane, avec un terrible mal de tête et le corps tout endolori. Combien de temps était-elle restée là, inconsciente ? Elle n'en avait aucune idée, mais le sang qui lui avait coulé sur le visage avait eu le temps de sécher. Le sol en était maculé, et sa robe était toute tachée.

Alors qu'elle se demandait si elle aurait la force de se relever toute seule, Jed était arrivé furieux et lui avait donné un grand coup de pied dans le ventre. Il lui avait ordonné de se lever immédiatement et de ne plus jamais s'adresser à lui comme elle l'avait fait… Dire qu'ils ne se connaissaient que depuis quelques heures seulement quand il s'était rué sur elle ! Quel horrible cauchemar ! se dit-elle en frissonnant, pleine de reconnaissance à l'égard d'Austin qui, lui, lui témoignait un profond respect. Mais, en y réfléchissant un peu, elle devait bien admettre qu'elle ressentait pour lui des émotions qui allaient bien au-delà de la simple reconnaissance.

Des émotions qui pouvaient se révéler très dangereuses…

Mieux valait éviter de le regarder, décida-t-elle. Elle devait continuer à lui tourner le dos et se lever rapidement. Hélas ! ses yeux semblaient ne pas vouloir lui obéir et glissaient déjà vers lui. Austin était allongé sur le côté, le visage détendu. Comme il était impressionnant ! Il occupait largement plus de la moitié du lit…

Submergée par une vague d'émotion, elle retint son souffle. Jamais elle n'avait ressenti un tel trouble ! Elle n'y comprenait rien. C'était à la fois douloureux et agréable. Quelque chose semblait s'être immiscé en elle, et son cœur lui paraissait en pleine expansion.

Qui donc était Austin ? Quel étrange pouvoir exerçait-il sur elle ?

— Bonjour…

Willa sursauta. Les yeux mi-clos, Austin s'étirait avec indolence.

— Vous vous êtes réveillée très tôt, ce matin, dit-il en réprimant un bâillement.

— C'est à cause de la pluie, je crois, murmura-t-elle en se mordillant la lèvre inférieure.

Elle se sentait un peu perdue. Elle ne pouvait tout de même pas lui dire qu'elle s'était réveillée dans ses bras ! Du reste, combien de temps avait-elle dormi blottie contre lui ? Quelques minutes à peine ? Quelques heures ? Toute la nuit ?

— Vous entendez les oiseaux chanter, Willa ? J'ai l'impression que le printemps est enfin arrivé. L'hiver ne sera bientôt plus qu'un mauvais souvenir ! s'exclama-t-il d'une voix enjouée en se redressant sur les coudes.

Willa l'observa alors à la dérobée. Il semblait si gentil et si inoffensif ! Mais à quelles inepties était-elle encore une fois en train de se raccrocher ? se demanda-t-elle, agacée. Austin, inoffensif ? A en juger par la façon dont son corps réagissait à son contact, elle n'était pas vraiment en sécurité en sa présence. Il la troublait bien plus qu'elle ne voulait se l'avouer. Le simple fait de le regarder dormir la bouleversait !

— Vous avez passé une bonne nuit ? s'enquit-il en s'étirant de nouveau.

— Oui, répondit-elle dans un souffle, les yeux fixés sur sa large poitrine.

N'avait-il donc rien remarqué ? se demanda-t-elle en se remémorant la douce chaleur qui l'avait enveloppée tandis qu'elle dormait pelotonnée contre lui. Elle devait à tout prix se ressaisir et cesser ces enfantillages ! se dit-elle en sentant ses joues s'empourprer. Heureusement, le jour n'était pas encore levé. Austin n'avait donc probablement rien remarqué. Pourvu qu'il ne l'ait pas surprise en train de scruter sa poitrine ! Elle avait un avantage certain sur lui ; il ne savait manifestement pas ce qui s'était passé pendant la nuit…

— Je suis étonné de vous voir déjà prête à vous lever, reprit-il. Vous n'avez pas la nausée, ce matin ?

Willa frissonna. Sa voix était si douce, si caressante !

— Vous ne devriez pas plutôt vous allonger ? suggéra-t-il encore.

— Vous avez peut-être raison, marmonna-t-elle en posant vivement la tête sur l'oreiller, de nouveau prise de vertiges.

— Doucement, doucement…, chuchota-t-il en ramenant les couvertures sur elle.

Willa ne put s'empêcher de le regarder. Etait-ce son imagination ou était-il en train de lui adresser un magnifique sourire ?

— Restez au chaud, Willa. Je vais aller m'occuper du feu et je vous apporterai ensuite votre thé.

— Non ! protesta-t-elle. Il ne faut pas vous ennuyer avec ça.

Comme elle essayait de se redresser un peu, son estomac se contracta douloureusement. Elle n'avait pas vraiment le choix, finalement, constata-t-elle en se laissant retomber sur l'oreiller. S'il y avait bien une chose qu'elle voulait éviter, c'était de se retrouver pliée en deux sur le pot de chambre en présence d'Austin !

— Reposez-vous, dit-il en lui effleurant le front du bout des doigts.

Elle tressaillit. Il avait certainement eu l'intention de la rassurer et de lui témoigner son affection mais elle, elle avait l'impression qu'il venait de lui brûler le front au fer rouge !

Il sortit de la chambre sans faire de bruit, et elle tendit aussitôt l'oreille. Elle entendit son mari aller et venir entre le salon et la cuisine. Même lorsqu'il quittait la pièce où elle se trouvait, elle ne se sentait pas seule, se rendit-elle compte en esquissant un sourire. Sa présence persistait après son départ…

Une crampe soudaine au niveau de l'estomac la fit grimacer. Elle s'obligea à rester immobile, en priant pour que cela passe rapidement. Mais, dans la minute qui suivit, son estomac se contracta en un spasme douloureux, et elle eut juste le temps de rejeter les couvertures et de se précipiter vers le pot de chambre.

En proie à de violents haut-le-cœur, hoquetant, le visage baigné de larmes, elle tomba à genoux, les mains posées sur le bord du récipient en cuivre.

Mieux valait ne pas bouger, se dit-elle en essayant de reprendre son souffle lorsque ce fut terminé. Cela pouvait reprendre à tout moment…

Comme la pièce continuait à tourbillonner autour d'elle, elle ferma les yeux.

Elle entendit alors Austin s'approcher d'elle. Quelle

horreur ! La porte était apparemment restée ouverte… Il avait forcément tout entendu.

— Ça va ? demanda-t-il en s'agenouillant près d'elle et en posant une main à plat sur son dos.

Willa sursauta. Elle avait une nouvelle fois l'impression qu'il venait de la marquer au fer rouge.

— Vous devez retourner vous allonger, Willa. Je vais vous aider.

— Pas… pas tout de suite…, répondit-elle d'une voix faible.

Elle ne put réprimer un soupir. Quand cela prendrait-il fin ? se demanda-t-elle rageusement en sentant son estomac se contracter de nouveau de manière totalement incontrôlable.

Une nouvelle nausée la submergea et, honteuse, elle vomit devant Austin, penchée sur le pot de chambre déjà souillé. Qu'aurait-elle pu faire d'autre ? C'était, en tout cas, la situation la plus embarrassante qu'elle ait jamais connue…

— En voilà un début de journée difficile ! dit-il à voix basse.

Elle se figea. Elle venait seulement de se rendre compte qu'Austin lui avait tenu les cheveux en arrière pendant qu'elle vomissait.

Et, à présent, il lui tendait un linge humide pour qu'elle puisse s'essuyer le visage. Austin n'était décidément pas un homme comme les autres…

— J'ai mis de l'eau à chauffer, reprit-il d'un air préoccupé tandis qu'elle se débarbouillait.

Puis, sans crier gare, il lui glissa un bras sous les genoux et la souleva du sol. Cela semblait ne lui demander aucun effort, constata-t-elle, étonnée.

— Vous ne pesez pas plus lourd qu'un sac de grain ! dit-il, comme s'il lisait dans ses pensées.

— Un gros sac de grain, alors, dit-elle mollement en laissant retomber sa tête contre l'épaule d'Austin.

— Comment ai-je pu vous comparer à un sac de grain ? fit-il aussitôt pour s'excuser. Vous êtes si belle ! Et vous représentez tant pour moi !

Il la déposa sur le lit avec une grande délicatesse et lui soutint la nuque pour l'aider à s'allonger. Elle lui lança un regard plein de reconnaissance.

Elle ne pouvait pourtant pas lui rendre la pareille. Car elle, elle ne ressentait rien qui ressemblât à cette profonde affection qu'il lui témoignait. A moins que… Elle se mit à chercher désespérément dans le vide de son cœur, mais n'y trouva rien. Absolument rien. Aucune tendresse, aucune affection. Ces sentiments lui étaient totalement étrangers.

— J'espère que vous n'allez pas me trouver trop autoritaire mais, que ça vous plaise ou non, j'ai bien l'intention de vous apporter une tasse de thé, dit Austin d'une voix qui ne souffrait pas de contestation.

— Je n'ai pas la force de m'y opposer, murmura Willa d'une voix extrêmement faible.

— Je le sais bien. Et j'ai bien l'intention d'en profiter ! répliqua-t-il en lui adressant un clin d'œil malicieux.

Il remonta ensuite les couvertures sur elle et lui dégagea le visage des quelques mèches de cheveux rebelles qui lui retombaient dans les yeux. Elle lui adressa un petit sourire. Il la regardait avec une telle intensité ! Il lui donnait l'impression d'être quelqu'un d'autre. Dans ses yeux, elle n'était plus la Willa désenchantée qui n'attendait rien de la vie. Elle devenait une femme importante.

C'était certainement à cause du bébé, songea-t-elle tout à coup. Il la choyait à cause du bébé qu'elle portait. Devenir père semblait lui tenir tellement à cœur !

— Je reviens dans quelques minutes. Il faut vous reposer, maintenant, Willa.

Sa voix avait un peu traîné sur son prénom, comme la promesse d'une caresse. Willa en eut la chair de poule. Austin était indiscutablement un bien meilleur époux que ce qu'elle aurait pu espérer en acceptant sa proposition de mariage. Elle ne le méritait pas.

Pourtant, elle avait terriblement envie d'essayer…

Austin débarrassa la table du petit déjeuner et remplit une tasse de thé pour Willa. Il ne l'entendait pas bouger. Parfait, songea-t-il en poussant un profond soupir de soulagement. Il détestait la voir aussi mal en point.

Il ouvrit doucement la porte de la chambre à coucher et s'arrêta un instant sur le seuil pour la regarder. Elle était parfaitement immobile, blanche comme un linge, et les yeux clos. Il aurait tant voulu pouvoir en faire davantage pour la soulager ! Comme il s'était senti bien en dormant tout contre elle… Tout ce dont elle avait besoin, finalement, c'était de temps. Il en était désormais absolument convaincu.

Troublé par ses sentiments, Austin sentit sa main se mettre à trembler. La tasse de thé cliqueta sur la soucoupe lorsqu'il la posa sur la table de chevet. Willa battit aussitôt des paupières et posa les yeux sur lui. Comme elle semblait vulnérable ! songea-t-il, tout attendri. Mais, l'instant d'après, elle avait déjà remis son masque habituel et essayait de se redresser dans le lit. Difficilement.

— Laissez-moi vous aider, proposa-t-il. Je vais glisser mon oreiller derrière le vôtre pour que vous soyez mieux installée pour boire votre thé.

Willa laissa échapper un petit soupir. Elle ne refusait pas son aide, se dit Austin, mais elle s'arrangeait aussi manifestement pour ne pas croiser son regard. Etrange, songea-t-il en tapotant l'oreiller pour lui donner plus de gonflant.

— Merci, Austin, murmura-t-elle.

Il lui tendit ensuite la tasse de thé qu'il lui avait préparée. Elle la prit en gardant les yeux baissés et fit vraisemblablement un réel effort pour se forcer à en boire un peu.

De son côté, il ne pouvait quitter des yeux ses lèvres roses. Ces lèvres délicates qui l'avaient fait chavirer lorsqu'ils s'étaient embrassés…

— Il serait grand temps que je vous donne votre première leçon de conduite, vous ne croyez pas ? proposa-t-il à brûle-pourpoint.

— Ça me ferait vraiment très plaisir, répondit-elle en avalant une autre petite gorgée de thé.

Heureux de la voir se détendre un peu, Austin s'assit alors au bord du lit.

— Qu'est-ce que vous diriez de cet après-midi ? demanda-t-il, impatient de partager ce moment avec elle.

Comme il avait envie de la serrer dans ses bras ! songea-t-il alors qu'un petit mètre seulement les séparait l'un de l'autre.

— Je peux sans problème quitter mon travail un peu plus tôt, reprit-il en guise d'explication.

— C'est très gentil à vous, Austin.

— J'essaie juste de me montrer pragmatique, vous savez. Il faudra bientôt aller faire les commissions au magasin général ; nos réserves ne vont pas durer éternellement. Evidemment, je pourrais m'en charger, mais je suis sûr que vous aimeriez mieux le faire vous-même. Je risque de me tromper et de ne pas acheter ce dont vous avez besoin pour cuisiner. Et je n'ai vraiment pas envie de vous mettre inutilement en colère, ajouta-t-il en lui faisant un petit clin d'œil.

— Austin, bredouilla-t-elle. Je… je suis profondément désolée pour hier soir.

Son menton s'était mis à trembler, et elle semblait vraiment en proie au remords.

— Je ne sais vraiment pas ce qui m'a pris, ajouta-t-elle d'une voix blanche. Jusqu'ici, je n'avais jamais dit de telles choses à quiconque…

— Ne vous en faites pas pour ça, Willa. Vous n'avez pas à vous excuser.

— C'est pourtant mon intention, répliqua-t-elle en lui posant machinalement la main sur le bras. Je tiens vraiment à vous présenter mes excuses. Mon bébé a besoin de vous. Et moi aussi…

— Peut-être que j'ai moi aussi besoin de vous, confessa-t-il à mi-voix.

Rien qu'au contact de sa main sur son bras de chemise, Austin avait senti un désir irrésistible monter en lui. Un désir qu'il devait absolument ignorer !

— Et puis j'ai l'impression ça ne me fera pas de mal que quelqu'un ose me rappeler de temps en temps que je dépasse les bornes. Je crois d'ailleurs que vous ferez très bien l'affaire ! dit-il sur le ton de la plaisanterie.

Un grand sourire illumina alors le visage de Willa. Rassuré, Austin sentit ses muscles commencer à se décontracter quelque peu. Il avait l'étrange impression que quelque chose venait de se résoudre, tout à coup. Il n'aurait pas su dire exactement de quoi il s'agissait, mais toute tension avait instantanément disparu de la chambre.

— Je vais vous chercher une autre tasse de thé, dit-il en voyant la tasse vide. Fermez les yeux et reposez-vous un peu. Prenez tout le temps qu'il vous faudra. J'ai gardé votre petit déjeuner au chaud. Vous n'aurez qu'à vous lever quand vous vous sentirez suffisamment bien.

Willa lui pressa aussitôt le bras en guise de remerciement. Austin se leva en silence. Au fond de lui, il avait désormais la certitude que tout allait très bien se passer entre eux. Un avenir radieux les attendait tous les deux, tout comme il l'avait espéré…

Parfait ! se dit Willa en descendant de la chaise sur laquelle elle était montée pour pouvoir accrocher les rideaux qu'elle venait tout juste de coudre. Cela ajoutait un peu de gaieté à la pièce. Il fallait dire qu'avec le soleil éclatant qui se déversait à travers les carreaux tout prenait une dimension plus féerique ! Elle termina en faisant un petit nœud aux embrasses et recula d'un pas pour admirer son travail.

Puis la pensée d'Austin revint la hanter. Depuis son départ, elle n'avait cessé de songer à lui. Elle aimait tant de choses chez lui ! Le timbre de sa voix. Le contact de ses doigts. La façon dont il l'avait enveloppée de ses bras dans son sommeil. La manière dont il avait disposé les oreillers pour l'aider à se redresser. Le thé qu'il lui avait apporté… Dire qu'il lui avait même tenu les cheveux en arrière lorsqu'elle avait vomi au petit matin…

Faisait-elle fausse route ? se demanda-t-elle soudain. Etait-il normal de ressentir un tel manque dès qu'il quittait la maison ? Avait-elle eu tort de se délecter de son baiser ?

Son baiser… Peut-être était-il temps d'admettre que c'était ça qui l'avait mise dans tous ses états la veille au soir. Elle en frissonnait encore, du reste, songea-t-elle en se dirigeant vers le canapé pour y coudre l'ourlet d'un autre panneau de tissu car, en réalité, elle ne désirait qu'une chose. Que cela recommence !

Atterrée, elle secoua la tête. Elle devait à tout prix effacer ce malencontreux épisode de sa mémoire. Et, si elle s'était retrouvée blottie contre Austin au petit matin, on ne pouvait pas lui en imputer la faute. C'était forcément Austin qui l'avait serrée dans ses bras. Jamais elle n'aurait fait une chose pareille avec quiconque ! Même en dormant. Et encore moins avec un homme, fût-il son mari. Tout à coup, elle se mit à douter. Et si elle en était capable, en fin de compte ?

Willa serra les dents. Elle était peut-être la femme d'Austin, mais elle n'avait besoin de personne. Et c'était beaucoup mieux comme ça…

N'était-ce pas déjà un peu trop tard ? se demanda-t-elle en se laissant tomber sur le canapé. La maison lui paraissait terriblement vide, sans lui, elle ne pouvait le nier. Et depuis quand avait-il commencé à lui manquer ? Depuis qu'il l'avait embrassée, manifestement.

Comme son sens de l'humour lui manquait ! Son sourire roublard aussi… Et que dire de la façon dont il parvenait à lui faire croire que tout allait bien se passer entre eux ? Plus de doute possible : elle avait un petit faible pour son mari ! Alors qu'elle réfléchissait au meilleur moyen de revenir à la raison, elle entendit quelqu'un frapper doucement à la porte. Avant qu'elle n'ait eu le temps de réagir, la porte s'ouvrit en grand. Surprise, elle sursauta et en lâcha son aiguille.

— Je suis désolé, s'exclama Austin. Je ne voulais surtout pas vous effrayer.

Il paraissait vraiment confus de lui avoir fait peur.

— Vous rentrez bien tôt, aujourd'hui, articula-t-elle avec peine.

— Je pensais vous en avoir dit deux mots ce matin, répondit-il d'une voix douce. La neige fond à toute allure, vous savez. Mais ne vous inquiétez pas, il en reste encore suffisamment sur les routes !

— Et c'est censé me rassurer ?

— Oui. Les routes sont bien moins praticables quand la neige se transforme en gadoue… Nous pourrions certes attendre encore quelques jours, mais je suis sûr que vous vous réjouissez à l'idée de pouvoir aller et venir à votre gré.

Willa acquiesça timidement.

— Les rideaux sont vraiment magnifiques... Je suis quand même surpris que vous ne soyez pas en train de confectionner le trousseau du bébé.

— Je voulais m'occuper de la maison en priorité, expliqua-t-elle.

Il y avait tant à faire ! Des napperons, des serviettes de table, des taies d'oreiller assorties aux rideaux... Elle allait devoir remettre une bonne partie de tout cela à plus tard.

— Je commencerai à tricoter quelque chose avec la laine que vous avez achetée dès que j'aurai fini de coudre les rideaux pour toute la maison.

— Formidable ! Il faut que je vous prévienne qu'Evelyn est passée me voir ce matin pour nous inviter à un autre repas de famille. Ils ont tous envie de vous revoir au plus vite.

— Pourquoi me prévenir ?

— Je crains fort que vous ne finissiez par avoir une bien piètre opinion de moi si vous passez trop de temps avec eux ! répliqua-t-il en lui faisant un clin d'œil appuyé. Je me demande surtout ce que ma sœur et mes belles-sœurs peuvent bien vous raconter.

— Elles me racontent tous vos secrets ! dit-elle aussitôt en éclatant de rire.

Austin lui tendit alors la main pour l'inviter à se lever du canapé. Elle accepta de bonne grâce et, à son contact, eut l'impression qu'une décharge électrique la parcourait. Un peu étourdie, elle ferma les yeux pour ne pas perdre l'équilibre.

— Si je comprends bien, je suis dans un sacré pétrin ! répondit-il en plaisantant. La petite jument nous attend dehors. Elle sera très facile à conduire, vous verrez.

Il lui tint son manteau pour l'aider à l'enfiler, et elle

ressentit tout à coup un grand trouble. Austin se tenait juste derrière elle, et elle mourait d'envie qu'il la prenne dans ses bras !

— J'espère que vous avez trouvé un nom pour la jument, dit-il en ouvrant la porte.

Willa sortit et s'immobilisa sur la première marche du perron, bouche bée. Comme les environs avaient changé avec le redoux ! La neige sur le toit avait fondu de moitié et tombait à présent sur le sol, goutte à goutte, formant de petites flaques un peu partout. Mais c'était surtout au niveau des couleurs que la transformation était la plus saisissante. Le camaïeu de blanc et de gris qui recouvrait encore tout quelques jours plus tôt commençait à battre en retraite pour laisser émerger çà et là quelques touffes de vert. Les arbres bourgeonnaient et certains, plus précoces, fleurissaient même déjà. Bref, le printemps pointait enfin le bout de son nez, songea-t-elle, ravie. Dire que, il n'y avait pas si longtemps encore, la neige recouvrait absolument tout ! A présent, ils avaient droit à une véritable explosion de couleurs… Elle ne savait plus où poser les yeux. Il y avait d'abord la roche gris bleuté des montagnes qui les surplombaient, puis le bleu azur du ciel et le vert persistant des forêts de résineux. Sans oublier les innombrables fleurs sauvages qui apportaient une touche de violet et de jaune à l'ensemble. Subitement animée d'un fol espoir, Willa ferma les yeux et respira à pleins poumons. Austin lui passa alors le bras autour des épaules. Il y avait bien longtemps qu'elle n'avait ressenti une telle sérénité…

— Nous avons eu une sacrée tempête, hier ! Mais, finalement, elle n'a pas duré ! Il suffit généralement de patienter. L'hiver finit toujours par laisser la place au printemps, déclara Austin d'une voix mal assurée.

Willa ne put réprimer un profond soupir. Elle savait bien que ses paroles avaient un double sens. Comme s'il avait compris les sentiments contradictoires qui se livraient bataille en elle. Se pouvait-il qu'il lise en elle comme dans un livre ouvert ? En ce qui la concernait, jamais elle ne s'était sentie aussi proche de quelqu'un…

Chapitre 16

Austin grimaça en voyant que la petite jument qui les attendait devant la maison semblait parcourue de longs frissons. Il ne faisait pourtant pas froid à ce point-là, songea-t-il en secouant la tête. Il fallait qu'elle soit drôlement inquiète pour se mettre dans un état pareil… Probablement se demandait-elle ce qui l'attendait. Il avança doucement la main vers son encolure pour essayer de l'apprivoiser, mais elle détourna nerveusement la tête. Elle avait manifestement encore besoin de temps… Il détacha alors lentement sa longe du poteau attenant à la rampe d'escalier pour ne pas l'effrayer davantage.

— Comme elle est nerveuse ! Vous croyez qu'elle ira mieux un jour ? demanda Willa, qui tendait elle aussi la main vers le museau de la jument avec l'espoir de la mettre en confiance.

— Ce sont les humains qui l'effraient, vous savez. Pas étonnant, après tout ce qu'on lui a fait subir… Vu l'état dans lequel je l'ai récupérée, elle a dû en recevoir, des coups de fouet ! Elle a simplement besoin d'un peu de temps.

— Elle est si belle ! s'exclama Willa avec une pointe de tristesse dans la voix. J'aimerais tant pouvoir la caresser sans l'effrayer… J'ai choisi de l'appeler Etoile, parce que je trouve que c'est un nom porteur d'espoir. Telle une petite lumière qui scintille dans la noirceur du ciel…

— Ça me plaît beaucoup, lui assura aussitôt Austin en esquissant un sourire.

Il aurait dû se douter que Willa trouverait un nom parfaitement adapté. C'était vraiment idéal pour une jument d'un noir de jais qui portait une étoile blanche sur le front. Elle le regardait s'approcher et paraissait s'attendre au pire. Austin comprenait parfaitement ce qu'elle ressentait. A force de subir de mauvais traitements, elle devait anticiper les coups à venir.

— Willa, c'est à vous de prendre place sur le siège du conducteur. Venez, je vais vous aider à grimper, dit Austin en la soutenant pour éviter qu'elle ne glisse dans la neige fondue.

— Vous n'avez pas changé d'avis ? Vous voulez toujours me confier les rênes ? demanda-t-elle en riant.

— Pourquoi ? J'ai des raisons de m'inquiéter ? la taquina-t-il en retour.

— Je n'en sais rien, à vrai dire ! J'ai pensé à plusieurs cas de figure et je crains qu'aucun d'entre eux ne vous plaise beaucoup. Pour être tout à fait honnête, c'est la sortie de route qui m'effraie le plus. Imaginez que nous nous retrouvions au fond d'un fossé ou que je mette votre véhicule en miettes ! Plus jamais vous ne me confieriez le moindre attelage !

— Ça n'arrivera pas, je vous le promets. Je dois quand même bien avouer que j'ai pensé à la même chose que vous le jour où mon père m'a donné les rênes pour la première fois. J'avais si peur d'endommager la calèche familiale !

— Je n'avais jamais entendu parler de cette histoire, dit-elle en ouvrant de grands yeux. Je crois que j'aimerais beaucoup que vous me la racontiez car…

— Il n'y a vraiment rien de spécial à en dire ! l'interrompit-il. J'ai conduit ma famille en ville. Fin de l'histoire…

— Je ne vous crois pas…, répliqua-t-elle en l'observant attentivement, les mains crispées sur les rênes.

Son regard amusé intriguait beaucoup Austin.

— Je ne sais pas pourquoi, reprit Willa en pouffant de rire, mais ça me rappelle une histoire qu'on m'a récemment racontée. Une histoire de calèche qui a fait une sortie de route et a fini sa course dans un buisson… Ça vous dit peut-être quelque chose ?

— Je vois… Comment vais-je pouvoir conserver un semblant de dignité, maintenant ? marmonna-t-il en s'adossant à son siège.

— Je crois que c'est trop tard, malheureusement ! lança-t-elle en riant sous cape.

— Je savais bien que je n'aurais jamais dû vous présenter à ma famille ! Vous allez avoir une bien piètre opinion de moi, désormais… Vous voulez vraiment que je vous raconte ce qui est arrivé le jour où j'ai appris à conduire ?

Austin savait bien qu'il avait piqué sa curiosité et s'en réjouissait. La voir si radieuse et si joyeuse était un tel bonheur ! Alors tant pis s'il devait un peu payer de sa personne pour la faire sourire. Il survivrait cette fois encore sans problème à la terrible humiliation qu'il avait subie ce jour-là.

— Oh oui ! Racontez-la-moi ! s'exclama-t-elle en le gratifiant d'un sourire éclatant.

Austin soupira. Il n'avait pas vraiment le choix. De toute façon, il ne pouvait rien lui refuser…

— Est-ce que je m'y prends correctement ? demanda-t-elle en exerçant une légère traction sur les rênes.

— Vous vous en sortez très bien ! Vous verrez, Etoile est une jument très fiable. En revanche, elle n'apprécie guère qu'on tire trop sur les rênes ; alors pensez à lui laisser suffisamment de mou.

— J'ai observé ce que vous faites à chacune de nos

sorties, alors je pensais que ce serait très facile, dit Willa. Mais, maintenant que c'est moi qui tiens les rênes, je n'en suis plus tout à fait aussi sûre… Je ne veux surtout pas commettre d'erreur.

— Ne vous inquiétez pas, répondit Austin d'une voix rassurante. Je suis là pour vous aider. Allez-y, donnez simplement un tout petit coup sur les rênes. Juste assez pour prévenir Etoile que nous allons nous mettre en route.

Willa s'exécuta timidement.

— Oui, c'est ça, lança Austin d'un ton encourageant. On dirait que vous avez fait ça toute votre vie !

— Je n'arrive pas à y croire ! s'écria Willa. C'est moi qui conduis !

Son expression pleine d'allégresse était terriblement communicative, songea Austin, ravi du tour que prenaient les choses.

— C'est vraiment extraordinaire ! reprit-elle en riant. Dites-moi, Austin, comment fait-on pour tourner ?

Il se pencha vers elle pour donner un petit coup à la rêne droite et indiquer à la jument qu'elle devait se diriger vers le sud.

— Si jamais vous avez le moindre doute, expliqua-t-il, il vous suffit de tirer sur les deux rênes en même temps. Il ne faut pas hésiter à s'arrêter en plein milieu de la route, ça ne pose aucun problème.

Willa tourna la tête vers lui un instant. Sa voix semblait pleine de regrets, et il secouait la tête, comme s'il essayait de chasser de mauvais souvenirs.

— Si vous avez l'impression de perdre le contrôle, arrêtez-vous, essayez de recouvrer votre calme et repartez quand vous vous sentez prête.

— D'accord, dit-elle en hochant la tête, le regard concentré sur la route qui s'étendait devant eux.

Elle remarqua alors que la jument avait dressé les oreilles, comme si elle avait envie d'écouter leur conversation.

— C'est comme ça ? demanda Willa en donnant un petit coup sur la rêne gauche. Je veux que les roues restent bien dans les traces au milieu du chemin.

— Oui, c'est ça. L'essentiel, c'est de toujours bien anticiper. Vous devez absolument prévoir les obstacles que votre cheval peut rencontrer.

Willa se détendit un peu en voyant à quel point Austin semblait serein. Il paraissait avoir une confiance totale en elle.

— Vous verrez, reprit-il, au bout de quelque temps, ça deviendra une seconde nature d'avoir une longueur d'avance.

— J'attends toujours votre histoire..., le coupa-t-elle alors. Que faut-il que je fasse pour que vous me la racontiez ?

— Me refaire cette délicieuse soupe aux haricots que nous avons mangée hier.

— Qu'est-ce que vous me chantez là, Austin ? Vous savez bien que, de toute façon, il en reste pour ce soir...

— Je n'ai pas vraiment le choix, si je comprends bien. Je tiens quand même à vous prévenir. C'est l'histoire la plus pathétique qui soit...

— Ça ne doit pas être si terrible ! dit-elle en riant. Je crois savoir que vous avez tous survécu !

Willa n'en revenait pas. Elle se sentait le cœur si léger ! Comme elle avait changé... Elle avait l'impression d'avoir fait peau neuve. Elle se sentait si libre, les cheveux dans le vent et les rênes dans les mains...

— Personne n'a été blessé, non ? demanda-t-elle encore.

— Heureusement que non ! Sinon, je n'aurais pas fini d'en entendre parler !

Willa frissonna. Le large sourire qu'il arborait lui allait droit au cœur. Elle se sentait tellement proche de lui ! Et elle aurait donné cher pour oser se lover contre son épaule.

— Alors, voilà ce qui s'est passé, dit Austin. J'avançais doucement, tout comme vous en ce moment. J'avais dans les douze ans, l'âge où un garçon doit apprendre à conduire un attelage... Je me souviens parfaitement de ce que je ressentais. J'étais grisé. J'avais une telle sensation de liberté, les cheveux au vent... Il me semblait que j'étais le roi du monde !

— Je comprends ce que vous voulez dire, murmura Willa d'une voix émue. C'est exactement ce que je ressens en ce moment !

Elle lui jeta un regard à la dérobée. Elle aurait dû rester concentrée sur la route, elle le savait, mais c'était plus fort qu'elle... Elle se sentait irrésistiblement attirée vers lui.

Soudain, sa vision parut se brouiller, et elle cilla rapidement. Mais pourquoi ne parvenait-elle pas à détacher les yeux des lèvres d'Austin ? Ces lèvres qui formaient parfois un merveilleux sourire ou qui embrassaient divinement bien...

Willa secoua légèrement la tête. Elle ne pouvait tout de même pas continuer comme ça ! Il fallait qu'elle cesse de rêver tout éveillée ! Elle se força à fixer son attention sur la route enneigée parsemée çà et là de flaques d'eau. Heureusement qu'Austin n'avait pas remarqué son trouble !

— J'étais terriblement nerveux, poursuivit-il. Je voulais tellement que tout se passe bien ! Je savais que mes frères ne me pardonneraient pas la moindre erreur et qu'ils n'avaient pas l'intention de me lâcher.

— Je vois très bien ce que vous voulez dire.

— J'étais donc assis, les rênes à la main, et je faisais vraiment de mon mieux. Mon père venait juste de vanter mes mérites, et ma mère était en train de demander à Brant d'arrêter de se ficher de moi derrière mon dos. Tout se passait donc comme prévu lorsque l'incident s'est produit. Je n'ai vraiment pas eu de chance. Nous avancions tranquillement quand, tout à coup, un serpent a surgi de nulle part et s'est faufilé sur la route juste devant les chevaux. Je crois qu'il avait oublié de regarder à droite et à gauche avant de traverser ! Personne n'avait remarqué sa présence. C'était un serpent d'environ trois mètres de long. Il s'est immédiatement enroulé sur lui-même et s'est mis à siffler. Les chevaux, terrifiés, ont sauté par-dessus le fossé avant que j'aie eu le temps de réagir. Nous avons tous atterri dans un champ. Quel vol plané nous avons fait !

— Mais ce n'était pas votre faute ! s'écria Willa tout en se disant qu'elle devrait se méfier des serpents qu'elle pourrait être amenée à trouver sur son chemin.

— Non, mais j'ai fait tout ce qu'il ne fallait pas faire ! Au lieu d'essayer de calmer les chevaux et d'anticiper leur réaction, je me suis moi aussi mis à crier… J'étais terrorisé. Je dois vous avouer que j'ai très peur des serpents.

— Comment ? lâcha Willa en s'étranglant presque. Un homme fort comme vous qui a peur des serpents ?

— C'est comme ça… Les serpents me donnent des sueurs froides. J'étais totalement paniqué quand j'ai vu les chevaux se cabrer et sortir de la route. Mon père a bien essayé de me prendre les rênes, mais j'étais littéralement tétanisé. Nous nous sommes retrouvés dans le fossé avant d'avoir compris ce qui nous arrivait. De mon côté, j'ai été éjecté de mon siège et j'ai atterri la tête la première dans un buisson de myrtilles.

— Austin ! Vous avez été blessé ? s'inquiéta Willa.

— Je saignais un peu partout à cause des épines et j'étais couvert de jus de myrtille. Quand j'ai enfin réussi à m'extirper du buisson, j'ai ressenti une douleur terrible dans la jambe. J'ai vite compris qu'elle était cassée. Mon père a également été éjecté de son siège, mais lui, il a fini son vol plané dans un champ et s'en est bien sorti. On ne pouvait pas en dire autant de notre calèche… Un essieu était brisé en mille morceaux, et elle était embourbée dans le fossé. Mes frères étaient pliés en deux… Je crois qu'ils n'ont jamais autant ri !

— Et comment a réagi Evelyn ? demanda Willa.

— Oh ! elle aussi riait à gorge déployée ! Je les vois encore tous les trois, l'index pointé dans ma direction. Il faut dire que j'avais des myrtilles plein la tête… Quant à mon père, il s'est contenté de dire qu'il n'aurait jamais pensé que je pourrais démolir le véhicule familial dès ma première sortie ! Surtout si près de notre maison. Nous étions encore sur l'allée qui mène à la route en contrebas.

— Comme moi, si je comprends bien, dit Willa en fronçant les sourcils. Je n'aime pas beaucoup cette histoire, en fait…

— Je suis désolé.

Il partit d'un grand éclat de rire et se rapprocha un peu plus d'elle. Willa sentit sa nuque commencer à picoter. Son être tout entier semblait irrésistiblement attiré vers Austin. Chacune de ses cellules paraissait le réclamer à cor et à cri. Elle n'y comprenait rien.

C'était probablement à cause du petit faible qu'elle avait pour lui, songea-t-elle pour se rassurer. Le souvenir du baiser qu'il lui avait donné lui revint une fois de plus à la mémoire. Elle ne pouvait l'oublier. Etait-elle condamnée à revivre indéfiniment cet instant en pensée ?

Austin posa tout à coup ses mains sur les siennes dans un élan de tendresse. Le contact de sa peau la fit immédiatement frémir…

— J'aurais dû attendre un peu avant de vous raconter cette histoire, ajouta-t-il avec une mimique navrée. Je tiens quand même à vous rassurer sur un point : nous ne risquons pas de tomber sur un serpent à cette époque de l'année.

— Je suppose que je dois m'estimer chanceuse, alors ! Regardez, Austin, nous sommes presque arrivés au bout de l'allée ! Je crois que, pour ma première sortie, je vais mieux m'en tirer que vous !

— Je n'en ai pas douté une seule seconde, Willa. En même temps, il aurait été difficile de faire pire que moi ! Jamais je n'oublierai à quel point je me suis senti humilié ce jour-là, conclut-il en posant naturellement la joue contre la sienne.

Willa frémit légèrement. Ce n'était qu'un petit geste affectueux, mais elle était subjuguée. Dès qu'Austin la touchait, elle avait l'étrange impression de se fondre en lui et de ressentir aussitôt une grande paix intérieure. Jamais elle n'avait éprouvé quelque chose d'aussi puissant… Elle devait alors prendre sur elle pour ne pas se coller à lui. Qui n'aurait pas cherché à se repaître de cette merveilleuse sensation ?

— Nous allons bientôt atteindre la route principale, annonça Austin d'une voix caressante. Regardez, je vais vous montrer comment il faut manier les rênes à l'approche d'un virage. En fait, la jument va plus ou moins tourner selon l'intensité avec laquelle vous tirez sur les rênes.

Il posa alors sa main gauche sur la sienne pour lui indiquer la bonne tension à exercer, mais elle avait bien de la peine à rester concentrée sur la route baignée de soleil… Aveuglée, elle cligna les yeux, après quoi seulement elle s'aperçut que la manœuvre s'était bien déroulée.

— Bravo, Willa ! s'exclama Austin en se redressant un peu sur son siège.

Willa sentit son cœur se gonfler de joie et de fierté.

— Finalement, vous n'aviez pas besoin de mon aide ! ajouta-t-il en riant.

— Jusqu'ici, tout va bien, répliqua-t-elle avec un large sourire aux lèvres. J'avoue que j'aimerais vraiment éviter de causer la moindre catastrophe.

— Mes frères ne me passent jamais la moindre erreur, lâcha Austin en secouant la tête.

Comment trouver les mots appropriés pour décrire Brant et Derek ? se demanda-t-il alors. Ils pouvaient être extrêmement pénibles. De vrais mômes, en somme. Mais, au fond, il n'aurait pu rêver avoir de meilleurs frères…

— Ah oui ? s'étonna Willa. La prochaine fois que je verrai Evelyn, je la supplierai de me raconter d'autres histoires à votre sujet.

— Je vais au-devant de gros problèmes, pouffa aussitôt Austin. Plus jamais vous ne me verrez sous mon meilleur jour, je le crains.

— Je ne crois pas, objecta Willa. Vous savez bien que je vous tiens en très haute estime. Et ces vieilles histoires n'y changeront rien.

— Me voilà rassuré ! répliqua-t-il en poussant un léger soupir.

En définitive, c'était lui qui avait raison, songea-t-il. Ce n'était qu'une question de temps avant que l'amour ne s'épanouisse véritablement entre sa femme et lui. Il sentait bien qu'elle baissait sa garde un peu plus chaque jour. Il devait se montrer patient, tout simplement. Il se mit alors à espérer qu'elle finirait par l'aimer un jour autant qu'il l'aimait déjà…

— Donnez-moi la main, je vais vous aider à descendre, dit Austin d'une voix douce.

Willa acquiesça. Ils venaient juste de rentrer, et la leçon de conduite s'était déroulée sans encombre. Elle était désormais capable de diriger la jument sans l'aide d'Austin. Rien n'aurait pu lui faire plus plaisir.

— C'est bien, Etoile. Tu as fait du bon travail, aujourd'hui, dit-il à la jument dès qu'ils furent dans la grange, tout en lui ôtant son harnais pour lui rendre rapidement sa liberté.

Il parlait d'une voix calme pour ne pas inquiéter Etoile, et Willa trouvait cela très touchant. A bien y regarder, elle aimait tellement de choses chez son mari qu'elle aurait eu quelques difficultés à en dresser la liste. Jamais elle ne le remercierait assez de lui avoir appris à conduire, pour commencer. Cela lui donnait une telle confiance en l'avenir !

— Si je me souviens bien, vous savez parfaitement dételer un cheval, Willa, c'est bien ça ?

Elle hocha la tête pour confirmer. Jed n'avait jamais voulu lui accorder la moindre autonomie, mais c'était toujours à elle qu'incombait la tâche de s'occuper de leur vieux cheval.

— Je ne vais pas vous embêter avec ça, alors, ajouta Austin en lui adressant un large sourire.

Willa se sentit fondre de plaisir en apercevant les deux petites fossettes qui étaient apparues sur les joues d'Austin alors qu'il enlevait le collier du cou de la jument. Ces fossettes lui faisaient immanquablement un drôle d'effet... Peut-être était-il temps d'admettre que l'euphorie qu'elle ressentait n'avait absolument rien à voir avec l'excitation provoquée par la conduite de l'attelage. C'était quelque chose de bien plus profond.

— Ça me va très bien, répondit-elle, tout sourires. Ça ne me dérange pas de vous laisser les besognes plus difficiles, vous savez.

— N'oubliez pas que je suis maréchal-ferrant, répliqua Austin en feignant de bomber le torse. Les besognes difficiles, ça me connaît !

Willa éclata de rire. C'était peut-être bien son sens de l'humour qu'elle appréciait le plus, finalement... Un mugissement retentit tout à coup au fond de la grange. C'était Rosie, qui cherchait manifestement à attirer l'attention. Calvin passa également la tête par-dessus sa porte et renifla le chapeau d'Austin. Celui-ci lui accorda une caresse distraite. Willa remarqua alors qu'il avait les yeux rivés sur elle. Décontenancée, elle baissa la tête.

Elle se sentait de plus en plus proche de lui, au point que cela en devenait effrayant. Elle sentait grandir en elle une confiance indéfectible et ne savait pas vraiment si c'était une bonne chose. Ce qu'elle savait, en revanche, c'était que jamais Austin ne lèverait la main sur elle, que jamais il ne proférerait la moindre méchanceté à son encontre. Car c'était un homme d'une honnêteté exemplaire.

— Vous pensez qu'Etoile aura toujours peur de nous ? demanda-t-elle soudain.

Elle avait dit la première chose qui lui était venue à l'esprit, parce qu'elle voulait à tout prix éviter d'affronter les fantômes de son passé. Et parce qu'elle craignait plus que tout de se bercer de faux espoirs.

— Je n'en ai pas la moindre idée, répondit Austin en levant doucement la main vers la jument pour lui caresser les naseaux.

Etoile s'écarta aussitôt, les yeux terriblement méfiants.

— Quand je l'ai achetée, reprit-il, j'espérais qu'elle finirait par comprendre qu'elle était en sécurité avec moi et que je ne lui voulais aucun mal.

— Il lui faudra peut-être beaucoup de temps avant de se laisser approcher sans crainte, fit Willa. L'idée que quelqu'un ait pu la maltraiter me rend folle de rage !

— Moi aussi, reconnut Austin. Vous savez, Willa, Etoile ne se remettra peut-être jamais complètement des sévices qu'elle a subis. Chez certains animaux, les dégâts sont si profonds qu'il leur est parfois impossible d'accorder leur confiance de nouveau.

Il s'agenouilla alors pour essuyer les longues jambes de la jument à l'aide d'une serviette.

— J'espère sincèrement que ce ne sera pas son cas, soupira-t-il. Elle a peut-être simplement besoin de temps…

Willa songea alors qu'elle ne comprenait que trop bien la situation. Car elle aussi avait tellement souffert qu'elle peinait à accorder véritablement sa confiance à Austin. Son cœur était en lambeaux, et elle n'était même plus capable d'aimer.

Mais aussi, comment aurait-elle pu continuer à croire aux contes de fées après tout ce que Jed lui avait fait endurer ? Tout cela n'était qu'un tissu de mensonges. Les images de bonheur qu'elle avait cru voir petite fille n'étaient que des illusions. Les jeunes mariés qui passaient, main dans la main, devant la cabane de sa grand-mère faisaient simplement contre mauvaise fortune bon cœur car ils n'avaient pas le choix. Pourtant, elle commençait à ne plus en être aussi sûre… Pourquoi se sentait-elle toujours troublée en présence d'Austin ?

— Tu veux bien que je m'occupe un peu de toi, Etoile ? demanda-t-elle en prenant une brosse sur l'étagère.

Comme la jument l'observait à la dérobée, elle ajouta :

— Je ne vais pas te faire de mal, ma belle. Je te le promets.

Elle lui prodigua alors quelques caresses entre les oreilles dans l'espoir de la détendre, mais sans grand résultat.

— Je pense qu'elle va très vite s'habituer à vous, dit Austin pour l'encourager. Vous lui faites moins peur que moi. Elle vous a très bien obéi, sur la route.

— Je n'aurais pas pu espérer mieux. Elle a été absolument parfaite. J'espère qu'elle finira par être heureuse. En tout cas, merci pour la leçon de conduite, Austin, ajouta Willa en brossant la crinière de la jument, sur la pointe des pieds.

— Mais tout le plaisir était pour moi, Willa. J'espère que vous avez repéré tous les endroits où vous pourriez avoir envie de vous rendre. Je vous ai montré la boulangerie, la librairie, la maison d'Evelyn… Mais vous étiez si concentrée sur votre route que je n'étais pas toujours certain que vous entendiez ce que je vous disais.

— C'est que je ne tenais vraiment pas à écraser quelqu'un ! Et je voulais me montrer à la hauteur des responsabilités que vous avez eu la gentillesse de me confier…

Troublée, Willa observa Austin, qui brossait les flancs de la petite jument avec application. Auréolé par la lumière du soleil qui entrait par la porte de la grange restée grande ouverte, son visage avait quelque chose de féerique, avec les boucles de cheveux qui l'entouraient…

Elle aurait voulu s'approcher davantage de lui. Le petit mètre qui les séparait lui paraissait une distance beaucoup trop grande. Comme elle avait envie qu'il la prenne dans ses bras pour la serrer contre sa poitrine ! Irait-elle jusqu'à espérer un nouveau baiser ? Elle rêvait tant de ressentir une nouvelle fois ces divins picotements sur ses lèvres…

Mon Dieu ! Mais elle était en train de divaguer ! songea-t-elle en sentant son cœur se mettre à battre plus vite. Un peu honteuse, elle se remit à brosser doucement la crinière de la jument en se promettant d'apprendre à se maîtriser. C'était tout bonnement incroyable ! Il lui suffisait simplement de regarder Austin pour se sentir envahie d'une douce chaleur.

— Et je ne suis pas pressée de créer l'hilarité générale dans votre famille, ajouta-t-elle avec un petit sourire.

— Vraiment ? fit Austin. Vous me devez quand même une histoire. Vous ne m'avez rien raconté.

— Oh ! Mais je ne vois pas ce que je pourrais vous raconter…

— Réfléchissez un peu, vous allez bien finir par vous souvenir d'un détail amusant. Vous me devez bien ça, ajouta-t-il en lui faisant un clin d'œil appuyé.

— Je suis persuadée de ne jamais avoir vécu un épisode

aussi humiliant que le vôtre, répliqua-t-elle sur un ton moqueur.

— C'est que ce n'est pas donné à tout le monde, dit Austin en riant, tout en donnant un dernier coup de brosse à la robe de la jument.

Willa fit un pas vers lui et posa naturellement la main sur sa large poitrine. La distance entre eux semblait totalement abolie, et elle pouvait sentir sous sa paume le cœur d'Austin qui battait fortement.

— Willa..., bredouilla-t-il. La dernière fois, vous m'avez clairement fait comprendre que je ferais mieux de vous demander la permission dès que l'envie me prendrait de vous...

Il s'interrompit un instant pour la contempler puis poursuivit :

— Willa, puis-je vous embrasser ?

Emportée par son désir, elle balaya d'un revers de main la prudence que la raison lui dictait et lui confirma son accord d'un hochement de tête.

Il ne se fit pas prier et posa sa bouche sur la sienne. Un long frisson la parcourut des pieds à la tête, et elle s'abandonna au tumulte émotionnel qui s'était emparé d'elle.

Il lui effleura d'abord délicatement les lèvres puis les titilla de la pointe de la langue, ce qui faillit lui faire perdre la tête. Elle s'aperçut alors au souffle saccadé d'Austin que lui aussi s'était laissé surprendre par l'intensité de ce contact.

Lorsque, agrippée à deux mains aux revers de son manteau, elle leva les yeux vers lui, la chaleur de son regard la fit chavirer. Ils paraissaient s'être glissés l'un dans l'autre et avoir établi un lien intangible que rien ne pourrait plus briser. Comme s'ils étaient unis à jamais...

La tendresse infinie qui émanait de tout son être la bouleversait. L'amour qu'il éprouvait de toute évidence pour elle semblait si puissant ! Elle se sentait la plus heureuse des femmes… Tout cela n'était forcément qu'une illusion, mais il y croyait si fermement !

Pourquoi n'y croirait-elle pas elle aussi, après tout ?

Chapitre 17

Perdue dans ses pensées, Willa faisait la vaisselle. Elle n'entendit pas rentrer Austin et sursauta lorsqu'il la rejoignit dans la cuisine, les bras chargés de petites bûches. Des gouttelettes de pluie scintillaient dans ses cheveux noirs et sur ses épaules. Malgré elle, elle frissonna. Il était terriblement séduisant…

— Il faudrait que je vous fasse un petit potager, dit-il en déposant les bûches dans la caisse à bois. Je n'en voyais pas l'utilité lorsque je vivais seul, mais je me suis dit que ça pourrait vous plaire d'en avoir un. Il faudra que vous me disiez où vous voulez que je me mette à bêcher. Je pourrais peut-être m'en occuper ce week-end.

— Pourquoi pas ? répondit Willa en plongeant le faitout qu'elle avait utilisé pour réchauffer la soupe dans l'eau de rinçage.

Puis elle ajouta d'une petite voix timide :

— J'adorerais avoir un joli parterre de fleurs. Vous croyez que vous pourriez également m'en faire un ?

— Mais bien sûr, Willa ! Je vous ferai autant de parterres de fleurs que vous voudrez. Mais je vous demanderai peut-être un baiser en échange…

— C'est un peu cher payé, vous ne trouvez pas ? lança-t-elle sur le ton de la plaisanterie.

— Je peux me contenter d'une petite bise sur la joue, alors…, marmonna Austin d'un ton faussement dépité.

— Nous verrons bien. Avant de décider quoi que ce soit, je veux d'abord voir les parterres de fleurs, répondit Willa en s'efforçant de garder son sérieux.

Austin, lui, partit d'un grand éclat de rire et se mit à frotter ses manches couvertes de mousse et de petits morceaux d'écorce pour se donner une contenance.

— Si je comprends bien, vous tenez à voir le résultat de mon travail avant de me rétribuer pour mes efforts ? s'enquit-il, amusé.

— Exactement ! Je veux m'assurer que j'en aurai pour mon argent. Enfin, que j'en aurai pour mon baiser, en l'occurrence…

— Dans ce cas, je vais me surpasser et faire un travail exceptionnel ! Qui sait, j'aurai peut-être droit à un bonus ?

Willa serra alors fortement son torchon dans ses mains pour refréner l'envie terrible de se jeter dans les bras de son mari. Elle s'y sentait tellement en sécurité ! Mais en avait-elle seulement le droit ?

— J'ai l'impression que vous avez fini de coudre une nouvelle paire de rideaux, dit Austin en sortant de la cuisine pour se diriger vers les panneaux soigneusement pliés sur le canapé.

Il les caressa du bout des doigts.

— Ils sont vraiment très jolis. J'apprécie beaucoup ce que vous faites pour notre maison.

— Le jaune est ma couleur préférée, dit Willa en guise d'explication. Ceux-ci sont pour la cuisine.

— Je sais que vous êtes très indépendante et que vous aimez faire les choses par vous-même, ma belle Willa, mais j'aimerais beaucoup les accrocher à la fenêtre. Vous voulez bien me laisser essayer ?

— Je devrais refuser, puisque vous essayez de m'amadouer avec de belles paroles, répliqua Willa, les joues cramoisies.

— Mais ce ne sont pas de belles paroles... Je vous trouve vraiment très belle, Willa. Et je ne cesserai jamais de vous le répéter. Vous finirez par me croire, vous verrez.

Austin prit les rideaux, retourna dans la cuisine et monta alors sur une chaise posée devant la fenêtre, prêt à mettre en place les panneaux de tissu.

— Je ne sais vraiment pas ce que je vais faire de vous, Austin Dermot ! s'exclama Willa.

Perdue dans ses pensées, elle accrocha le torchon humide et se dirigea vers les bassines remplies d'eau savonneuse. Elle se trouvait une nouvelle fois aux prises avec le même dilemme. D'un côté, elle se rendait bien compte qu'Austin était l'homme dont elle avait besoin et qu'elle était prête à l'aimer... Mais, d'un autre côté, elle ne savait toujours pas comment remettre en état son cœur tout cabossé... Etait-il seulement réparable ?

— Laissez donc ces bassines tranquilles, dit Austin du haut de sa chaise. Je m'en occuperai après. Et, avant que vous ne me rappeliez qu'il s'agit de votre travail, venez donc ici me donner des conseils sur la façon dont il convient d'accrocher ces rideaux.

— Vous essayez simplement de détourner mon attention, Austin. Je sais bien que vous sortirez vider les bassines dès que j'aurai le dos tourné. J'ai bien compris comment vous fonctionnez, vous savez !

— Allez dehors jeter l'eau des bassines si ça vous chante, fit-il en plaisantant. Mais ne venez pas vous plaindre ensuite si les rideaux ne sont pas fixés à votre convenance !

Willa poussa un soupir résigné. Décidément, songea-t-elle avec un certain amusement, cet homme avait le don de toujours obtenir ce qu'il voulait... Elle enleva son tablier, l'accrocha à côté du torchon et fit le tour de la table.

— D'accord, concéda-t-elle. Voyons voir les talents dont vous disposez.

— Que voulez-vous dire exactement par là ? demanda Austin en faisant mine de se vexer. Sous-entendez-vous que je n'ai aucun talent dans ce domaine ?

Comme elle était heureuse ! songea Willa tout à coup. C'était peut-être cela, le bonheur…

— Voilà, fit soudain Austin. Je crois qu'ils sont à peu près centrés. Qu'en pensez-vous, Willa ?

— C'est parfait. Je n'aurais pas fait mieux !

Tout cela était trop beau pour être vrai… Ce conte de fées ne pouvait pas durer, songea-t-elle alors que quelqu'un frappait à la porte d'entrée.

— C'est probablement l'un de mes frères, annonça Austin en sautant de la chaise pour aller vers la porte d'entrée. Ils passent souvent me rendre visite à l'improviste. C'est d'ailleurs incroyable qu'ils ne l'aient pas fait plus tôt. J'espère que ça ne vous dérange pas trop.

— Bien sûr que non ! s'exclama Willa, le cœur battant.

Visiblement rassuré, Austin ouvrit la porte d'entrée.

— Berry avait très envie de passer voir Willa. Alors nous voilà ! annonça aussitôt Brant.

— Oncle Austin ! s'écrièrent Arthur et Stewart en chœur en lâchant la main de leur père pour se jeter dans les bras de leur oncle.

— Salut, les petits gars ! répondit Austin. Alors, qu'est-ce que vous avez fait de beau depuis la dernière fois ?

— On s'est roulés dans la boue ! cria Stewart d'une voix enjouée. Tu verrais ça, il y a une énorme flaque de boue dans notre jardin !

— J'en ai jamais vu de si grosse, renchérit Arthur. On a sauté dedans à pieds joints. Si tu avais vu la taille des éclaboussures !

— Je confirme, dit alors Berry. Ils étaient couverts de

boue de la tête aux pieds ! Ils n'ont échappé à ma surveillance que pendant une minute, tout au plus, mais je n'ai pas été déçue du résultat !

— Tu n'y comprends rien, Berry, s'esclaffa Austin. C'est terriblement tentant, une bonne flaque de boue !

Comme les deux jeunes garçons ne le lâchaient pas d'une semelle, Austin leur ébouriffa les cheveux.

— Nous aussi nous avons une grosse flaque de boue juste devant la maison, murmura-t-il sur le ton de la confidence.

— C'est vrai ? s'écria Stewart, l'air intéressé.

— Oui, mais je ne crois pas que ce serait une très bonne idée d'aller patauger dedans. Votre mère risquerait de se mettre très en colère !

Willa ne se lassait pas d'observer Austin et ses neveux. Ils semblaient si proches ! Austin ferait sans nul doute un très bon père.

Elle posa machinalement la main sur son ventre légèrement proéminent. Le bébé… C'était tout ce qu'elle pouvait lui donner. Son cœur brisé ne fonctionnerait certainement plus jamais mais, faute d'amour, elle pouvait au moins faire de lui un père. Du reste, n'était-ce pas le seul véritable lien qui les unissait ? N'était-ce pas pour le bébé qu'il faisait tant de choses pour elle ? Ce n'était pas elle qu'il regardait avec une telle tendresse : c'était son bébé !

— Bonjour, Willa ! lança Berry en laissant son mari la débarrasser de son manteau.

Puis, voyant ses fils en de bonnes mains, elle parcourut la pièce des yeux et s'exclama :

— J'adore les rideaux que vous avez confectionnés ! Ils égaient tellement le salon ! Ça change vraiment tout. Si vous aviez vu dans quel état était cette pièce au tout début… Austin avait accroché de la toile de jute aux fenêtres. Ça, c'était encore avant les vieux draps qui faisaient office de rideaux.

— Je ne suis pas vraiment étonnée, répliqua Willa avec un large sourire.

— Comment vous sentez-vous ? Je trouve que vous avez bonne mine.

— Je me sens mieux, répondit Willa en se dirigeant vers la cuisine pour ajouter un peu de bois dans la cuisinière. Venez, je vais faire chauffer de l'eau et préparer du thé. A moins que vous ne préfériez du café ?

— Non, du thé, c'est parfait. Tenez, je vous ai apporté des petits vêtements pour le bébé, dit Berry en lui tendant un petit panier. J'ai essayé de me souvenir des motifs dont je vous avais parlé en tricotant. Ça pourra toujours vous servir de modèle.

— Oh ! Berry, je ne sais comment vous remercier… Tout est si mignon !

Willa caressa les petits vêtements du bout des doigts. Il y avait d'abord un petit bonnet rouge et une brassière blanche. Venaient ensuite une paire de chaussettes jaunes et de minuscules chaussons bleu ciel. Et, enfin, un chandail vert absolument ravissant.

— Jamais je n'aurais imaginé que mon bébé porterait un jour d'aussi beaux vêtements, murmura-t-elle, les larmes aux yeux.

— Nous ferons en sorte qu'il ne manque jamais de rien, vous verrez, dit Berry en disposant les vêtements sur la table pour lui permettre de les admirer.

— Merci du fond du cœur…

— C'est Delia qui a tricoté le chandail, reprit Berry. Et Evelyn est en train de faire une petite couverture au crochet.

Confuse, Willa ne sut que dire.

— Nous faisons partie de la même famille, maintenant, Willa, poursuivit Berry en lui adressant un grand sourire. Et c'est ainsi que ça se passe, en famille. Chacun apporte sa petite contribution.

Elle alla ensuite jusqu'à la porte pour surveiller un peu ses fils, qui s'amusaient dans le salon, et son visage s'éclaira d'un grand sourire.

— Stewart ! Qu'est-ce que j'ai dit juste avant d'arriver ici ?

— Qu'il ne fallait pas courir, maman…

— Et tu peux me dire ce que tu étais en train de faire ? demanda Berry en faisant de gros yeux.

— De marcher vraiment vite, répliqua Stewart avec un air innocent.

— Eh bien, Stewart et Arthur, je vous demande maintenant de marcher plus lentement, dit Berry en se mordant la lèvre inférieure pour s'empêcher de rire.

Les deux garçonnets ralentirent alors vaguement leur course-poursuite autour du canapé.

— Ah ! les enfants ! soupira Berry. Il faut toujours les garder à l'œil ! Vous comprendrez bientôt ce que je veux dire par là, Willa.

Elle ne pensait pas si bien dire, songea cette dernière, amusée, en apercevant Stewart et Arthur, qui avaient commencé à se rouler par terre.

— Vous avez prévu quelque chose, demain ? demanda Berry.

— Oui, j'avais l'intention de faire la lessive, répondit Willa, un peu surprise.

— Quel dommage ! fit Berry en riant. Car nous avons d'autres projets ! Austin va devoir attendre ses chemises une journée supplémentaire… Nous organisons une réunion des filles Dermot chez Evelyn.

Les filles Dermot ? s'étonna Willa l'espace d'un instant. Que voulait-elle dire ? Et en quoi était-elle concernée ? Puis elle se souvint qu'elle s'appelait Willa Dermot, désormais. Elle ne s'était simplement pas encore habituée à son nouveau patronyme !

Un grand éclat de rire la tira tout à coup de ses pensées.

C'était Austin. Il semblait s'amuser comme un fou. Entouré des siens, il rayonnait littéralement de bonheur. Elle s'immobilisa, happée par cette allégresse communicative.

— Mmm… Je meurs de faim, moi ! grommela Austin en reniflant exagérément. Qu'est-ce que c'est que cette bonne odeur qui vient me chatouiller les narines ?

— Vite, Arthur, lève-toi ! hurla Stewart au comble de l'excitation. Nous allons nous faire dévorer par un énorme grizzli !

— J'ai l'impression que je vais avoir droit à un véritable festin, s'écria Austin en se pourléchant les babines. Ces deux petits garçons m'ont l'air particulièrement savoureux !

Willa était médusée. Austin paraissait totalement absorbé par le jeu. Il venait de lever les bras au-dessus de sa tête pour paraître plus impressionnant encore et s'était mis à grogner si fort que ses cris retentissaient dans toute la maison. Il se lança à la poursuite de ses neveux.

— Cours, Arthur, cours ! cria Stewart en attrapant la main de son petit frère.

Tous deux se ruèrent derrière le canapé pour se cacher, tout en jetant de temps à autre des coups d'œil apeurés pour vérifier la progression du grizzli. Comme il se rapprochait dangereusement, les deux jeunes garçons se remirent à courir en poussant de petits cris aigus.

— Mais qu'est-ce qu'ils fabriquent encore ? soupira Berry en levant les yeux au ciel. Je viens tout juste de leur demander de ne pas courir !

Willa haussa les épaules. Les enfants avaient bien le droit de s'amuser un peu. Quant à Austin… Il ferait décidément un très bon père ! Il suffisait de le regarder jouer. Il venait d'approcher les garçons par surprise et de les attraper dans un tumulte de cris perçants, un sous chaque bras. Ils roulèrent tous trois sur le sol et s'engagèrent dans une lutte sans merci. Hilares, Arthur et Stewart se tortillaient dans tous les sens pour essayer d'échapper aux terribles chatouilles du grizzli.

Willa laissa échapper un petit soupir. Un jour, ce serait avec ses fils qu'Austin se roulerait par terre et prétendrait être trop épuisé pour pouvoir dévorer la proie qu'il avait eu tant de peine à capturer !

— Moi, je suis pas fatigué, dit Stewart en gigotant sur la poitrine d'Austin. Regarde, papa ! J'ai réussi à attraper un grizzli !

— Moi aussi, papa, renchérit Arthur, qui faisait mine de plaquer le grizzli au sol.

Tout le monde riait aux éclats.

Willa comprit alors pourquoi Austin désirait tant avoir des enfants. Et cela faisait déjà si longtemps qu'il attendait ce moment ! Elle posa une nouvelle fois la main sur son ventre en pensant au bébé qui grandissait un peu plus chaque jour. C'était également l'enfant d'Austin, à présent. Et c'était sans aucun doute en songeant à ce bébé qu'il prenait soin d'elle…

— Dis-moi, Brant, est-ce que tu comptes faire quelque chose pour les arrêter ou pas ? demanda Berry, amusée. Enervés comme ils le sont, nous allons avoir toutes les peines du monde à les mettre au lit ce soir.

— Peut-être pas, objecta Brant. Ils seront tellement épuisés qu'ils s'écrouleront probablement en un rien de temps. Mieux vaut rester optimiste, tu ne crois pas ?

Il remarqua alors la tasse de thé que Berry avait à la main et demanda :

— Ce thé n'est sûrement pas pour moi ?

— Non, mais je pourrais peut-être me laisser convaincre de t'en donner une tasse, répliqua Berry en lui adressant un large sourire.

Willa frissonna en les observant. Le regard qu'ils venaient

d'échanger ne faisait pas le moindre doute. Ces deux-là s'aimaient manifestement d'un amour sans faille…

Elle repensa alors à ce qu'Austin lui avait expliqué avec le plus grand sérieux lors du deuxième repas qu'ils avaient partagé. Traditionnellement, les mariages conclus au sein de sa famille étaient très heureux.

Pourquoi n'auraient-ils pas droit eux aussi au même bonheur ?

— Quelle bonne soirée nous avons passée, n'est-ce pas ? demanda Austin en raccrochant le tisonnier à son crochet.

— C'est vrai, répondit Willa en levant les yeux de son tricot. Je me suis vraiment beaucoup amusée en leur compagnie. Je ne crois pas vous l'avoir dit encore, mais je suis invitée chez Evelyn demain. Une petite réunion entre filles. Nous avons l'intention de tricoter et de coudre des vêtements pour les bébés de la famille.

— Très bonne idée ! Evelyn et mes belles-sœurs ont l'air de vous adorer. Et vous semblez toutes très bien vous entendre.

— Elles sont vraiment d'une incroyable gentillesse avec moi. Vous avez vu ce qu'elles ont tricoté pour le bébé ?

— Oui, fit Austin. Mais il n'y a rien de surprenant à cela. Vous faites partie de la famille, maintenant. Ça fait si longtemps qu'on vous attendait !

— J'ai beaucoup de chance, répliqua Willa en posant son tricot sur le canapé.

Austin s'aperçut qu'elle était sur le point d'aller se coucher et se précipita vers elle pour l'aider à se lever. Elle accepta la main qu'il lui tendait de bonne grâce.

Il se délecta au passage de sa délicieuse odeur et sentit un amour inconditionnel brûler au plus profond de lui. Incapable de résister à la tentation, il l'attira un instant contre lui. Etait-ce une illusion ou leurs cœurs battaient-ils à l'unisson ? se demanda-t-il en l'emmenant dans leur chambre. Ses yeux s'attardèrent pendant quelques secondes sur le lit. Il espérait tant voir arriver la nuit où elle se tournerait vers lui et accepterait de rester dans ses bras ! La nuit où il pourrait lui montrer toute la puissance de l'amour qu'il ressentait pour elle. La nuit où ils deviendraient enfin mari et femme…

Il sentit le désir monter en lui mais n'y prêta pas vraiment attention. Il savait bien que Willa n'était pas encore prête à consommer leur mariage… Il alluma la petite lampe posée sur la table de chevet et lui lâcha la main.

— Je vais aller chercher de l'eau fraîche pendant que vous vous changez, proposa-t-il.

— Merci beaucoup, Austin, dit-elle en réprimant un bâillement. Je suis en fait bien plus fatiguée que je ne le croyais !

— Vous vous sentirez mieux après une bonne nuit de sommeil, vous verrez.

Austin lui caressa la joue du bout des doigts. C'était bien plus qu'un geste tendre, remarqua-t-il aussitôt en sentant une immense chaleur l'envahir. Il lui effleura ensuite les lèvres plusieurs fois sans la lâcher des yeux. Willa frissonna, mais elle n'avait pas peur, cette fois, il en était convaincu. Elle aussi se laissait gagner par l'intimité croissante qui les unissait…

Troublé par le frémissement de ses lèvres sous ses doigts, il se pencha en avant pour l'embrasser à pleine bouche. Comme elle avait les lèvres douces ! songea-t-il en tremblant de plaisir. Il se rappela alors qu'il ne fallait pas la brusquer et décolla à regret la bouche de la sienne. Elle semblait épuisée. Il fallait dire qu'elle avait eu une bien longue journée, mais une très bonne journée ! Voilà le programme qu'il voulait lui réserver jusqu'à la fin de ses jours.

— Je reviens tout de suite, murmura-t-il d'une voix rauque en s'emparant du broc d'eau vide.

Chaque pas lui coûtait. Il aurait tant voulu la serrer plus longtemps dans ses bras et l'embrasser jusqu'au petit matin ! Ne voyait-elle pas tout l'amour qu'il avait en lui ? Patience, songea-t-il, patience. Ce n'était plus qu'une question de temps, désormais…

L'avenir qu'il avait tant espéré lui semblait enfin à portée de main. Lui aussi aurait bientôt sa propre famille ! Il entendait déjà leurs enfants se chamailler et rire aux éclats…

Lorsqu'il revint dans la chambre quelques instants plus tard, Willa avait déjà revêtu sa chemise de nuit blanche. Elle brossait ses longs cheveux bruns, qui lui retombaient dans le dos. Pendant qu'il se déshabillait et se débarbouillait, Willa se mit au lit.

Sa respiration était régulière, mais elle ne dormait pas encore, constata-t-il avec plaisir en se glissant entre les draps. Elle se tourna aussitôt vers lui, un large sourire aux lèvres.

— J'espère que vous avez encore une chemise propre pour vous rendre au travail demain, dit-elle d'une voix légèrement ironique. Dans le cas contraire, Berry a dit qu'il vous faudrait attendre une journée de plus…

— Heureusement que j'ai beaucoup de chemises, alors ! Je pense pouvoir me débrouiller…

— Tant mieux, répondit-elle en bâillant. Parce que j'ai complètement oublié de vérifier avant de me mettre au lit.

— Venez par ici, fit-il en lui ouvrant grand les bras.

Willa n'eut pas le courage de refuser. Elle ne connaissait rien de plus agréable que de se lover tout contre lui…

— Bonne nuit, lui susurra-t-il au creux de l'oreille.

— Bonne nuit, murmura-t-elle d'une voix ensommeillée.

Il devait bien y avoir un moyen de faire repartir son cœur, songea-t-elle. Car elle était maintenant bien décidée à l'aimer et à le chérir. Elle posa sa joue contre sa poitrine et s'endormit en écoutant les battements de son cœur. Jamais elle n'avait éprouvé un tel bonheur…

Chapitre 18

Au beau milieu de la nuit, Willa pressentit dans son sommeil qu'il se passait quelque chose d'anormal. Quelque chose de terrible qui lui fit brutalement quitter le monde douillet des rêves. Une forte douleur la tenaillait. Les rideaux tirés ne laissaient pas filtrer le moindre rayon de lumière. Il y avait incontestablement quelque chose qui clochait ; elle était toute mouillée au niveau de l'entrejambe. Elle se redressa brusquement et s'aperçut alors que sa chemise de nuit lui collait aux cuisses. Puis elle ressentit une douleur atroce au bas-ventre et se roula en boule sans pouvoir réprimer un cri tant elle avait mal.

— Willa, vous allez bien ? demanda aussitôt Austin d'une voix inquiète.

— Non, ça ne va pas du tout, répondit-elle en fermant les yeux pour essayer de reprendre ses esprits.

Elle avait terriblement envie de vomir et se sentait si mal qu'elle ne put retenir ses larmes.

— Que se passe-t-il, Willa ? Vous avez fait un mauvais rêve ? reprit Austin en la prenant dans ses bras.

Il ne semblait pas se rendre compte de la gravité de la situation, songea-t-elle dans un état de confusion extrême. Comment allait-elle s'y prendre pour lui annoncer une nouvelle aussi épouvantable ? Les crampes qui l'avaient assaillie quelques minutes plus tôt commençaient à s'atténuer, mais la douleur était encore bien présente. Et ses cuisses étaient toujours trempées… Elle savait ce qu'elle allait découvrir avant même d'avoir soulevé les couvertures. Du sang. Elle avait du sang plein les jambes ! Désespérée, elle se prit la tête entre les mains.

— Je suis en train… de perdre mon bébé, Austin, bégaya-t-elle.

— Oh ! Willa ! s'écria-t-il en ouvrant de grands yeux ronds.

Il était parfaitement réveillé, à présent, se dit-elle en sentant son corps se crisper contre le sien.

— Il faut immédiatement aller chez le médecin !

— Le bébé…, bredouilla-t-elle.

Elle ne pouvait penser à rien d'autre. Elle songeait à tous les petits vêtements que ses belles-sœurs avaient tricotés. Et aux petites chaussettes qu'elle venait juste de commencer… Austin, quant à lui, ne connaîtrait pas le bonheur familial qu'il désirait tant ! Il ne s'amuserait pas à chatouiller leur bébé avant d'aller se coucher et ne jouerait pas au grizzli affamé avec lui.

Le bébé…

Willa sentait à peine les larmes brûlantes qui lui coulaient sur les joues et tombaient une à une sur les couvertures. Son ventre recommença à se contracter violemment, et elle se mit à trembler de manière totalement incontrôlable. La douleur était si intense qu'elle en eut le souffle coupé.

— Venez, levez-vous ! lui dit Austin. Il faut nous dépêcher.

Willa s'aperçut alors qu'il avait déjà mis ses vêtements et lui prêtait main-forte pour l'aider à quitter le lit.

— Je vous emmène chez le médecin. Je vous promets de faire très vite.

— De toute façon, c'est trop tard, chuchota-t-elle entre deux spasmes.

Ravagée par une tristesse indicible, elle en oublia un

instant la douleur atroce qui menaçait de la submerger. A quoi Austin pensait-il ? se demanda-t-elle avec inquiétude. Et que ressentait-il ? Il devait être épouvantablement déçu…

Incapable de bouger, elle le laissa la prendre dans ses bras. Pendant qu'il se précipitait vers la porte d'entrée, elle s'accrocha à son cou et enfouit son visage au creux de son épaule en songeant tristement que le mince espoir d'avoir enfin une vie meilleure venait de s'évanouir…

Austin n'en pouvait plus d'attendre sans avoir la moindre nouvelle de l'état de santé de son épouse. Ça le tuait à petit feu. Il se leva précipitamment du canapé de la salle d'attente et serra les poings au fond de ses poches. Il se sentait si impuissant ! Jamais il n'avait eu aussi peur. Si jamais il arrivait quelque chose à Willa… Il secoua la tête comme un forcené. Non. Il n'avait pas le droit de penser au pire. Elle allait s'en sortir ; ce n'était pas possible autrement.

Tout à coup, la porte s'ouvrit doucement. C'était Bea, l'épouse du Dr Wetherbee.

— La pauvre chérie… Elle se repose maintenant, dit-elle en entrant dans la pièce à pas feutrés, une tasse de thé fumant à la main.

Comme il restait silencieux, elle ajouta :

— Silas m'a chargée de vous prévenir que vous pourrez bientôt aller la voir. Tenez, Austin, prenez cette tasse de thé, ça vous fera le plus grand bien.

Il la remercia d'un hochement de tête et sursauta en entendant un grondement de tonnerre dans le lointain.

— Encore une tempête qui se prépare, murmura Bea comme pour elle-même.

Incapable de parler, il contempla son reflet dans la vitre.

— Willa est encore très jeune. Vous aurez d'autres enfants, n'ayez crainte, reprit Bea en lui tapotant doucement le bras. Buvez ce thé pendant qu'il est chaud et respirez profondément. Willa aura bien besoin de votre soutien.

— Merci, bredouilla-t-il.

Bea Wetherbee se retira alors aussi discrètement qu'elle était venue. Austin entendit l'escalier grincer un peu. Elle était probablement montée prendre d'autres nouvelles de Willa auprès de son mari.

Tout cela, c'était sa faute ! se dit-il en se passant nerveusement la main sur le visage. Il aurait dû faire davantage attention à elle ! Il aurait dû exiger qu'elle mange plus et, surtout, il n'aurait jamais dû la laisser autant travailler ! Comment avait-il pu se montrer si stupide ? Il aurait facilement pu trouver une femme de ménage qui serait passée tous les jours à la maison. Voilà ce qu'il aurait dû faire. Au lieu de cela, il avait laissé sa merveilleuse épouse s'épuiser à la tâche… Quel imbécile il était !

Les yeux dans le vague, Austin ruminait sans relâche. Le jour n'allait plus tarder à se lever, et il devrait bientôt monter l'escalier pour aller voir Willa. Qu'allait-il bien pouvoir lui dire ? Il repensa alors aux petites chaussettes qu'elle avait commencé à tricoter pour le bébé la veille au soir et en eut la nausée.

— Austin ?

C'était Silas Wetherbee. Les cheveux en bataille, les vêtements froissés, le médecin le regardait avec une réelle compassion.

— Mon épouse est sûrement déjà passée vous annoncer que Willa va bien.

Trop honteux pour pouvoir répondre, Austin se contenta d'acquiescer par un hochement de tête.

— Je connais bien ce regard, reprit Silas. Je l'ai vu à de trop nombreuses reprises, hélas…

Le médecin hocha la tête lentement.

— Vous n'auriez rien pu faire, Austin, ajouta-t-il d'une

voix empreinte d'une grande sagesse. Ce genre de chose arrive malheureusement de temps à autre. Vous n'avez rien à vous reprocher, je vous assure.

Austin savait bien que les paroles de Silas partaient d'un bon sentiment. Cependant, quand bien même il aurait eu raison, cela ne changeait rien aux terribles sentiments qui l'agitaient. Il se sentait coupable et s'en voulait terriblement de ne pas avoir su protéger celle qu'il aimait pourtant d'un amour dévorant.

— Tout ça, c'est ma faute, lâcha-t-il. J'aurais dû mieux m'occuper d'elle.

— Mais c'est exactement ce que vous avez fait, Austin. Vous n'auriez rien pu faire de plus. Vous feriez mieux de rentrer chez vous, maintenant. Willa est profondément endormie et a besoin de reprendre des forces. Revenez donc la chercher demain matin. Ce n'est l'affaire que de quelques heures…

— J'ai besoin de la voir… Je ne peux pas m'en aller sans m'être assuré par moi-même qu'elle se porte bien.

Silas hocha la tête en esquissant un petit sourire et lui fit signe de le suivre. Austin serra les dents et monta l'escalier, la peur au ventre. Jamais il n'oublierait la terreur qu'il avait ressentie en voyant Willa baignant dans une mare de sang. Il avait immédiatement pensé au pire. Et au bébé.

Profondément attristé, il sentit ses genoux sur le point de lâcher et eut juste le temps de se raccrocher à la rampe. Comment allait-il faire pour supporter la perte de cet enfant ? Il n'osait même pas imaginer la douleur que Willa devait éprouver…

— Il ne faut pas la réveiller… Elle vient de vivre un terrible traumatisme, chuchota le médecin en entrouvrant une porte pour le laisser passer.

Une lampe éclairait faiblement la chambre. Willa semblait

dormir à poings fermés, les couvertures bien tirées jusqu'au menton. On percevait à peine le son ténu de sa respiration.

— Austin ? chuchota-t-elle en remuant à peine, comme si elle avait perçu sa présence dans son sommeil.

Elle entrouvrit les paupières et le regarda droit dans les yeux. Comme elle avait changé en l'espace de quelques heures ! se dit-il, alarmé. Elle avait le visage marqué par la souffrance et le regard tellement vide…

— Oui, c'est moi, ma chérie, répondit-il sans réfléchir.

Oubliant les recommandations du médecin, il se précipita à son côté. Comme sa main était froide, presque sans vie ! remarqua-t-il, affolé.

— Je suis vraiment désolée de ce qui est arrivé, murmura-t-elle en éclatant en sanglots.

— Vous n'avez absolument rien à vous reprocher, Willa, fit-il d'une voix douce. Je suis tellement heureux que vous vous sentiez mieux…

— Vous devez être terriblement déçu, dit-elle en hoquetant de plus belle. Je sais à quel point vous désiriez cet enfant !

— C'est vrai, concéda-t-il. J'étais extrêmement impatient de devenir père…

Il porta alors sa main à ses lèvres et l'embrassa délicatement.

Elle remarqua aussitôt l'immense tristesse qu'il essayait de lui dissimuler. La perte du bébé l'avait manifestement dévasté, mais que pouvait-elle faire pour réparer cette tragédie ? Elle se sentait si faible ! Des larmes lui montèrent aux yeux, et elle battit des paupières pour les chasser. Elle devait à tout prix retenir ses larmes, sinon elle risquait de ne plus jamais pouvoir s'arrêter et de s'effondrer irrémédiablement.

Elle avait perdu son bébé ! Et, en voyant ses yeux inexpressifs, elle craignait à présent d'avoir également perdu

Austin pour toujours. Après tout, c'était pour son bébé qu'il avait choisi de l'épouser…

C'était parce qu'elle attendait un enfant qu'il s'était montré si gentil avec elle dès son arrivée et qu'il lui avait jeté tous ces regards enamourés ! Il était prêt à tout pour devenir père. Et elle, elle avait échoué à l'aider à réaliser son plus grand rêve.

— La seule chose qui compte, à présent, c'est vous, dit Austin d'un ton bienveillant. Vous avez besoin de vous reposer.

La gorge nouée, Willa acquiesça. Un terrible sentiment de défaite l'envahit alors, manquant de lui faire perdre le contrôle de la situation.

— Vous voulez que je reste un peu auprès de vous ? proposa-t-il en lui caressant le dos de la main.

Willa n'était pas dupe. Il avait beau lui parler d'une voix très tendre, elle doutait de la sincérité de sa proposition. Il était sans aucun doute soucieux de son sort, mais elle ne tenait vraiment pas à lui inspirer une quelconque pitié. Il semblait y avoir de nouveau une telle distance entre eux !

Pour toute réponse, elle se borna à secouer la tête. Si elle ouvrait la bouche, elle craignait de perdre tout contrôle et elle n'avait pas l'intention d'étaler son chagrin devant lui, ni de lui exposer son extrême vulnérabilité.

— Vous êtes sûre ? demanda-t-il en lui effleurant la joue du revers de la main.

Comme elle ne réagissait pas, il ajouta :

— Je ne suis pas vraiment tranquille à l'idée de vous laisser toute seule…

Encore une preuve de sa grande bonté, songea Willa en prenant une profonde inspiration. Lui aussi avait tout perdu dans cette histoire. Malgré tout, il s'inquiétait encore des bonnes manières et faisait comme s'il ne venait pas de recevoir un coup fatal.

Bien déterminée à endiguer le flot d'émotions qui menaçait de l'engloutir, elle releva fièrement le menton et glissa ses mains sous les couvertures.

— Partez, dit-elle d'un ton abrupt. Je n'ai pas besoin de vous.

— Vous en êtes sûre ?

Elle acquiesça et détourna aussitôt la tête. Puis elle ferma les yeux en serrant très fort les paupières pour ne pas regretter son geste. Elle aurait évidemment beaucoup aimé qu'il reste à ses côtés, mais elle n'avait pas le droit de lui demander un tel sacrifice. Cela ne l'aurait guère étonnée s'il lui avait dit qu'il ne voulait plus jamais la revoir...

Cependant, contre toute attente, Austin ne bougea pas d'un pouce. Il resta un long moment assis sur le bord du lit, sans mot dire. Seul le hurlement d'un coyote dans le lointain vint troubler le silence qui régnait à présent dans la chambre.

— D'accord, soupira-t-il finalement. Si c'est ce que vous voulez vraiment...

Il se leva lentement en lui pressant légèrement l'épaule et se pencha vers elle, comme pour l'embrasser. Puis il sembla se raviser. Willa serra les poings en comprenant qu'il n'osait pas lui dire que tout était terminé entre eux.

Elle l'entendit s'éloigner doucement et retint son souffle, craignant qu'il ne fasse demi-tour sous un prétexte plus ou moins futile.

— Elle devrait pouvoir rentrer chez vous demain en milieu de matinée, dit le médecin, qui était resté derrière la porte. Elle aura besoin d'un repos total. Il faudrait peut-être demander à votre sœur ou à l'une de vos belles-sœurs de venir s'occuper de la maison pendant quelques jours.

— Ne vous inquiétez pas, je vais trouver quelqu'un, répondit Austin d'une voix bourrue.

Il devait lui en coûter terriblement de devoir prendre sur lui et de ne pas pouvoir s'abandonner à sa douleur !

Tout se passait si bien, depuis quelques jours, songea Willa avec amertume. Pourquoi avait-il fallu qu'une catastrophe vienne tout gâcher ? Les bonnes choses ne duraient tout simplement pas éternellement… Après tout ce qu'elle avait déjà vécu, elle aurait pourtant dû le savoir ! Elle aurait dû se préparer à ce retour de bâton ! Comment avait-elle pu se montrer aussi naïve ?

C'était certainement à cause d'Austin. Il était parvenu à lui faire croire aux contes de fées. Sa gentillesse et sa force inébranlable avaient réussi à la convaincre qu'elle était désormais en sécurité, et que les terribles épreuves qu'elle avait vécues naguère n'étaient plus qu'un mauvais souvenir… La chute n'en était que plus brutale. En une seule nuit, elle venait de perdre son bébé et son mari ! Comment se remettrait-elle d'un tel choc ?

Elle n'avait pas besoin de lui, avait-elle déclaré sèchement. Austin ne s'en était pas remis et avait ruminé cette phrase durant tout le trajet jusque chez lui. Jamais il n'avait autant souffert, songea-t-il en ouvrant la porte d'entrée.

La maison était si calme… Un terrible sentiment de solitude le submergea tout à coup ; il avait l'étrange impression qu'elle avait définitivement quitté la maison. Il n'aurait su exactement dire pourquoi, mais cette angoisse sourde le paralysait. C'était une espèce de mauvais pressentiment. Jamais il n'oublierait la façon dont Willa avait détourné le regard dans la chambre du médecin. Elle l'avait traité comme un parfait étranger, comme s'ils n'avaient jamais rien partagé, comme s'ils ne s'étaient jamais embrassés… Comme si rien ne les unissait plus !

Austin vit alors les petits vêtements de bébé posés sur

la table basse du salon. Le regard embué de larmes, il pensa à tous les rêves qu'il avait faits pour leur bébé. Willa devait elle aussi être en proie à un profond désespoir, ce n'était pas possible autrement. Alors pourquoi l'avait-elle rejeté ainsi ?

Elle n'avait pas besoin de lui… Peut-être avait-elle simplement voulu dire qu'il fallait la laisser dormir pour qu'elle reprenne des forces. Peut-être devrait-il cesser de chercher un sens caché à chacune de ses paroles.

Alors pourquoi avait-il l'horrible sensation d'être arrivé à un tournant ? Il craignait tant que la relation qu'ils commençaient seulement à bâtir ne puisse supporter une pareille épreuve… Il se couvrit le visage de ses mains et rassembla toutes ses forces pour ne pas s'abandonner au chagrin qui paraissait vouloir le submerger.

Pourquoi avait-il l'impression qu'il était en train de la perdre elle aussi ? D'ailleurs, ne l'avait-il pas déjà perdue ?

Chapitre 19

— Je sais que vous venez de traverser une terrible épreuve, Willa. Mais, comme je l'ai dit cette nuit à votre mari, la vie va finir par rapidement reprendre ses droits. Vous aurez d'autres enfants, je vous en donne ma parole.

Le Dr Wetherbee lui tendit la main pour l'aider à descendre l'escalier.

— Je suis certain qu'Austin et vous aurez fondé une famille d'ici peu, ajouta-t-il.

Willa se mordit la lèvre et préféra garder le silence. Comment aurait-elle pu expliquer à cet homme qu'elle était incapable de se projeter aussi loin ? Ce qui l'attendait en bas de l'escalier suffisait amplement à sa peine... Elle redoutait tant le regard d'Austin ! Qu'allait-elle bien pouvoir lui dire ?

Et ce médecin qui lui parlait de fonder une famille ! Ne comprenait-il pas que c'était impossible ? Ses rêves avaient volé en éclats et, à présent, il fallait bien accepter la triste réalité. Elle aurait pourtant donné cher pour que tout redevienne comme avant...

Or, c'était impossible.

Elle avait perdu son bébé. Et, désormais, elle n'avait plus la moindre raison de rester vivre aux côtés d'Austin.

— N'oubliez pas ce que je vous ai dit tout à l'heure, Willa. Vous avez besoin d'un repos absolu pendant quelques jours. Vous ne devez surtout pas forcer. Et, si vous tenez vraiment à faire quelque chose, contentez-vous de coudre ou de tricoter. Vous m'avez bien compris ?

— Oui, docteur, murmura-t-elle.

Willa pensa alors aux petites chaussettes qu'elle avait commencé à tricoter et crut défaillir. Le poids du terrible chagrin qui l'accablait devint tout à coup à peine supportable. Etourdie, elle manqua une marche et faillit tomber. Le médecin eut juste le temps de la rattraper.

— Prenez votre temps, Willa. Vous avez subi un sérieux traumatisme. Il ne faut pas aller trop vite.

Sonnée, Willa s'agrippa à la rampe. Le médecin était loin de se douter de ce qu'elle ressentait ! Elle n'était certainement pas pressée d'aller retrouver son mari. Comme elle redoutait le moment où leurs yeux finiraient par se croiser ! Il devait être si déçu…

— Willa !

Elle reconnut la voix d'Austin mais garda la tête résolument baissée. Il lui fallait rester concentrée sur les marches de l'escalier. Un pied devant l'autre… Une fois arrivée en bas, elle prit une profonde inspiration. C'était le moment de rassembler le peu de forces qu'il lui restait.

— Prenez bien soin d'elle, Austin, dit le Dr Wetherbee. Je passerai vous voir demain après-midi.

— Merci pour tout, Silas, répondit Austin d'une voix morne.

Willa se dirigea alors vers la porte d'entrée d'un pas incertain. Elle prit tout à coup conscience du fait qu'elle n'avait pas remercié le médecin et tourna la tête dans sa direction, mais elle fut bien incapable de prononcer le moindre mot. Compréhensif, le vieil homme lui pressa doucement l'épaule en esquissant un petit sourire.

— Allez, venez, Willa, dit alors Austin. Rentrons à la maison.

Willa n'était pas dupe. Il faisait de son mieux pour lui paraître réconfortant, mais sa voix sonnait terriblement faux. D'ailleurs, pourquoi cherchait-il à dissimuler sa peine ? Elle serra les poings, trop faible pour prendre les décisions qui s'imposaient pourtant. Ce qu'elle avait à lui dire n'était pas des plus faciles… Ne comprenait-il pas qu'elle ne tenait vraiment pas à rentrer avec lui ? Puisque tout était fini, à quoi bon continuer à faire semblant ?

Alors qu'elle hésitait à lui faire part de ses interrogations, Austin lui passa le bras autour de la taille pour la soutenir. Toujours le parfait gentleman, songea-t-elle, un peu agacée. Comme elle ne trouvait pas le courage de l'en empêcher, elle le laissa faire. Ne voyait-il donc pas que leur destin à tous deux était déjà scellé ?

— Evelyn est à la maison, reprit-il d'une voix blanche. Elle tenait à ce que tout soit prêt pour votre retour.

Il s'arrêta devant la porte et lui présenta son manteau.

— Elle a fait une bonne flambée dans la cheminée pour que vous ne preniez pas froid et doit être en train de préparer un bon repas chaud, à l'heure qu'il est.

— C'est vraiment très gentil à elle, marmonna Willa.

Elle savait qu'elle était à peine audible, mais c'était déjà un miracle que ces quelques mots aient réussi à franchir le seuil de ses lèvres. Elle se sentait complètement engourdie, à se demander si elle était encore de ce monde. Retrouverait-elle un jour ses sensations ?

Elle regarda fixement le manteau qu'Austin lui tendait, puis finit par l'enfiler en poussant un soupir résigné. Lorsqu'il le lui ajusta sur les épaules, elle perçut la chaleur qui émanait de lui et se mit à frissonner involontairement. Elle n'irait pourtant pas chercher de réconfort dans ses bras ; elle était bien assez grande pour se débrouiller seule…

Il fallait à présent se concentrer sur les boutons de son manteau. Malheureusement, ses doigts ne semblaient pas vouloir coopérer. Austin l'attira vers lui, comme si rien de catastrophique n'était arrivé, et le lui boutonna. Comme si tout n'était pas terminé entre eux…

— Vous êtes prête ? demanda-t-il alors qu'elle nouait sa ceinture.

Elle acquiesça, et il ouvrit la porte. Dehors, l'air était relativement doux mais, étrangement, elle eut l'impression de ne pas pouvoir respirer à pleins poumons. Quant à la lumière aveuglante du soleil, elle lui piquait horriblement les yeux. Elle n'attendit pas Austin et descendit les marches du perron en titubant un peu. Il referma vivement la porte et se hâta de la rejoindre.

— Laissez-moi vous aider à monter en voiture, dit-il d'une voix ferme en lui saisissant le coude.

Il semblait toujours aussi déterminé à faire son devoir, constata-t-elle en serrant les poings. Elle ne savait pas comment l'arrêter et n'avait pas la force d'argumenter, alors elle le laissa faire. Impatient de se remettre en route, Calvin renâclait et martelait le sol de ses sabots.

— Attends un peu, mon ami, dit Austin. Nous allons bientôt partir.

Il prit place sur le siège du conducteur et rassembla les rênes.

Ils quittèrent la ville sans même que Willa s'en aperçoive. Tout semblait glisser sur elle. Elle devait à tout prix réfléchir et prendre les bonnes décisions. Austin l'avait épousée parce qu'elle était enceinte. A présent que le bébé n'était plus là, elle n'avait plus aucune raison de rester.

Tandis qu'ils traversaient la forêt, elle risqua un coup d'œil vers Austin. Il se tenait raide comme un piquet et ne pipait mot. La distance qui les séparait désormais semblait infinie. Elle n'osait scruter plus attentivement son expression ; de toute façon, cela aurait été inutile. Elle savait bien qu'il était terriblement déçu. Il devait forcément lui en vouloir d'avoir réduit ses rêves à néant…

Lorsqu'ils s'arrêtèrent devant la maison, elle remarqua que de nouvelles touffes d'herbe parsemaient la cour de nuances vert tendre. Les beaux jours n'allaient plus tarder, mais tout cela lui était bien égal, à présent… Elle décida de descendre de la voiture sans attendre l'aide d'Austin. Sa sollicitude feinte lui était absolument insupportable.

Quand elle entra dans la maison, elle s'aperçut immédiatement que tout ce qui aurait pu lui rappeler le bébé avait disparu. Même la porte de la chambre où il aurait dû dormir était soigneusement fermée.

— Willa ! s'exclama Evelyn en sortant précipitamment de la cuisine.

Elle portait un tablier sur sa belle robe printanière, nota Willa. Qu'allait-elle bien pouvoir lui dire ?

— Venez, ma chère Willa. Je vous ai préparé votre lit.

— Merci, bredouilla-t-elle.

Elle avait l'impression qu'on venait de lui arracher le mot de la bouche. Elle éprouvait pourtant beaucoup d'affection pour cette femme et appréciait sincèrement tout ce qu'elle faisait pour elle.

Austin entra peu après et vint immédiatement se placer derrière elle pour l'aider à ôter son manteau. Elle voulut l'ignorer mais, bizarrement, son corps tout entier semblait le réclamer. La situation devait également le faire souffrir, et cela lui était intolérable. Il avait lui aussi perdu tous ses rêves…

Elle se laissa guider jusqu'à la chambre par Evelyn et se mit au lit sans attendre, avec une seule envie : sombrer dans un profond sommeil.

Resté seul dans l'entrée, Austin accrocha le manteau de Willa et tendit l'oreille. Evelyn mettait manifestement Willa au lit. Il avait l'impression qu'un poids immense pesait sur ses épaules.

Willa lui avait parlé du bout des lèvres à son arrivée chez le médecin. Elle avait ensuite évité de croiser son regard, sans compter qu'elle ne lui avait pas adressé un mot sur le trajet du retour… Il savait bien qu'elle était accablée par le chagrin ; lui aussi, du reste… Mais pourquoi ne se tournait-elle pas vers lui ? Qui mieux que lui pouvait la comprendre ?

— Elle a besoin de se reposer, dit Evelyn à mi-voix en refermant doucement la porte de la chambre derrière elle.

Comme Austin ne réagissait pas, elle ajouta :

— Je lui apporterai à manger un peu plus tard. Veux-tu que je mette le couvert pour toi ?

— Je n'en sais rien, répondit-il d'une voix morne en se passant la main dans les cheveux.

Sa sœur ne voyait-elle pas dans quel état d'hébétude il se trouvait ? songea-t-il, incapable d'avoir les idées claires pour l'instant. Le gouffre qui le séparait de Willa semblait désormais tellement profond !

— Je vais rester près de la porte, annonça-t-il soudain. Elle va sûrement avoir besoin de moi.

— Elle a surtout besoin de repos, répondit Evelyn en lui posant la main sur le bras pour le réconforter.

Austin lui jeta alors un regard interrogateur. En tant qu'époux n'était-il pas censé s'occuper de sa femme ?

— Tu sais, Austin, je comprends que tu aies envie d'être à ses côtés, reprit Evelyn d'une voix douce. Mais Willa a besoin d'être un peu seule. Et il n'y a rien d'étonnant à ça, après ce qu'elle vient de traverser.

— Tu crois vraiment que c'est ce qu'il y a de mieux

pour elle ? Elle va certainement avoir besoin de soutien, objecta-t-il.

— Je crois que tu ferais mieux d'aller travailler, Austin. Je t'assure, ça t'aiderait à te changer les idées. Mais mange d'abord un morceau pour te requinquer un peu. Je vais me charger de mettre la table.

Austin remarqua alors la compassion qui brillait dans les yeux de sa sœur. Mais il n'y avait pas que cela. N'y avait-il pas également décelé de la pitié ? Elle ne lui avait probablement pas tout dit…

— Elle ne veut pas me voir, c'est ça ? demanda-t-il d'une voix mal assurée.

— Elle ne l'a pas vraiment dit comme ça, répondit Evelyn dans un souffle.

— Evidemment… Willa est bien trop gentille pour oser me rejeter comme ça. N'empêche que c'est bien ce qu'elle t'a demandé, si je comprends bien.

Il serra les dents et les poings. Que pouvait-il faire pour empêcher Willa de s'éloigner de lui ? Il n'avait qu'une envie : se précipiter dans leur chambre, la prendre dans ses bras et la bercer tout contre lui jusqu'à ce qu'elle aille mieux. Mais le laisserait-elle faire ? Rien n'était moins sûr… L'attente le rongeait. Rester là, impuissant, lui était absolument insupportable.

— N'oublie pas qu'elle est restée éveillée une bonne partie de la nuit, murmura Evelyn. Elle a besoin de rattraper le sommeil perdu. Elle est vraiment épuisée, tu sais. Les choses iront déjà mieux demain, je t'assure.

Vivement demain, alors ! songea Austin en soupirant. Evelyn ne comprenait manifestement pas la gravité de la situation et ne se rendait pas compte que quelque chose clochait. C'était bien plus que du chagrin qu'éprouvait Willa. Bien sûr qu'elle avait le droit d'être triste, tout comme lui. Mais ce n'était pas cela, le problème. Il la sentait tellement loin de lui ! Et, sans bien qu'il sache pourquoi, il avait l'impression que s'il n'allait pas la voir immédiatement rien ne serait jamais plus comme avant. Ce serait trop tard pour retrouver leur si douce entente. Ils vivraient une existence feutrée, à distance l'un de l'autre.

Et si tout était déjà définitivement perdu ? se demanda-t-il soudain, le cœur serré. Et si leur amour naissant n'avait pas résisté à la terrible épreuve qu'ils venaient de traverser ? Il fallait absolument prendre le taureau par les cornes. Tout de suite. Il devait forcément y avoir un moyen de renouer le contact !

Il prit une profonde inspiration et rassembla toutes ses forces. Il était prêt à abattre des montagnes, à présent. Pas question de tout laisser partir à vau-l'eau ! Il ne la perdrait pas elle aussi… Pas Willa.

— Austin ! s'écria soudain Evelyn en le suppliant du regard. Je sais bien que tu l'aimes, mais ce n'est pas de ça qu'il s'agit, tu sais. Je t'en prie, fais-moi confiance sur ce point. Tu dois lui laisser un peu de temps…

Austin hocha tristement la tête. Tout était très clair, en définitive. Il venait de comprendre ce qu'Evelyn essayait de lui dire, sans le brusquer, depuis quelques minutes. Il ne servait à rien d'aller voir Willa, car la bataille était perdue d'avance !

Il fixa alors la porte de la chambre à coucher, perplexe. Willa tendait-elle l'oreille pour entendre des bribes de conversation ? Comprenait-elle réellement l'étendue des sentiments qu'il éprouvait pour elle ? Une angoisse sourde l'envahit. Il avait besoin d'aller prendre l'air. Peut-être cela l'aiderait-il à y voir plus clair. Il devait d'abord trouver un moyen de contrôler ses émotions pour pouvoir aller de l'avant, au lieu de s'apitoyer sur son sort !

— Je veux bien que tu me prépares un repas à emporter,

finalement, dit-il brusquement en prenant son chapeau accroché près de la porte.

Comme il était déjà sur le seuil, il ajouta :

— Je suppose qu'il vaut mieux suivre tes conseils. Je vais aller travailler… N'hésite pas à venir me chercher si tu as besoin de moi.

— D'accord, répondit Evelyn, comme à regret.

Elle semblait penser qu'il avait pris la bonne décision mais ne paraissait pas très à l'aise, remarqua-t-il. Evelyn n'avait pas non plus la partie facile. Elle se retrouvait sans le vouloir au beau milieu d'un bel imbroglio.

— Merci pour tout, dit-il d'une voix lasse. Prends bien soin de Willa…

— Tu sais que tu peux compter sur moi, Austin.

Aveuglé par la lumière crue du soleil, il cligna les yeux plusieurs fois avant de dévaler les marches du perron. Un besoin impérieux de fuir venait de le saisir. Calvin le regarda venir vers lui avec étonnement.

Qu'est-ce qu'un cheval aurait bien pu comprendre à une situation pareille ? se demanda Austin en lui caressant gentiment les naseaux. Il ferma un instant les yeux et posa la joue contre l'encolure tiède de Calvin. Rien de tel qu'un vieil ami pour trouver un peu de réconfort…

— Austin ?

Il sursauta, comme pris en faute. C'était simplement Evelyn qui lui apportait son repas.

— Merci beaucoup, murmura-t-il.

Puis il jeta un dernier coup d'œil en direction de la fenêtre de la chambre où Willa se reposait et se mit en route. Les rideaux jaunes paraissaient hermétiquement fermés. Willa ne risquait pas de l'épier. Du reste, s'intéressait-elle seulement à ce qu'il pouvait bien faire ?

Austin eut beau travailler comme un forcené tout l'après-midi, il ne cessa de penser à Willa et au fossé qui les séparait de nouveau. Les visites qu'il reçut n'y changèrent rien. Ses deux frères furent les premiers à venir prendre des nouvelles. Ce fut ensuite le tour du révérend, puis de Mme Pole. Austin leur était très reconnaissant pour toute la gentillesse qu'ils lui témoignaient, mais cela ne faisait que raviver sa douleur et lui rappelait tout ce qu'il avait perdu. Il aimait déjà tellement le bébé que Willa portait encore quelques heures plus tôt ! Quant à Willa, elle était son rayon de soleil, et il lui était désormais impossible d'envisager son existence sans elle…

Charlie était passé le voir à la demande d'Evelyn en fin d'après-midi pour lui proposer de dîner tous ensemble. Mais il avait décliné leur offre et était resté à travailler jusqu'à la tombée de la nuit. Faire bonne figure était au-dessus de ses forces.

Lorsqu'il rentra enfin chez lui, il reconnut la voiture garée devant la grange. C'était celle de Berry. Elle avait certainement suggéré à Evelyn de rentrer chez elle et l'avait remplacée au chevet de Willa.

En apercevant quelques fleurs sauvages qui poussaient devant la maison, Austin s'accroupit et les cueillit une à une avec délicatesse. Il prit ensuite une profonde inspiration et entra.

— Salut ! fit Berry en se redressant brusquement. On dirait que je me suis endormie en t'attendant… Tu as faim ? Je peux te réchauffer quelque chose, si tu veux.

— Non, je te remercie, Berry. C'est vraiment gentil à toi d'être restée.

Austin accrocha alors son manteau et son chapeau dans l'entrée et resta planté près de la porte, sans trop savoir que faire.

— Mais c'est tout naturel, Austin. Delia viendra demain

matin à la première heure, ajouta Berry en se levant du canapé. Tout finira par s'arranger, tu verras… Willa semble déjà aller un peu mieux. Elle a besoin d'un peu de temps, tu sais.

— Si tu le dis…, bougonna-t-il en haussant les épaules. Est-ce qu'elle a demandé de mes nouvelles ?

— Euh… non, répondit Berry, l'air sincèrement désolé. Les choses iront peut-être mieux après une bonne nuit de sommeil.

— Peut-être…

Après le départ de Berry, Austin se rendit dans la cuisine pour mettre les fleurs qu'il venait de cueillir dans un petit vase en étain. Il couvrit ensuite le feu de cendres pour la nuit, ferma la maison à double tour et se dirigea à pas de loup vers la chambre à coucher. Il ne tenait vraiment pas à réveiller Willa ! Mieux valait attendre encore un peu avant d'essayer d'arrondir les angles avec elle. Une fois la porte de la chambre soigneusement refermée, il posa le petit bouquet de fleurs jaunes sur la table de chevet de Willa. Cela l'aiderait peut-être à retrouver un peu le moral au petit matin…

La faible lumière qui filtrait à travers les rideaux de la chambre nimbait le corps de Willa d'un halo argenté. Comme elle était belle ! songea Austin, le cœur gonflé d'une tendresse et d'une compassion infinies. Elle dormait sur le côté, ses cheveux bouclés retombant en cascade sur ses frêles épaules et sur la taie d'oreiller d'un blanc immaculé. Elle s'était réfugiée à l'extrémité du lit, comme si elle avait voulu prendre le moins de place possible. Elle ne voulait probablement pas risquer le moindre contact physique avec lui…

Dépité, il commença à se déshabiller sans bruit et à se préparer pour la nuit. Puis il se glissa entre les draps en prenant bien garde de ne pas faire grincer le matelas et de ne pas prendre trop de place. Willa ne viendrait certainement pas se blottir au creux de ses bras pendant la nuit, ni poser sa joue contre sa poitrine… Le cœur serré, il ferma les yeux en espérant sombrer rapidement dans le sommeil pour oublier tous ses tourments.

Mais il n'avait toujours pas réussi à fermer l'œil aux premières lueurs du jour…

Chapitre 20

Le lendemain matin, lorsqu'elle ouvrit les yeux, Willa remarqua immédiatement le joli bouquet de fleurs jaunes posé sur sa table de chevet. Elle se redressa sur les coudes et cilla à plusieurs reprises pour s'habituer à la lumière aveuglante qui filtrait à travers les rideaux de la chambre. Les renoncules étaient ses fleurs préférées. Comment Austin l'avait-il deviné ?

Quelle gentille attention ! songea-t-elle en voyant ces fleurs magnifiques juste à côté d'elle. Elle eut tout à coup la tentation d'abandonner ses projets. La veille, sur le trajet du retour, elle avait bien réfléchi. Elle devait partir ; elle devait bien cela à Austin.

Austin... Son seul prénom fit monter en elle une immense vague de tendresse. Elle s'assit sur le bord du lit et tendit l'oreille mais n'entendit pas le moindre bruit. N'y avait-il personne à la maison ? Il était encore tôt, pourtant. Peut-être Austin était-il déjà parti travailler et Delia n'était-elle pas encore arrivée.

C'était sans doute mieux ainsi. Elle n'aurait pas à convaincre Delia de rentrer chez elle et de la laisser seule. Il lui faudrait un peu de temps pour préparer ses affaires...

Prenant son courage à deux mains, elle se leva et alla à la penderie. Elle crut défaillir en ouvrant la porte pour y récupérer ses vieilles robes élimées, qu'elle se mit aussitôt à plier en passant machinalement la main sur leur tissu rêche et rapiécé. Elle enfila ensuite la plus présentable, puis se hissa sur la pointe des pieds pour attraper son sac de voyage posé sur la plus haute étagère.

Elle n'avait pas l'intention d'emporter les belles robes qu'Austin lui avait achetées. Peut-être sa prochaine épouse pourrait-elle les porter. Ou même Evelyn, après la naissance de son bébé… Une profonde tristesse l'envahit tandis qu'elle songeait à ses belles-sœurs. Toutes les trois l'avaient accueillie à bras ouverts et s'étaient si bien occupées d'elle…

Elle poussa un profond soupir. Elle ne devait surtout pas se laisser guider par ses émotions et ses sentiments. Sinon, elle n'arriverait à rien. Il fallait qu'elle s'en tienne à son plan. Austin méritait d'être heureux, elle lui devait bien cela !

En apercevant son reflet dans le miroir, elle tressaillit. Elle avait tellement changé, depuis son arrivée ! Elle repensa alors à tous les cadeaux qu'Austin lui avait faits. Tout particulièrement à ceux qui n'étaient pas tangibles. Elle savait désormais que tous les hommes n'étaient pas des brutes et que certains pouvaient même se révéler d'une grande bonté.

Austin l'avait traitée avec une telle bienveillance qu'elle en avait presque oublié tout le mal que Jed lui avait fait. Elle avait également connu le bonheur fugace d'appartenir à une vraie famille. Les mariages heureux n'étaient donc pas uniquement réservés aux contes de fées… Comme elle regrettait de ne pas avoir pu donner à Austin tout ce qu'il méritait ! Peut-être réaliserait-il un jour ses rêves avec une autre femme…

Lorsqu'elle sortit de la chambre, elle s'étonna de la douce chaleur qui régnait dans le salon. Le feu de la cheminée s'était éteint, mais le soleil qui brillait à travers les vitres avait bien réchauffé la pièce. Les rideaux étaient ouverts.

Comme elle avait eu raison ! Ces rideaux égayaient indubitablement les lieux ! Il n'allait pas être facile de quitter cette maison. Sa maison…

Il ne fallait pas qu'elle flanche si près du but, se dit-elle. Elle devait partir. Pour toujours.

Déterminée à aller jusqu'au bout, elle sortit du salon sans jeter un regard derrière elle. Elle décrocha son manteau tout élimé, noua son fichu, puis enfila ses vieilles chaussures éculées. Seul le tic-tac régulier de l'horloge résonnait dans le silence de la maison. Il était déjà 9 heures et demie. Si elle attelait rapidement la jument et la laissait devant la forge d'Austin, elle aurait tout juste le temps d'attraper le train de 10 heures. Cette fois, cependant, elle n'aurait pas les moyens de voyager dans le compartiment réservé aux voyageurs, mais il ne devait pas être si difficile de se faufiler dans l'une des voitures de marchandises. A vrai dire, elle se moquait bien de savoir où elle irait. Tout ce qui comptait, c'était de partir. Le plus vite possible.

Lorsqu'elle ferma la porte de la maison, la tiédeur matinale la surprit. Le printemps était bel et bien là, cette fois. Les oiseaux pépiaient gaiement et voletaient de branche en branche alors qu'elle descendait les marches du perron. Elle serra instinctivement son sac contre sa poitrine et cligna les yeux, éblouie par la couleur éclatante de la pelouse qui s'étendait devant elle. Pourquoi lui fallait-il partir par une si belle journée ?

En la voyant arriver, Rosie, qui était avec Etoile dans un petit pré près de la grange, leva la tête tout en continuant à mâcher l'herbe qu'elle venait de brouter. Willa aperçut également un rouge-gorge en train de sautiller à la recherche d'insectes ainsi qu'un lièvre tapi un peu plus loin, derrière des touffes d'herbes folles. Ses longues oreilles dressées et les narines frémissantes, il humait l'air tout autour de lui. Dès qu'il la vit s'avancer il détala, la queue en l'air.

Willa avait l'impression de peser une tonne. Chaque pas lui demandait un effort surhumain. C'était un tel déchirement de quitter à jamais cet endroit qu'elle avait appris à aimer ! Rosie passa alors la tête par-dessus la clôture et se mit à mugir joyeusement. La petite jument noire s'approcha un peu elle aussi, timidement. C'était à peine croyable, se dit Willa. Elle semblait la chercher des yeux !

— Merci, les filles, murmura Willa. Vous êtes vraiment les meilleures amies que j'aie jamais eues.

Rosie tendit alors son museau, comme pour réclamer une caresse. C'était extrêmement difficile de lui résister, songea Willa en la tapotant entre les oreilles. Rosie allait sans nul doute beaucoup lui manquer…

Alors qu'elle s'apprêtait à s'éloigner de la clôture, Willa entendit un petit hennissement. La jument vint rejoindre Rosie et sembla elle aussi réclamer son attention. Willa n'en croyait pas ses yeux. Elle tendit doucement la main vers Etoile, qui paraissait encore quelque peu hésitante, et lui effleura les naseaux du bout des doigts, le cœur battant.

— Tu es une très gentille jument, Etoile. Tu es vraiment adorable, bredouilla-t-elle, émue.

Après tout ce qu'elle avait subi, Etoile avait réussi à ouvrir son cœur une nouvelle fois et à accorder sa confiance ! C'était un vrai miracle.

— Jamais je n'aurais pensé que tu me laisserais faire ça un jour ! dit Willa.

— Moi, j'étais certain qu'elle finirait par vous faire confiance…

C'était la voix d'Austin ! Elle fit volte-face, les joues en feu. Une vague de chaleur la transperça de part en part, et son cœur se mit à cogner fortement dans sa poitrine.

Mais que faisait-il à la maison à une heure pareille ? se demanda-t-elle, en proie au désespoir le plus complet. Elle ferma les yeux l'espace de quelques instants pour essayer de rassembler le courage dont elle avait besoin pour mettre son plan à exécution. Elle n'avait qu'à le regarder droit dans les yeux. Elle verrait bien à ce moment-là qu'il n'éprouvait plus aucune affection pour elle et elle pourrait alors mettre un terme à leur relation sans trop de difficultés. Mais comment allait-elle s'y prendre pour lui faire part de sa décision ? Et comment ferait-elle pour se remettre un jour d'une telle épreuve ? Pourquoi devait-elle le quitter, du reste ?

— Qu'est-ce que vous faites déjà debout ? reprit-il d'un ton plein de sollicitude.

Willa entendit l'herbe crisser sous ses bottes. Il n'était plus qu'à deux ou trois mètres d'elle…

— Je suis passé voir comment vous vous sentiez, poursuivit-il. C'est vraiment une très belle journée. J'ai fait sortir les animaux. Je me suis dit qu'ils auraient peut-être envie de se dégourdir un peu les jambes dans la pâture.

— C'est ce que j'ai remarqué, répondit Willa en le fixant du regard, le menton fièrement relevé et le dos bien droit.

Consciente que c'était sans doute la dernière fois qu'elle le voyait, elle se mit en tête de mémoriser chaque détail de cet homme qu'elle avait appris à aimer. Ses cheveux bruns emmêlés sous son large chapeau. Ses yeux bleus très expressifs. Son grand cœur. Son beau visage anguleux respirant l'intégrité et la gentillesse… Au fond, elle ne désirait qu'une seule chose, se jeter dans ses bras et se coller à lui jusqu'à ne plus faire qu'un.

Elle vit le moment exact où Austin remarqua le sac de voyage qu'elle tenait. Son sourire s'évanouit aussitôt, et ses yeux perdirent tout éclat. Il la fixa un instant, bouche bée, et une peine incommensurable apparut sur son visage bouleversé. Il paraissait littéralement dévasté. Puis, tout à coup, il secoua la tête et parut reprendre ses esprits.

— Je suppose que vous n'avez pas forcément l'intention

de m'expliquer ce que vous fabriquez avec ce sac de voyage ? demanda-t-il en fonçant sur elle. Vous voulez peut-être aller le déposer à l'église en faveur des œuvres de charité ?

— Non, ce... ce n'est pas ça, bégaya-t-elle, la gorge nouée.

Etoile et Rosie semblaient les regarder sans comprendre.

— Je pensais que c'était Delia qui allait passer me voir, ajouta-t-elle.

— J'imagine que ça aurait rendu les choses drôlement plus faciles pour vous... Je tenais beaucoup à rester à la maison avec vous. Je n'ai pas réussi à convaincre Evelyn hier mais, ce matin, j'ai eu plus de chance avec Delia. Je suis rentré pour m'occuper de vous. De ma femme.

— Oh ! lâcha-t-elle avant de se mordre la lèvre.

Elle prit appui sur la clôture, sans même remarquer que Rosie s'était mise à lécher son fichu.

— C'est justement de ça que je dois vous parler, Austin. Je ne suis plus votre femme, à présent.

— Mais que voulez-vous dire ? s'exclama Austin, le visage déformé par la douleur.

Elle n'y comprenait décidément rien. Pourquoi ne paraissait-il pas soulagé qu'elle lui rende sa liberté ? C'était pourtant ce qu'il y avait de mieux pour lui ! En plus, elle avait la décence de lui épargner la peine d'avoir à la renvoyer et de partir de son plein gré !

— Vous trouverez sûrement un avocat en ville qui pourra annuler notre mariage sans trop de difficultés, ajouta-t-elle en clignant vivement les paupières pour retenir les larmes qu'elle sentait lui monter aux yeux.

— Vous voulez donc me quitter ? demanda Austin d'une voix dans laquelle transparaissait un immense désespoir.

Il cacha alors son visage derrière ses mains pour masquer son trouble. Lorsqu'il les laissa retomber un instant plus tard, son expression était de nouveau de marbre.

— N'est-ce… n'est-ce pas mieux ainsi ? dit-elle d'une voix étranglée.

Willa eut soudain l'impression que son cœur se brisait en mille morceaux. Jamais elle n'avait ressenti une telle souffrance. Quitter Austin était un tel déchirement ! Plus jamais elle n'aurait droit au bonheur…

— J'ai perdu le bébé, alors à quoi bon ? s'exclama-t-elle.

— Je voulais vraiment ce bébé, c'est vrai, admit Austin. Mais ce n'est pas une raison pour vouloir partir !

Il la regardait durement, mais elle savait que ce n'était pas de la colère qu'il éprouvait envers elle.

— Mais c'est pourtant à cause du bébé que nous nous sommes mariés ! dit Willa, prise au dépourvu, pour se justifier. C'est parce que j'étais enceinte que vous étiez si gentil avec moi. Et c'est bien parce que j'attendais un bébé que je suis venue m'installer dans le Montana !

— Ah ! Nous y voilà ! lâcha Austin avec amertume. Maintenant que vous n'avez plus besoin de moi, vous voulez vous en aller.

« Non ! » eut-elle aussitôt envie de hurler. Elle garda cependant le silence. Jamais elle n'oserait lui dire qu'elle aurait toujours besoin de lui, qu'elle voulait vivre à ses côtés pour le restant de ses jours… Elle n'avait pas le droit de saccager les rêves qu'il tenait tant à réaliser ! Et elle, elle lui avait fait défaut sur tous les plans. Comment pouvait-il lui demander de rester ?

— Je ne peux pas vous offrir ce que vous désirez le plus au monde, dit-elle enfin. Je ne suis pas celle qu'il vous faut. Vous méritez bien mieux.

— Mais vous êtes ma femme ! s'exclama Austin. Je ne veux personne d'autre que vous ! Et je l'ai su dès que j'ai lu votre petite annonce dans le journal. C'était le « s'il vous plaît » qui a retenu mon attention. Ce n'était pas du tout parce que vous attendiez un enfant. C'était vous que je voulais. C'est vous que je veux, Willa.

— Vous l'avez dit vous-même, Austin, répondit-elle en secouant la tête d'un air navré. Il arrive qu'un cœur ait été tellement piétiné qu'il ne puisse plus jamais fonctionner normalement… Je ne vous ai jamais caché les motivations qui m'ont amenée ici. Et je vous assure que j'ai essayé de vous aimer. De toutes mes forces. Mais mon cœur reste désespérément sec. Vous êtes pourtant l'homme dont j'ai toujours rêvé. Vous avez même surpassé mes espérances les plus folles. Jamais je n'aurais pensé rencontrer un jour un homme tel que vous ! Mais je sais aussi que je ne suis pas celle qu'il vous faut. Je suis sincèrement désolée de vous avoir causé une telle déception.

— Willa… Vous ne voyez donc pas que c'est tout le contraire ? Vous m'avez littéralement sauvé ! Avant votre arrivée, je vivais une existence misérable et solitaire.

Austin s'interrompit. Les larmes qui s'étaient amassées sous ses paupières menaçaient de se mettre à couler, et il n'était pas question qu'il se donne en spectacle. Il fallait qu'il reste digne et maîtrise ses émotions. Mais comment garder son sang-froid en de telles circonstances ? Rien que d'imaginer qu'elle allait certainement le quitter le tuait à petit feu. D'ailleurs, il n'y survivrait probablement pas…

— Vous n'avez pas idée de ce que vous m'avez apporté, Willa, reprit-il. Je me sentais si seul, sans vous ! A présent, j'ai un véritable foyer, et toute mon existence s'en est trouvée transformée. Je me suis marié avec la femme dont j'ai toujours rêvé. Je vous en prie, Willa, ne m'abandonnez pas ! Jamais je ne pourrai m'en remettre.

— Mais que faites-vous de mon cœur insensible ? s'enquit-elle, d'une voix tremblante. Je l'ai fermé à double tour il y a bien longtemps déjà… Le chagrin et la solitude ont été mon lot quotidien depuis toujours, et je crains que rien ni personne ne puisse y changer quoi que ce soit.

— Alors pourquoi êtes-vous en train de pleurer ? demanda Austin dans un souffle tout en essuyant délicatement les larmes qui s'étaient mises à lui couler sur les joues.

C'était forcément de l'amour ! songea-t-il en s'accrochant de toutes ses forces à ce mince espoir. Leur mariage ne pouvait tout de même pas être déjà condamné !

— J'ai l'impression que vous ne savez pas quoi me répondre, Willa.

— C'est vrai, je me sens un peu perdue, admit-elle, consternée. Je ne comprends pas vraiment ce qui cloche chez moi. Je souffre tellement...

— Alors, ne partez pas ! s'écria-t-il.

— Mais je ne supporterais pas de vous décevoir une nouvelle fois !

Elle le fixa alors de son regard brillant de larmes, et tout s'éclaira pour Austin. Elle n'avait tout simplement pas conscience des sentiments qu'elle éprouvait pour lui ! Rien d'étonnant à cela, puisque personne ne lui avait jamais manifesté la moindre tendresse jusqu'alors ! Un immense soulagement l'envahit alors que Willa cherchait manifestement ses mots.

— Je tiens tellement à vous, Austin ! s'écria-t-elle soudain. Je vous souhaite de trouver tout le bonheur que vous méritez. Rien ne me ferait plus plaisir que de vous savoir heureux pour le restant de vos jours.

— Mais, ma chérie, faire passer le bonheur de l'autre avant le sien, c'est la définition même de l'amour ! répliqua alors Austin, le cœur rempli d'allégresse.

Apercevant quelques fleurs jaunes qui pointaient dans le tapis herbeux à ses pieds, il se baissa pour les cueillir.

— Je suis désolé de vous l'annoncer ainsi, Willa, mais j'ai bien l'impression qu'en fait vous m'aimez...

— Vous vous trompez Austin. C'est trop tard pour moi, dit-elle dans un sanglot tout en refusant d'un petit signe de tête le bouquet qu'il lui tendait.

Il avait une nouvelle fois choisi ses fleurs préférées, constata-t-elle, bouleversée par leur beauté fragile qui témoignait du renouvellement perpétuel de toute chose… En proie à un flot d'émotions violentes et contradictoires, elle crut défaillir et dut fermer un instant les yeux pour ne pas perdre pied.

— Il n'est jamais trop tard, Willa, déclara Austin en jouant le tout pour le tout. L'amour a le pouvoir de tout guérir, vous savez…

Il lui prit alors la main pour y déposer le bouquet qu'il venait de cueillir. Au simple contact de ses doigts sur les siens, Willa sentit son cœur se mettre à battre la chamade comme jamais. Après un long silence qui avait bien failli lui être fatal, son cœur livrait enfin tous ses secrets. Austin était l'homme de sa vie, c'était à présent une évidence. Un immense élan de tendresse la submergea, auquel rien n'aurait pu résister.

— Finalement, je crois que vous avez raison, Austin. L'amour a le pouvoir de tout guérir, dit-elle en lâchant le sac qu'elle serrait contre sa poitrine depuis le début de leur conversation.

— Je vous aime, Willa. Vous êtes tout pour moi. Restez vivre avec moi, je vous en prie ! la supplia Austin en lui prenant le menton au creux de la main pour lui déclarer sa flamme les yeux dans les yeux.

— Moi aussi, je vous aime, Austin, répondit Willa en lui adressant un sourire radieux.

Il se pencha vers elle pour déposer un tendre baiser sur ses lèvres entrouvertes. Puis, éperdu d'amour, il la prit dans ses bras et la serra très fort contre lui.

Voilà ce que c'est que la plénitude ! songea Willa en

frissonnant de la tête aux pieds. Austin avait réussi son pari, en définitive. Il était parvenu à lui redonner espoir !

Elle les imaginait désormais sans peine coulant des jours heureux, main dans la main. Ils allaient s'aimer comme des fous, et les enfants qu'ils auraient ensemble illumineraient leur existence tout entière…

Épilogue

Un an plus tard

— Regardez à quelle vitesse il file maintenant ! s'écria Delia en courant derrière Kyle, qui trottinait aussi vite qu'il le pouvait pour essayer de lui échapper.

En entendant leurs rires joyeux résonner, Willa descendit les marches du perron pour les accueillir. Elle aperçut également Rosie au loin, qui avait posé la tête sur un poteau de la clôture et mugissait gentiment, comme si elle désirait participer à l'excitation générale.

Une autre voiture apparut alors dans l'allée. Stewart et Arthur tenaient tous les deux les rênes du cheval, aidés de leur père. Une fois qu'ils furent arrêtés devant la maison, Brant tendit la main à Berry pour l'aider à mettre pied à terre. Elle attendait un bébé pour le début de l'automne.

— Willa ! s'exclama-t-elle dès qu'elle l'aperçut. Ta fille a vraiment une frimousse adorable ! Comment se porte cette charmante princesse aujourd'hui ?

— Elle est excitée comme une puce ! dit Willa en s'esclaffant. Elle doit sentir qu'il se passe quelque chose. On dirait qu'elle ne sait plus où donner de la tête !

Willa tenait sa fille de manière à lui permettre de voir ce qui se passait. Ses cousins faisaient la course dans le jardin, son oncle Brant dételait son cheval, et sa tante Berry lui adressait de grands sourires.

— C'est vraiment le bébé le plus adorable de la terre, déclara Willa en couvant sa fille des yeux.

— C'est ce que disent toutes les mamans ! répliqua Berry en riant. Mais regardez qui voilà... Il n'est pas peu fier, ce papa-là !

Austin venait vers elles à grands pas. Willa était comme hypnotisée. Jamais elle ne se lasserait de son sourire radieux et de son élégance naturelle ! Sa présence était un enchantement quotidien et la faisait rayonner de bonheur.

— Je ferais mieux d'aller saluer Evelyn et de te laisser un peu en compagnie de ton mari, murmura Berry en lui adressant un clin d'œil malicieux.

Willa la regarda un instant se diriger vers la maison.

— Comment va ma merveilleuse épouse ? demanda Austin en s'approchant d'elle.

En entendant sa voix délicieusement chaude et grave, Willa frissonna.

— Sophie est particulièrement en beauté, aujourd'hui, ajouta-t-il en chatouillant le bébé sous le menton.

Willa contempla alors leur fille, qu'ils avaient prénommée Sophie à la mémoire de la mère d'Austin. Elle avait de grands yeux bleus, des joues bien roses, de petites boucles soyeuses sur le sommet du crâne, et elle souriait à son père.

— Le rose lui va vraiment à ravir, dit Austin, l'air émerveillé. Coucou, mon trésor, ajouta-t-il en caressant la petite main de sa fille.

Sophie lui attrapa aussitôt l'index pour essayer de le suçoter. Les yeux d'Austin s'illuminèrent aussitôt d'une infinie tendresse.

— J'ai vraiment une chance incroyable de vous avoir toutes les deux ! Je suis le plus heureux des hommes...

— Et moi la plus heureuse des femmes, répliqua Willa,

le souffle court, en plongeant son regard dans celui de son mari.

Elle lui devait tout ce qu'elle avait. Une famille, un enfant, une vie joyeuse et heureuse. C'était sans nul doute le meilleur mari dont elle aurait pu rêver.

— Je t'aime tant, Austin…

— Je t'aime bien plus encore, renchérit Austin en faisant courir son pouce sur sa lèvre inférieure.

Willa ferma les yeux pour savourer ce moment de pur bonheur.

— Tu te souviens de ce que je t'ai dit lors de notre rencontre ? Dans ma famille, nous ne faisons que des mariages heureux. Quand un Dermot se marie, l'amour prévaut à jamais ! L'amour que je te porte n'a pas de limites et durera toujours.

— Moi aussi, je t'aimerai jusqu'à mon dernier souffle, déclara Willa en rougissant légèrement.

Comme elle avait envie qu'il l'embrasse ! Les choses avaient bien changé en l'espace d'un an… Son chagrin et sa tristesse avaient laissé la place à l'espoir et au bonheur. Austin avait finalement eu raison. L'amour avait transformé leur existence et leur avait ouvert les portes de la félicité.

Lorsqu'il posa ses lèvres brûlantes sur les siennes, Willa crut défaillir sous l'effet du vertige que ce baiser lui procura. Elle ne put réprimer un petit soupir de contentement. Quelle existence merveilleuse ils menaient, tous les deux ! Et encore, ils n'en étaient qu'aux balbutiements !

— Hé ! les tourtereaux ! cria Evelyn depuis la porte d'entrée, son bébé dans les bras.

Austin et Willa se retournèrent en riant.

— Il est temps de passer à table. Le dîner est prêt ! ajouta-t-elle.

— Nous ferions mieux d'aller les rejoindre. Je suis sûr que nous allons nous régaler, chuchota Austin en passant son bras autour des épaules de Willa, qui berçait doucement leur fille sur le point de s'endormir.

Avant de rentrer, ils jetèrent un coup d'œil au parterre bordant le perron et dans lequel des renoncules étaient en fleur. Un sourire attendri illumina leur visage.

Ces jolies fleurs jaunes symbolisaient parfaitement leur amour éternel.

À découvrir ce mois-ci

7 nouveaux romans dans la collection

Les Historiques

UNE SCANDALEUSE LADY

de Marguerite Kaye - n°642

Angleterre, 1816. Un refus obstiné. Voilà ce qu'oppose lady Kate à son père, le duc de Rothermere, qui voudrait la pousser vers ses prétendants. Pourquoi devraitelle lier son destin à l'un de ces lords insipides qui ne la désirent que pour sa fortune ? Mais sa détermination vacille le soir où elle rencontre Virgil Jackson. Grand, la peau aussi sombre que la sienne est pâle, il émane de lui une aura mystérieuse. Cela tient-il à sa formidable ascension, ou à son passé singulier, pour ne pas dire trouble ? Kate est fascinée. Ainsi, il existe un homme capable de l'envoûter ! Transportée, elle l'invite à Castonbury Park. Sans deviner quels bouleversements son hôte inattendu va provoquer dans sa famille... et surtout dans sa vie.

A LA MERCI DU HIGHLANDER

de Terri Brisbin - n°643

Ecosse, XIVe siècle. Rob Matheson, chef de clan, contient à grand-peine sa rage. En enlevant la fille du chef des MacLerie, le clan ennemi, son cousin a bravé son autorité et rompu les règles. Plus grave, cette brute a lancé un défi, une véritable déclaration de guerre aux MacLerie. Devant l'assemblée des guerriers, la captive, terrifiée mais surtout tremblante de colère, lui jette des regards haineux. Cette prisonnière, hélas, il ne la connaît que trop bien : c'est la farouche, la belle, la noble Lilidh, celle qui fait battre son cœur d'un désir interdit... Alors que les deux clans brûlent d'en découdre, comment protéger la jeune femme sans passer pour un faible ? Rob Matheson ne voit qu'un seul stratagème qui puisse assurer la sécurité de Lilidh tout en convainquant ses guerriers qu'il est bien le chef puissant et viril qu'ils attendent : la garder captive... mais dans sa propre chambre.

UN MARIAGE TANT DÉSIRÉ

de Jillian Hart - n°644

Le cœur battant à tout rompre, Willa descend sur le quai de la gare. Après un premier mariage désastreux, elle a tellement peur d'être de nouveau déçue, humiliée par un homme ! Mais dans sa condition, sans ressources et enceinte, elle ne peut envisager de rester seule. Prête à tout pour que son enfant ne grandisse pas sans père, elle s'est résolue à publier une annonce matrimoniale. Et la voilà, aujourd'hui, sur le point de confier son destin à un homme dont elle ignore presque tout. Là-bas, sur le quai, elle aperçoit enfin celui qui va devenir son mari : des yeux clairs, une carrure imposante, des mains de travailleur... Un trouble immense s'empare d'elle. Cette nuit, elle partagera de nouveau le lit d'un homme...

LES AMANTS DE CONSTANTINOPLE

de Carol Townend - n°645

Constantinople, XIe siècle. Lorsque le Barbare alité dans une chambre du palais ouvre ses yeux clairs, Anna frissonne malgré elle. Une telle force émane de son corps et de ses mains puissantes qu'il est difficile d'imaginer qu'on ait pu faire de lui un esclave... Un être privé de liberté, une marchandise – n'est-ce pas ce qu'elle est, elle aussi, que son propre père veut marier contre sa volonté ? Si elle a acheté ce Barbare au marché aux esclaves, hier, ce n'est pas seulement parce que son regard fier et rebelle a allumé en elle un feu ardent, c'est aussi pour lui mettre en main un marché qui les sauvera tous les deux du destin qu'on a tracé pour eux. Un marché désespéré : elle lui rendra sa liberté, à condition qu'il l'épouse...

MYSTÉRIEUSE GEORGIE

d'Anne Herries - n°646

Angleterre, 1815. « Vous pouvez choisir de venir chez moi ou de vous débrouiller seule. A votre guise ! » Lorsque cet homme qu'elle connaît à peine lui propose l'hospitalité, Georgie est bouleversée. Elle vient pourtant de tenter de le détrousser, affamée après des jours d'errance dans les rues de Londres. Mais loin de lui en vouloir, il semble la prendre en pitié et lui offre un refuge, alors même qu'elle refuse de parler. Comment avouer qu'elle s'est enfuie de chez son oncle, qui voulait la marier de force à un créancier véreux ?

Son inconnu ne serait-il pas tenté de la reconduire chez elle pour profiter de la situation ? Mais quelque chose dans son maintien militaire et dans ses manières protectrices l'incite à lui faire confiance. Après tout, elle a simplement besoin de rester cachée jusqu'à son anniversaire, jour où elle entrera en possession de son héritage. Et d'ici là, sans toit et avec un oncle à ses trousses, a-t-elle d'autre choix que d'accepter ?

INDOMPTABLES PASSIONS

d'Anne Rossi - n°647

Elles sont cinq. Cinq héroïnes, toutes d'origines différentes, héritières rebelles ou sages, pures comme l'eau claire ou cachant farouchement leur secret. Chacune avec sa personnalité, son histoire et ses rêves. Mais toutes réunies par une chose : au printemps de leur vie de femme, une rencontre inattendue va bouleverser leur avenir apparemment tracé d'avance. Une rencontre au goût d'interdit, de celles qui vous entraînent dans une passion indomptable. Précipitées par le destin dans les bras d'hommes auxquels tout les oppose, poussées par un tempérament ardent, insoumises dans l'âme, elles devront choisir entre l'appel du cœur et celui du devoir, et traverser les exquis et dangereux tourments du désir. Zulie, Marianne, Isabelle, Hortense et Victoire… L'une après l'autre, elles vont vibrer au rythme de leur nouvelle destinée : l'ivresse de la passion...

LE LYS ET L'ÉPÉE

de Catherine Archer - n°648

Angleterre, 1200 . Au retour d'une croisade en Terre sainte, sir Simon Warleigh découvre que son ennemi juré, le comte de Kelsey, l'a calomnié auprès du roi Jean afin de s'emparer de ses biens. Pour rentrer en grâce et conserver son fief, il se voit contraint par Sa Majesté d'épouser Isabelle, la fille du comte. Cette dernière, une beauté glaciale, consent sans broncher à cette union forcée. Une apparente indifférence qui dissimule en fait une sensibilité à fleur de peau et un espoir secret : avoir bientôt un enfant à aimer. Espoir déçu, car Simon, se méprenant quant aux raisons de sa froideur, met un point d'honneur à ne pas l'approcher et lui témoigne une courtoisie formelle qui blesse et inquiète la jeune femme. Redoutant que son mari, sitôt son autorité pleinement rétablie, ne la répudie, elle décide de se battre pour que lui soit épargné un déshonneur qui, en outre, lui ôterait toute chance de devenir mère un jour...

A paraître le 1er décembre 2014

LA RÉDEMPTION DE LADY CLAIRE

D'Ann Lethbridge – n° 649

Angleterre, 1816. « Il te faut un mari ! »
En entendant son destin se sceller, lady Claire doit consentir. Pour offrir un avenir à sa petite Jane, elle est prête à tous les sacrifices. N'est-ce pas déjà un miracle que son frère lui rouvre les portes de Castonbury Park, malgré le scandale qu'elle a créé des années plus tôt en fuyant avec un coureur de dot ? N'empêche… La perspective de s'imposer un époux pour réparer ses fautes lui soulève le cœur. Dieu merci, la joie de renouer avec le lieu de son enfance adoucit son sort, et les plats succulents qu'on y sert n'y sont pas pour rien. D'où le nouveau chef tient-il ses talents de sorcier, qui l'envoûtent à chaque repas ? Déjà, un tout autre trouble la gagne pour celui qui lui redonne goût à la vie. Un trouble trop familier... Une fois déjà, elle a été séduite — et humiliée. Et jamais plus elle ne veut mettre son destin en péril pour un homme.

LA TENTATION DU HIGHLANDER

de Terri Brisbin – n° 650

Ecosse, 1375. Isobel, chez lui ? Athdar n'en revient pas. Que sa sœur, lady Jocelyn, ait choisi de lui rendre visite en compagnie de cette séduisante jeune femme est un message clair. Ne cherche-t-elle pas à tout prix à lui trouver une épouse ? Il lui avait pourtant dit que plus jamais il ne se marierait. Encore moins avec la fille de Rurik, ce guerrier qui lui témoigne tant d'hostilité à cause d'un accident qu'Athdar a provoqué étant enfant, et qui a causé la mort de trois de ses camarades. Depuis ce jour, Athdar en est persuadé, une malédiction pèse sur lui. Pourquoi, sinon, aurait-il perdu prématurément deux épouses et une fiancée, mortes en couches et de maladie ? Il refuse d'exposer Isobel à ce destin funèbre. Pourtant, il lui est bien difficile d'ignorer les yeux tendres de la jeune femme qui le couvent d'un regard plein d'espoir. Lui résister relèvera de l'exploit ! Mais il lui faudra s'y tenir, s'il ne veut pas causer son malheur...

UNE HÉRITIÈRE À MARIER

de June Francis – n°651

Une pupille ? Lorsque Llewellyn lui avait demandé de prendre sa fille Beth sous son aile si jamais il lui arrivait malheur, Sir Gawain n'imaginait pas que ce serait si tôt ! A présent que le vieil homme est mort, il doit prendre à sa charge la jeune femme, qu'il rencontre pour la première fois. Immédiatement, il est saisi par sa beauté. Des lèvres veloutées, des yeux noisette brillants d'intelligence, un charme impertinent... Malgré lui, il sent monter un désir qu'il n'a pas connu depuis longtemps. Pas depuis la fuite de sa femme avec un autre et dont il n'a aucune nouvelle. Est-il le mieux placé pour trouver un mari à Beth, lui dont le mariage est un désastre ? Il doit pourtant remplir la promesse qu'il a faite au père de la jeune femme, même si, au fond de lui, il sent déjà qu'il n'est guère pressé de se séparer de Beth...

NSAISISSABLE THÉODORA
le Carol Townend – n° 652

'onstantinople, XIe siècle. « La princesse ne peut pas vous recevoir »
.e commandant Nikolaos se sent perdre patience. Depuis que Théodora est arrivée au alais, elle se drape dans son mépris et l'ignore. Bon sang ! Il est pourtant son fiancé, t par ordre de l'empereur, encore ! Cherche-t-elle à rompre cet engagement ? Nikolaos e redoute, lui dont l'avenir en dépend. Fruit d'une union illégitime, et non fils de duc omme il le croyait, il a placé tous ses espoirs dans ce futur mariage qui devrait sceller jamais son lourd secret, et l'assurer de n'être jamais chassé de la cour… Mais, il y plus grave : à mesure que son insaisissable princesse le repousse, Nikolaos brûle de a rencontrer. Parce qu'elle le fuit. Parce qu'elle le trouble profondément en se cachant ous des nuages de voiles. Et que le désir ardent de forcer sa porte le torture chaque our davantage...

'AUDACE D'UNE LADY
)'Isabelle Goddard – n° 653

ngleterre, XIXe siècle. Lorsque son oncle lui présente l'homme à qui il voudrait la narier, Lucinda frémit de tout son être. Est-il possible que le voyageur qu'elle a voulu létrousser sur les routes quelques instants plus tôt soit… le comte de Frensham en ersonne? Ce visage aristocratique, ces cheveux noirs, cette cicatrice sur la joue... Aucun oute, c'est bien lui. Et plus séduisant encore que dans son souvenir. L'a-t-il reconnue, nalgré le soin qu'elle avait mis à se travestir en garçon ? Quelle opinion aura-t-il d'elle, 'il découvre qu'elle en est réduite à voler pour arracher son frère, malade, à la prison ? 'out cela parce que son oncle, au nom de principes rigides, refuse de rembourser les ettes contractées par le jeune homme ! Nul doute que le comte rejettera l'idée même le se marier avec elle. Et si Lucinda est soulagée de ne pas devoir épouser un inconnu, lle est aussi étrangement dépitée... et désireuse de le convaincre qu'il l'a mal jugée.

.E BAL DES OMBRES
)e Deborah Hale – n° 654

ngleterre 1817. La vie de Lord Lucius Daventry, un séduisant aristocrate, bascule Waterloo quand une balle le blesse grièvement au visage. Abandonné par sa fiancée, l cache sa disgrâce derrière un masque et se claquemure dans son château... jusqu'au our où son grand-père mourant l'implore d'épouser Angéla, une jeune personne qu'il ient en haute estime. Lucius se résigne alors à rencontrer l'intéressée, et, lors d'une rève et orageuse entrevue dans la pénombre d'un salon, lui annonce abruptement sa lécision : tous deux vont se fiancer - et rompre sitôt le vieil homme décédé...

;OUS LA PROTECTION DU CHEVALIER
le Catherine Archer – n°655

ngleterre, 1202. Inquiète pour son frère Christian, disparu lors d'une mystérieuse nission, lady Aislynn reprend espoir lorsque leur père fait un songe prémonitoire : 'hristian sera sauvé par «une femme blonde, belle de corps et douce de visage». Un ortrait qui lui ressemble trait pour trait... Désormais persuadée de pouvoir aider son rère, elle part à sa recherche en compagnie d'un ami de ce dernier, Jarrod Maxwell. Jn homme énigmatique, fils d'un Croisé et d'une Orientale, dont l'attitude singulière aisse à penser qu'il en sait plus sur la disparition de Christian qu'il ne le prétend…

A paraître le 1er septembre

Best-Sellers n°619 • historique

Envoûtée par le duc - Kasey Michaels

Paris, Londres, 1814

Lorsqu'il apprend qu'il doit succéder à son oncle, Rafael est sous le choc. Rien ne l'avait préparé à devenir duc un jour. Comment lui, un capitaine qui vient de passer six ans sur les champs de bataille, pourrait diriger le domaine familial ? Heureusement, il sait qu'il peut compter sur le soutien de Charlotte, sa chère amie d'enfance, à qui il a pensé avec tendresse toutes ces années. Elle qui chaperonne aujourd'hui ses sœurs à Ashurst Hall pourra le guider dans ses nouveaux devoirs. Mais lorsqu'il revient au domaine, c'est pour découvrir que l'adolescente maladroite qu'il avait laissée a disparu. A sa place, c'est une séduisante jeune femme, fière et sûre d'elle, qui l'accueille. Rafael est sous le charme... Mais autre chose en elle a changé. Si elle lui offre généreusement ses conseils, comme il l'espérait, Charlotte se dérobe avec gêne dès qu'il essaie d'en savoir plus sur elle. Pourquoi a-t-il l'impression qu'un terrible secret l'éloigne irrémédiablement de lui ?

Best-Sellers n°620 • historique

Audacieuse marquise - Nicola Cornick

Angleterre, 1816

Lorsqu'un aristocrate sans vergogne tente de la faire chanter, Tess comprend qu'il est temps d'assurer ses arrières. Elle avait cru pouvoir camoufler ses activités politiques sous une réputation de coquette mondaine et frivole, mais hélas, une femme seule est toujours vulnérable. Si elle veut continuer à œuvrer dans l'ombre contre la pauvreté et l'injustice, il lui faut une couverture honorable. Et qui pourrait mieux l'aider en cela que le vicomte Rothbury, mandaté pour arrêter les opposants au régime ? Elle a souvent croisé chez son beau-frère cet Américain franc et viril, anobli pour services rendus à la Couronne : elle sait qu'il ne sera jamais vraiment accepté dans la haute société tant qu'il n'aura pas épousé une aristocrate. Une riche marquise, par exemple... Tess frissonne en considérant les dangers d'une telle alliance mais, à n'en pas douter, ce mariage la placerait au-dessus de tout soupçon. Seulement, il lui reste encore à convaincre le vicomte, qu'on dit très méfiant à l'égard des femmes du monde...

Composé et édité par les
éditions HARLEQUIN

Achevé d'imprimer en Italie (Milan)
par Rotolito Lombarda
en septembre 2014

Dépôt légal en octobre 2014

Pour l'éditeur, le principe est d'utiliser des papiers composés de fibres naturelles, renouvelables, recyclables, et fabriquées à partir de bois issus de forêts qui adoptent un système d'aménagement durable. En outre, l'éditeur attend de ses fournisseurs de papier qu'ils s'inscrivent dans une démarche de certification environnementale reconnue.